西方传统 经典与解释
Classici et commentarii

HERMES

在古希腊神话中,赫耳墨斯是宙斯和迈亚的儿子,奥林波斯神们的信使,道路与边界之神,睡眠与梦想之神,死者的向导,演说者、商人、小偷、旅者和牧人的保护神……

西方传统 经典与解释
Classici et commentarii
HERMES
神秘主义丛编
陈建洪 ● 主编

七重阶梯
——吕斯布鲁克文集(卷一)
The Seven Rungs

[弗莱芒]吕斯布鲁克(Ruusbroec) ● 著
陈建洪 ● 等译

华东师范大学出版社

华东师范大学出版社六点分社　策划

古典教育基金·正则资助项目

出 版 说 明

"神秘主义"一词我国学界早已熟知,但我们对神秘主义经典及其研究文献依然相当陌生。在我们的一般语境中,"神秘主义"可能被用来指麻衣相术、谶语纬书、阴阳五行,也可指儒家的天人感应、道家的物我为一乃至禅宗的顿悟。这些意义可能都不同于特殊语境中宗教神秘主义的意义,尽管或有某些相似之处。

在通常意义上,神秘主义可指对超自然知识和力量的信念。这样的信念旨在扩大人的力量,使其免受邪恶力量的侵袭,或者以此预言未来。除一般理解之外,神秘主义尤其宗教神秘主义,意指让自身进入或者沉浸在与绝对者的直接联系之中的实践活动,特别指作为造物的人对上帝或绝对者的亲密无间的体验。港台学者倾向于用"密契主义"或"神契论",旨在凸现宗教神秘主义的特征:人神之间亲昵的位格关系。总而言之,特殊意义上的神秘主义不仅指示一种对人神之间亲密合一状态的渴望和追求,而且强调神秘合一体验的迷狂和妙不可言,彻底突破了语言的牢笼也即理性的界限。这也许是神秘的"主义"所在,虽然神秘主义通常难以被固化为一种"主义"。

无论哪种意义上的神秘主义,在宗教思想史上始终都处于边缘地位,一直受到正统思想的压抑和限制。正统思想的河流中不时泛起神秘主义的浪花,但始终未能占据主干道的位置。许多大思想家都显露出神秘主义的思想品格,但很难直接称之为神秘主义者。自20世纪初以来,神秘主义思想似乎迎来了获得正名的时代。詹姆士在其经典著作《宗教经验种种》(1902)中概括了神秘主义状态的四大特征:不可言说性、知悟性、暂现性和被动性。通过对神秘主义意识特征的描述,詹姆斯批评了建立在理智主义基础之上的教义神学,倡导建立在情感体验基础之上的宗教科学。他把宗教经验内在化视之为人性的能力,希望由此建立一种新的宗教科学,在新时代中有效地辩护人性中的宗教冲动。德国学者奥托在其《论"神圣"》(1917)中强调了神秘感、敬畏感、受造感、着迷感等种种情感因素在宗教神圣感中的核心地位。他同样倡导宗教的"非理性"或曰"超理性"本质,试图由此揭示宗教的真正核心意义。他强调,宗教之所以成其为宗教,根本上就在于那需要被唤醒的神秘畏惧感。在《犹太教神秘主义主流》(1941)中,犹太学者肖勒姆强调,深受犹太理性主义压抑和排斥的犹太神秘主义实际上比前者更充分地体现了犹太人历史的生命特质。也就是说,犹太神秘主义是犹太人历史的决定因素,是被遗忘和忽视了的犹太精神脊梁。凡此都说明,无论宗教内部还是外部,神秘主义及其思想特征都得到了特别强调和重视,虽然各自的考察角度完全相同。

神秘主义之思不绝如缕,无疑是思想史花丛中的一朵奇葩。甚至可以说,神秘主义是思想史上的贵族。非正统,神秘主义传统首先是一种独特的宗教思想传统。它痴迷于无法言传的无间之境,沉醉于不可意象的无定之状,流连于不可理喻的忘我之界。这构成了神秘主义的一个悖论:一方面,它强调语言和理知无从把握的无言境界;另一方面,这种玄妙境界只有通过神秘主义的文字才呈现为一个栩栩如生的思想传统，形成了文学天空中的一道瑰丽彩虹。所以，神秘主义也是一种令人神往的文学传统。这种罕见的思想气质随着美丽的文字传扬不息。神秘主义念念不忘无间、无定和无我，人间生活却时刻难离间隔、安定和我识。神秘主义思想几乎抵抗一切可以固化为传统的思想，由此也构成了一种抗议任何思想正统的反传统，神秘主义写作又被认为本质上是一种政治写作。

神秘主义思想浸透了哲学、宗教学、文学和政治学等文化领域，且不说传统的神学领域。神秘主义研究在界限分明的现代学科体系中显得有些处境尴尬和无所适从。反过来说，对神秘主义经典著作的深入阅读和研究，也要求我们跨越虽然清晰然而有些武断的学科界限。自民国以降，不少有识之士注意到了神秘主义独特的思想和文学特质，翻译了一些神秘主义经典，也出版了若干研究著作，促进了我国神秘主义研究的学术发展。本系列愿继承学界前贤的贡献和积累，逐步翻译神秘主义经典著作并出版相关研究文献，冀望历时经年终能集腋成裘而成一特色系列！

古典文明研究工作坊
西方典籍编译部辛组
2010年春

目　录

吕斯布鲁克及其神秘主义思想（代序）　法森 / 1

爱者的国度　张仕颖　译 / 1
闪光石　成官泯　译 / 73
启导小书　陈建洪　译 / 102
七道围墙　田汉平　译 / 124
永恒祝福之镜　张仕颖　译 / 157
七重阶梯　田汉平　译 / 225

编后记 / 264

吕斯布鲁克及其神秘主义思想(代序)

法森(Rob Faesen)

近年来,"神秘主义"现象得到了哲学、基督教神学和文学学者的极大关注。我们可以想想一些知名的主要参考著作,诸如鲁(Kurt Ruh)或麦吉恩(Bernard McGinn)的著作,①或者诸如麦奎利(John Macquarrie)和怀斯曼(James A. Wiseman)这样一些神学家的较为简要的综述。② 没有《苦修和神秘灵修辞典》(Dictionnaire de Spiritualité Ascétique et Mystique),所有这一切就都不可能。法国耶稣会士的这一宏伟计划用了50多年时间才得以完成这部辞典:第1卷问世于1938年,最终的第17卷出版于1995年。这具有最高学术水准的、关于基督教灵性和神秘作家之历史与学说的三万页作品向现代学者展示了这是一个值得研究

---

① Kurt Ruh,《西方神秘主义历史》(Geschichte der abendländische Mystik),共四卷,München: Beck, 1990—1999。Bernard McGinn,《上帝的临在:西方基督教神秘主义史》(The Presence of God: A History of Western Christian Mysticism),共四卷,New York: Crossroad, 1991—2006。
② John Macquarrie,《属于我们的两个世界:基督教神秘主义导论》(Two Worlds are Ours: An Introduction into Christian Mysticism),Minneapolis: Fortress, 2005。James A. Wiseman,《灵修和神秘主义》(Spirituality and Mysticism),Theology in Global Perspective Series, New York: Orbis, 2006。

的领域。

要对基督教文化这一吸引人的方面进行严肃的历史、文学或神学研究,相关文本的一个批判版本当然是基本的工具。有些时候,批判版本已经完成,例如明谷的贝尔纳(Bernard of Clairvaux)、十字约翰(John of the Cross)或阿维拉的特蕾莎(Teresa of Avila)的著作。① 还有些时候,版本的筹备仍在进行中,例如艾克哈特(Meister Eckhart)的著作。② 最近,学术界喜迎吕斯布鲁克(1293—1383)批判版本的完成。③ 2006 年 9 月 23 日,比利时安特卫普大学吕斯布鲁克学会组织了一个题为"巴别塔中的吕斯布鲁克? 中古至今对神秘主义文本的转译和挪用"的国际学术会议;会议期间,吕斯布鲁克《全集》的最后一卷得以展示。这是一件重要的事情。一项持续了 25 年多的工作终于完成。一位深刻影响了西方神秘传统——这种影响常常是间接地通过诸如荷普(Henry Herp,卒于 1477 年)、布卢瓦的路易(Ludovicus Blosius,1506—1566)以及匿名作者的《福音之珠》(*Margerita Evangelica, Evangelische Peerle*,初版于 1535 年)——的作家,不精通中古荷兰语的学者在过去一直无法阅读他的作品,如今他的作品向国际读者敞开。享誉甚高的丛书"基督教著作集成"(Corpus

---

① 《圣贝尔纳全集》(*Sancti Bernardi Opera*),共十卷,ed. J. Leclercq, C. H. Talbot, H. M. Rochais, Roma: Editiones cisterciences, 1957—1998. Juan de la Cruz,《十字约翰全集》(*Obras completas*), ed. critica, notas y app. por Lucinio Ruano de la Iglesia, Biblioteca de autores cristianos 15, Madrid: Biblioteca de autores cristianos, 1982. Teresa de Jesus,《全集》(*Obras completas*), ed. preparada por Efren de la Madre di Dios, Biblioteca de autores cristianos 74, 120, 189, Madrid, Biblioteca de autores cristianos, 1951—1959, 3 vols。

② Meister Eckhart,《德语和拉丁语著作集》(*Die deutschen und lateinischen Werke*), hg. im Auftrag der Deutschen Forschungsgemeinschaft, Stuttgart: Kohlhammer, 1936ff.

③ Jan van Ruusbroec,《全集》(*Opera omnia*), Corpus christianorum continuatio mediaevalis 101—110, Turnhout: Brepols, 1981—2006, 10 vols。

christianorum)将这些作品收入了其子系列"中古系列"(第101—110卷)。吕斯布鲁克作品的这一批判版本含有最好的拉丁译本,即卡尔都西会士苏里乌斯(Laurentius Surius)的译文(1552年版),以及主要由罗尔弗森教授(Prof. Dr. Helen Rolfson O. S. F.)和列菲弗尔博士(Dr. André Lefevere)所译的现代英语译文。整个项目的主编是德巴赫教授(Prof. Dr. Guido De Baere S. J.)。

本文将介绍吕斯布鲁克的生平和著作,及其思想的某些特别方面以及他的当代意义。

1. 吕斯布鲁克的生平和著作

关于吕斯布鲁克的生平,我们的了解有几处脱漏。原因在于我们所知的材料有其专门目标,因而非常有限。一份严格意义上的传记还不存在。波莫里乌斯(Henricus Pomerius,1469年卒)所写的材料最为重要,完成于吕斯布鲁克死后40年。它实际上是一份关于绿谷修道院(在布鲁塞尔附近)的历史,吕斯布鲁克是该修道院的创建者之一。那一叙述中关于吕斯布鲁克生活的资料,着眼于表明他为创建这一修道院所做的贡献。所以,它不是一份关于吕斯布鲁克的传记。其次,我们有吉拉尔兄弟(Brother Gerard)——赫恩修道院(也在布鲁塞尔附近)的一位加尔都西会修士——所写的一个文本,也就是他为其所辑吕斯布鲁克选集所作的序言,其主要意图是表明吕斯布鲁克是一位可靠和值得信赖的作家。其他材料诸如绿谷的"已故成员名录"(*obituarium*)提供了其生平传记的一些细枝末节。

根据这些材料,我们可以推断,吕斯布鲁克于1293年生于一个叫"吕斯布鲁克"的地方——它可能是布鲁塞尔附近的村子,也可能是布鲁塞尔本身的一个区。早在年纪不大时,他就与其舅父欣克尔特(Jan Hinckaert)一起生活,此人是布鲁塞尔主教堂的教士(chaplain)。这个孩子进了拉丁语学校,接受了将来做一名教士的教育准备。他于1317年被正式任命为教士。由于成了一名普通教士,他不大可能曾经在一所大学里研习。然而,他的文本流露了令人钦佩的知识信息。他到底从哪儿受到了那种教育,至今仍是个谜。

从波莫里乌斯的文本来看,当他作为一名主教辖区教士生活和工作在布鲁塞尔市的时候,吕斯布鲁克开始写作了。遗憾的是,波莫里乌斯着重强调了吕斯布鲁克的论战姿态,结果吕斯布鲁克的形象就变成了一个主要动机在于反对异端的作者。从后来所发生事情的视角来看,这种强调可以理解,但不准确。吕斯布鲁克的主要意图是尽可能精确地描述和解释基督徒灵性生活的增进和深化。这势必使他居于误解之中。与其把他描绘为与异端作斗争的斗士,不如借助冥思神学的长期传统来理解他的作品——我们将在本文的第二部分回到这个问题——或许也可借助阿维尼翁教廷的神学委员会所提到的东西,该委员会曾研究埃克哈特的一些文本。1329年的官方谕令《主之田地》(In agro dominico)明确说明,埃克哈特某些成问题的段落听起来是异端,但凭借更多更好的解释,它们可以在一种正统意义上获得理解。①这正是吕斯布鲁克所做的事情。的确,埃克哈特的话似乎被误用来辩护一种与基督教教义不相容的生活方式。吕斯布鲁克当时的写作——时而提及埃克哈特——是要表明最极端的神秘体验

---

① ... *reperimus nimis male sonare et multum esse temerarios de haeresique suspectos, licet cum multis expositionibus et suppletionibus sensum catholicum formare valeant vel habere*, H. Denzinger & A. Schönmetzer, *Enchiridion symbolorum*, ed. 36 (Freiburg : Herder, 1976), p. 294 (nr. 979, censura).

直达基督教教义的核心,这比人们所预想的要远为惊人。在此,我们可以指出,波莫里乌斯提到了一位叫布鲁玛丁(Bloemaerdinne)的女性,他说吕斯布鲁克曾把她视为对手。细致的历史研究表明波莫里乌斯在这一点上完全错了。于是,一些学者提出,他可能指的是哈德维希(Hadewijch),一位13世纪的女性中古荷兰语作家。这也绝无可能。吕斯布鲁克经常不以非常肯定的方式引用哈德维希,虽然没有提其名字。吕斯布鲁克的女性神秘主义"对手"唯一可能的或许是波蕾特(Margerite Porete,卒于1310年)。但是,仅仅强调吕斯布鲁克的辩论口吻,依然很不公平。事实上,在吕斯布鲁克死后,他的作品变得令人怀疑。波莫里乌斯可能想以辩论的方式描绘吕斯布鲁克,以捍卫这位修道院创建者的声誉。

吕斯布鲁克在这一时期所写的第一部作品,《爱者的国度》(*Dat rike der ghelieven*),可被视为一份简短而精彩的冥思神学总纲。吕斯布鲁克没有想要出版这一作品。他的第二部书,《灵性婚姻》(*Die geestelike brulocht*)也写于布鲁塞尔,被视为他的杰作,也被广泛传阅。

吕斯布鲁克没有留在布鲁塞尔。不清楚究竟发生了什么情况,但从材料所述,我们可以推断早在1339年,吕斯布鲁克和他的舅舅欣克尔特就选择了一种更为简朴清贫的生活方式,另一个教士寇登伯格(Franc van Coudenbergh)加入了他们的行列。他们于1343年离开布鲁塞尔,定居在一个旧时的隐修所——"绿谷",它位于布鲁塞尔南边的索尼娅林地(Sonian Wood)。波莫里乌斯暗示了,他们离去的缘由是与布鲁塞尔神职人员的冲突。不过显然,主要原因是这个小团体想要过一种隐匿的、内在的隐士生活。离开14世纪的布鲁塞尔并非是选择了静默的乐趣和自然的清宁——如现代读者所想——而是选择了孤独、艰险,以及在危急时刻缺乏一座城市所能提供的保护和团结。选择一种隐士的生活方式并未中断吕斯布鲁克活跃的思想。相反，他的文学活动似乎在这次迁居之后更为积极。

1350年，这一隐士团体选择遵循奥古斯丁会规。这得到了主教的正式认可，绿谷成了遵循圣奥古斯丁一般规则的修道院。这当然不是他们的首要选择。他们离开布鲁塞尔不是为了另起一座修道院。不过七年之后他们还是做出了这一选择，或许是出于实际考虑。新成员想要加入这一群体。对于这一计划的持续来说，一种正式的教会认可变得必要。所有合法安排都是为了寇登伯格及其最早的同伴。即便他们死后，可能的延续也有一种保障。尽管起初吕斯布鲁克不大热心于这一新的生活样式，出于应尽的义务，他在知识和精神上都充分予以支持。他的几部晚期著作似乎是为这一团体而写。到吕斯布鲁克晚年，绿谷制作了一套包含他全部著作的手抄本，以便为将来世代保留最好的可能版本。

1362年左右，吕斯布鲁克应邀来到赫恩的卡尔都西会修道院。他们有吕斯布鲁克第一本著作《爱者的国度》的一份抄本，他们似乎不能接受书中的一些章节。他们没有发起一场论战，而是邀请他来澄清他的观点。此次访问后，吕斯布鲁克写了一本简短的《启导小书》(Boecksen der verclaringhe)，在这本小书中他尽可能清晰而简洁地总结了他学说的要点。他在书的开头部分说：

> 我的一些朋友请求我尽我所能以最简明扼要的些许语言，显明和澄清我在极其深奥难懂的整个学说中所理解和感受到的真理，以使我的言语可助益每个人而不误导任何人，这于我是十分乐意的。……你们知道，我说过，在爱中静观上帝者通过介质、无需介质以及无差别地与上帝合一。我在

自然(状态)、恩典也在荣耀中发现这一点。我亦已进一步陈明，没有任何造物可变得如此神圣从而失去其自身的被造性而成为上帝，即便是我主耶稣的灵魂也不能如此：它永远仍是有别于上帝的造物。不过，我们必须完全被举至我们自身之上而在上帝里面，在爱里面与上帝成为一灵，如此我们便有福了。①

显然对于卡尔都西会来说，真正的问题是"无差别"这一表述，正如我们在赫恩的吉拉尔兄弟的文本中所读到的。我们将更密切地关注吕斯布鲁克如何理解这一点，并将看到一种唯名论所代表的不同思想框架导致了误解。在这一点上，我们可以观察到，赫恩的卡尔都西会成员的怀疑与阿维尼翁教廷关于埃克哈特的一些话所表达的看法基本相同：这将导致一种冲淡造物主与受造物之间区别的泛神论，因而也是对尼西亚—君士坦丁堡信经第一条的摈弃。尽管吕斯布鲁克已经非常清楚地讨论了这一问题，他还是未被充分理解。甚至在他于1381年去世后，他的名声依然是一个引起歧义的作家。若干年后，巴黎大学的校长吉尔松（John Gerson）重复道：当论及与上帝的最高合一时，吕斯布鲁克是一个不可依赖的作者。甚至直到17世纪，学者们都很清楚这些涉及吕斯布鲁克著作的批评之词。17世纪之后，欧洲的知识生活在很长一段时间里普遍对神秘主义作家丧失了兴趣。

尽管如此，数百年来绿谷的成员都高度敬重作为其创建者之一的吕斯布鲁克。不过，像多数其他冥思团体一样，这所修道院在皇帝约瑟夫二世看来是"无用的"，它于1748年遭废止。后来曾短暂重建，但当法国大革命政权掌握低地国家后，它于1798年

---

① 《全集(卷一)》(Opera omnia 1), p. 108—110。中译文出自本文集译文。

被最终废止。成员遭遣散,建筑遭毁坏。

吕斯布鲁克写了十一篇作品:

(1)《爱者的国度》
　　吕斯布鲁克第一本书《爱者的国度》的题目是纲领性的。"爱者"是上帝和人类,可以说,吕斯布鲁克全部著作的主题都是探究这一爱的相遇。该书具有冥思神学简要总纲的特征。它的基础在于一句话:"主引领义人返回并遵循正道,又显示给他上帝的国度"(参阅《智慧书》第10章第10节)。吕斯布鲁克探讨了这句话的五个成分。首先,他分析了上帝何以是所有造物的"主"。其次,他讨论了上帝是拯救者这一事实("引领返回")。在第三部分,他从行动和冥思两方面分析了"义人"的生活。第四部分("遵循正道")最长。吕斯布鲁克区别了三种通往上帝的"道":可见造物之道、自然才智之道和神圣之道。该书第五部分,吕斯布鲁克描述了上帝如何向冥思者显现他的爱之国度。这本书显示了西多会修士圣蒂耶里的威廉(William of Saint-Thierry, 1075－1148)、方济各修士波纳文图拉(Bonaventure, 1221－1274)以及多明我修士斯特拉斯堡的雨果-黎柏林(Hugo Ripelin of Strassbourg,死于1268年)的影响。

(2)《灵性婚礼》
　　他的第二本书,《灵性婚礼》,通常被视为他的杰作。早在他在世时就得到迅速传播和阅读,诸如在斯特拉斯堡的灵性圈子中。同样,一个句子形成了文本的基本结构:"看,新郎来了,出去迎接他"(太25:6)。吕斯布鲁克特别提出四种因素作为基督徒生活之根本。"看"这个词指的是灵性感知。在此,吕斯布鲁克神学的冥思方面迎面而来。与此根本上相关的事实是,他认为,某种东西有待从灵性方面去感知,那就是耶稣(新郎)的到来——不但在过去或者将来,也在当下。第三个要素,"出去"也同样重要。吕斯布鲁克认为,基督徒生活根本上是一种走出自我,作为对走向人的上帝之邀请的回应。第四个要素("去迎接他")是吕斯布鲁克思想的基石。上帝与人之爱的相遇,以及在双方在爱中的相互自我奉献,在他看来是造物的终极目标。

这四个要素在三个层面上得到了分析。第一个层面是人的活动。在第二个层面上,吕斯布鲁克描述了人如何可被引向内在,引向人的核心,也就是这样一个纯粹事实:他或她存在并且从造物主那里持续地获得存在。吕斯布鲁克的术语中,这一核心名为"*wesen*"。它通常被译为"本质",这种译法有可能会造成一种误解。事实上,它不应被理解为固有的、基本的天性,而要理解为"存在"(being)(参阅下文)。第三个层面是上帝三位一体的生命,作为人的源头和持续的来源。吕斯布鲁克将这第三个层面包括在内,这一事实极其重要。他认为,一种对上帝自身生命的切实体验是可能的。

(3)《闪光石》

《闪光石》是一个简短但重要的文本。它源自吕斯布鲁克与一位身份不明的隐士的谈话。此书标题涉及《启示录》中的句子:"得胜的,我必将那隐藏的吗哪赐给他,并赐他一块白石,石上写着新名;除了那领受的以外,没有人能认识"(启 2:17)。吕斯布鲁克将"白石"——他的说法是"闪光石"——解释为隐喻了被赐予人的基督。这篇短论分析了基督何以在人与上帝之间爱的关系的深处被给予。吕斯布鲁克分辨了四种爱的类型。首先是"受雇仆人"自私的爱,他们出于自利而侍奉上帝。其次是"忠诚仆人"的爱,他们出于爱而侍奉上帝,并非为了将被给予的回报。再其次是"隐秘友人"的爱,他们体察到相互的友谊并非基于活动、侍奉或赠礼,而是存在于一种彼此拥有。在他的描述中,吕斯布鲁克坚称,"隐秘友人"通常同时也是"忠实仆人",但并非所有"忠实仆人"都体察到"隐秘友人"之所是。最后是"安全之子"的爱,他们完全地死在上帝中,由此发现了生命本身的源头,在这里他们是永远安全的。① 在此,吕斯布鲁克预见到了埃克哈特某些文本中出现的困难:这种类型的冥思经验是否意味着一种人与基督的等同②,因为他自一开始就指出,基督永远被赐予。因而,就不存在与基督"自然等同"一事。"安全之子"的身份不是他们的天然属性,而是赐予他们的,如同基督本人永远被赐予。

(4)《基督教信仰》

《基督教信仰》是一个对尼西亚-君士坦丁堡信经的简短评注。该文本显然是为受过教育的读者所写,吕斯布鲁克将教义方

---

① No translator — not even the brilliant L. Surius — has been able to render the word-play which Ruusbroec makes, when he uses the adjective *verborghen* for the "sons." A first meaning is "hidden" (cf. the "hidden friends," but here Ruusbroec uses the adjective *heimelijcke*). However, it can also mean "secured" or "placed into safety" (see *Middlenederlandsch Woordenboek*, vol. 8, col. 1529, s. v., art. 3, where the etymological connection with the verb *bergen*, "to save," is mentioned). This meaning corresponds to what, according to Ruusbroec, is one of the main characteristics of the experience of being "a son," namely the unshakeable certainty of the eternal love of the Father (see: *Opera omnia* 10, p. 139, line 447). For this remark, I am grateful to Prof. Dr. Kensaku Shibata (Waseda University, Tokyo).

② In the texts of Eckhart, one could find expressions as "the good man is the Only-Begotten Son of God" (*Bonus homo est unigentius Filius Dei*) or "the noble man is that Only-Begotten Son of God whom the Father generates from all eternity" (*Homo nobilis est ille unigenitus Filius Dei, quem Pater aeternaliter genuit*), cf. H. Denzinger & A. Schönmetzer, *Enchiridion*, p. 293 (nr. 970, 971).

式和灵性方式结合起来,用于分析信经的不同要素。

(5)《灵性居所》

虽然现代读者最欣赏吕斯布鲁克的《灵性婚礼》,与他同时代的人——很有可能也包括他本人——无疑把《灵性居所》(*The Spiritual Tabernacle*)看作他的巨著。吕斯布鲁克在布鲁塞尔生活时开始写作该书,几年后就在绿谷完成了它。概括该书的主要观点是不可能的,因为它是一部非常详尽的冥思性评注,关于《旧约》涉及建造耶路撒冷圣殿的篇章。吕斯布鲁克认为,这一圣殿比喻了人格这一上帝的居所(参阅弗 2:21—22)。建造的全部细节——所用的材料、祭司的服装、他涂油所用的油等等——都被灵性地解释为从属于与上帝之鲜活关系的要素,且被纳入了一种令人惊叹的综合之中。这本书显示了一种令人印象深刻的学识,尽管这显然不是吕斯布鲁克的主要目标。他首先是想以圣经作为基础描述发生在人格最深处的上帝与人之爱的相遇。许多世纪之后,阿维拉的特蕾莎(Teresa of Avila)做法相同,用的是"内心城堡"的隐喻。不过,必须承认,现代读者不再习惯于把握该书文学结构的复杂性,所以该书在今天不像在吕斯布鲁克的时代那样受欢迎。

吕斯布鲁克的晚期著作重复了他早期著作中所阐发的主题,有时候描述得更详尽。不过,吕斯布鲁克是一位非常一贯的作者,他没有根本改变过自己的学说。

(6)《四诱惑》

《四诱惑》是一篇短论,描述了一位受过神学训练的冥思者,其灵性生活中可能出现的诱惑。

(7)《启导小书》

《启导小书》写于吕斯布鲁克访问赫恩的卡尔都西会之后。如前所述,该书尽可能简短清晰地解释了吕斯布鲁克冥思学说的核心方面(参阅上文)。

(8)《七道围墙》

我们知道有一本书,即《七苑囿》(The Seven Enclosures),是专门为一个人而写的,她是米尔贝克的玛格丽特(Margaret of Meerbeke),布鲁塞尔贫穷克拉雷隐修会(the Poor Clares)的一位冥思的修女。吕斯布鲁克这本书有可能不只是写给玛格丽特,而是写给1346年建立的整个修会。该书为冥思生活提供了一个有趣的规划,始于团体生活中非常具体和实际的方面(集体祈祷、共餐、照料病患等等),以及共同体生活最终引向冥思的灵性方面。该书含有关于"灵性苑囿"的详尽比喻。要正确理解这一点,就得牢记克拉雷修道院是一个远游(claustrum, cloister),它从外在形式上表达了修女们想要专心于与上帝的相遇。吕斯布鲁克发展了这一思想,通过分别人格中不同类型的心理和灵性"苑囿",以求与上帝逐渐密切的相遇。

(9)《永恒福祉之镜》

《永恒福祉之镜》(The Mirror of Eternal Blessedness)重复了吕斯布鲁克著作的一些主题。结构仍然是三重生活("行动生活"、"渴慕的、内在的生活"和"冥思生活")。该书有一长段论述圣餐,乍看起来像是离题话。但它可是关键段落,吕斯布鲁克插入它是为了表明基督徒生活——即使是那些最深刻冥思的基督徒的生活——根本上是一种与基督共在的生活。

(10)《七重阶梯》

另一本小书《七重阶梯》(*The Seven Rungs*)中,吕斯布鲁克用天使等级的引申比喻,描述了灵性生活的发展。有德的("行动的")生活,其内在的高贵可以理解为一种荣耀上帝之为上帝的方式。天使们以各种方式歌颂和赞美上帝,用天使们做比喻意在帮助分辨受造物充满爱的赞美这一态度之内在结构。该书最后几页精彩地概括了吕斯布鲁克关于冥思上帝者最深层生活的学说。

(11)《十二自修女》

《十二自修女》(*The Twelve Beguines*)可谓吕斯布鲁克的未完之作(*Unvollendete*)。写于他临终之前——他以一种罕见的自传笔调宣布他今后不再多写什么了——结构似乎表明该书是一些较短的、已经写就的文本的集合:论冥思生活、论异端、论宇宙志和天文学、论基督受难和日课。尽管如此,一些学者认为该书比人们想的更具内在连贯性。

(12) 书信

除了这些论文外,一些吕斯布鲁克致各色收件人的书信也保存了下来,它们大多包含关于灵性生活的一般建议。

2. 吕斯布鲁克的思想

尽管"神秘"或"神秘主义"这些词在今天很常用,它们却不见于吕斯布鲁克的任何作品。与他之前数世纪的基督教神学传统相一致,他更倾向"冥思"一词,最好是称他为一位"冥思的神学家"。

为了澄清这个词,或许可以从可敬者比德(卒于735年)评论

建造圣殿的一段引文开始。在评论"他为殿作了严紧的窗棂"(王上 6:4)这句经文时,比德说:

> 圣殿的窗棂是教会中圣洁的教师和所有具有灵性的人;在神圣迷狂中,他们特别比其他人更多地看到隐秘的天机。当他们把他们个人看到的公开传达给诚信的人,他们就照亮了圣殿的所有内室,就好像窗棂之引入阳光。因此,这些窗棂恰切地描述为严紧的,也就是说外窄内宽的,当然是因为谁要是领受了即便是瞬间的一束神圣冥思的光芒,谁必定羞愧地更为完全地开阔他的心胸,通过愉悦的苦修做好准备以求更为伟大者。①

比德认为,教会的教师不是靠他们自己的推理获取真理,而是从真理源泉本身领受真理。这一冥思方面是许多个世纪以来基督教文化的有机组成部分。它不排斥知识生活。12 世纪,大夏特勒兹修道院(La Grande Chartreuse)的卡尔都西会修士吉多(Guido)总结了他冥思修养的知识规划:

> 一天,当我动手忙碌时,我开始思考我们的灵性工作,灵性修炼中的四个阶段忽然全都浮现在我脑海:阅读(lectio)、沉思(meditatio)、祈祷(oratio)和冥思(contemplatio)。它们是修士们的阶梯,可以把修士们从地上送到天上。它没有几个阶梯,但长度巨大且惊人,因为其最低端置在地上,其顶端却冲破云霄,触及天上的秘密。(……)阅读是指仔细研究经

---

① Bede, *On the Temple*, transl. with notes by Seán Connolly, introd. Jenifer O'Reilly, Translated Texts for Historians, 21 (Liverpool: Liverpool University Press, 1995), p. 25.

文,全神贯注于它。沉思是指借助自己的理性,忙碌地运用心智寻找关于隐秘真理的知识。祈祷是指全心朝向上帝,驱恶求善。冥思是指心灵以某种方式升向上帝,停留于自身之上,由此它品尝到了永久甜蜜的欢愉。①

照此看法,对真理的冥思预设了阅读和沉思中的知识活动。不过,该规划作为一个整体,在根本上是交互的,这显示于第三个成分,祈祷。"真理"是一个"人",当知识生活是一种与作为位格之真理的鲜活的人格关系和对话时,它才兴盛。作为一个"位格","他"只在这样一种关系中才启示自身。第四个成分,冥思,因而是这一知识规划的精粹部分。的确,关于"他者"的最终知识不是取得的,而是获赠的——即当"他"揭示自身的时候。

恰恰是这一冥思和交互方面深切标明了吕斯布鲁克作品的特点。这方面,我们可以举出他的三大主题:

(1) 与上帝的结合:有又没有中介

吕斯布鲁克认为,人同时既通过又无需中介与上帝相结合。无中介的结合是持续创造(*creatio continua*)的反面。上帝不只曾在过去创造,也在持续创造。因而,人格的存在预设了与造物主的一种持续和直接的接触。这一直接接触与人的存在(wesen)有关。在中古荷兰语中,wesen一词与意为存在(sijn)的动词相关。由于没有切实对应的词,它在英语中被译为"本质",对此我们在前面已经说明过。应该注意,原来的词义指的是人格"存在"这一单纯的事实。在"存在"的这一最根本层面上,有一种与造物主的

---

① *The Ladder of Monks and Twelve Meditations* by Guigo II, translated with an introduction by Edmund Colledge, O. S. A. and James Walsh, S. J., Cistercian Studies Series 48 (Kalamazoo, Cistercian Publications, 1981), p. 67.

持续接触。间接接触则与人的禀赋(例如智力)有关。因而,上帝与人之间的直接和间接接触丝毫不会互相排斥。不应忽略的是,对于吕斯布鲁克,如同对于许多冥思作家,这种直接接触是可以体验的,尽管这种体验全然不同于所有其他类型的经验。

吕斯布鲁克还以一种动态的方式理解这种接触,他认为这种接触具有爱之相遇的特征:

> 而今可知:上帝不间歇地来到我们中间,既有中介又无中介,且要求我们享受和活动,一方不会阻碍另一方,倒是总会得到强化。①

上帝与人格最深层——即他或她的"存在"(wesen)——的创造性接触,被吕斯布鲁克描述为一种"到来"(coming)。上帝创造着,并进入人。其位格和爱的到来要求一种相似的回应,因此这爱可以完全互动。创造的最深层目的是一种相互的爱之相遇;在这种相遇中,上帝和人格彼此都完全将自己给予对方。

(2) 人格的根基:一个无底深渊

对于吕斯布鲁克思想来说,很根本的是,他在三位一体上帝中看到了人格的最终基础。吕斯布鲁克没有把人的"本质"(essence)理解为一个封闭的实体,而是理解为一种关系。存在(esse)是由上帝不断给予的。但上帝本身本质上是关系,即圣父和圣子在圣灵中的深不可测之爱。因而,人格的真正基础不是"我"或"我存在"这一事实。三位一体上帝的爱是存在的源泉,所以人格存在的基础是一个超验之爱的深渊:

---

① *Spiritual Espousals*, line b1932—b1934, *Opera omnia* 3, p. 532.

所以你会明白,把一切吸进其自身的上帝的统一性,不是别的,就是深不可测的爱,它在圣父、圣子,以及永恒喜乐地活于其中的所有事物中,充满爱意地吸引着。在那爱中我们将燃烧,并将被它永永远远、无穷无尽地燃尽,因为在它之中正有一切灵的永福。因这缘故,我们必须把生命的基础放在一种不可测度的深渊中,这样我们就能够永远沉入到爱中,把我们自己降入到那些不可测的深度中,因这同一个爱,我们将提升、超越自己到那些不可理解的高度中,我们将在这爱中盘桓,不用方法,它会引领我们并把我们丢在上帝之爱的无量宽度里。在其中我们将涌流,流过自身进入到那未知的奢华中,那是上帝的财富与精华,在其中我们将融化并被融化掉,我们将旋转并被永远卷进上帝的荣耀中。瞧,在所有这些类似事物中,我向沉思的人展示了他自己的存在以及他自己的训练。但是别的人将不能领会这一点,既然无人能教导别人沉思的生活。①

显而易见,吕斯布鲁克对人格的理解——以及对存在本身的理解——完全不同于与其同时代的奥卡姆的威廉(卒于 1347 年)。奥卡姆唯名论思想的基本原理是:*quaelibet res singularis seipsa est singularis*(任何个体事物就其实质来说就是个体,Sent. I, dist. II, q. vi)。② 从唯名论观点看,一个存在者的本质就是成为个体。一切存在都完全地和根本地与自身同一。这解释了为什么在日益倾向于唯名论的西欧文化中,吕斯布鲁克会受

---

① *The Sparkling Stone*, *Opera omnia* 10, p. 112, lines 102—117. 中译文出自本文集译文。
② Guillelmus de Ockham, *Scriptum in librum primum sententiarum ordinatio*, ed. Stephanus Brown & Gedeon Gál, Opera theologica II (New York: St Bonaventure, 1970) 196.

到误解,尤其是当他谈及上帝与人格之爱的结合。显然,从唯名论观点看,"与他者合一"必然意味着被那一他者"吸收",由此停止作为一个个体存在。的确,这种观点很难理解上帝如何可以"内在于"人,而人又"内在于"上帝。与之相反,吕斯布鲁克的原理是,一个人的"本质"(wesen)不是他或她的个体性,而是一种超验的关系。一个人格最根本的方面是他或她的他在(esse ad alium)。从这一根本上交互性的关于存在(esse)的观点来看,一方可以与被爱的另一方充分合一,而不与它同一。

(3) 差异(otherness)与合一

这把我们带到了吕斯布鲁克思想的第三个方面。说到底,人根本上朝向那个绝对意义上的"他"。

> 这浸润[在上帝之中]是超出一切德行并所有爱的锻炼的,它不是别的,就是以清晰的远见离开我们自身,进到我们所倾向的他者中,我们离开自我,把这他者作为我们的永福。我们感觉到对一个异于我们的存在的永远倾慕。这是我们在自我和上帝之间可能感到的最内在、最秘密的区别,除此别无区别。[1]

从这段引文看,显然吕斯布鲁克认为我们和上帝之间最深的差异在于上帝是"他"。他的他者性(alteritas)是最终的因而也是最根本的差异。[2] 另一方面,人格的如此构造以至于"倾向于一种

---

[1] *Opera omnia* 10, p. 154. 中译文出自本文集译文。
[2] We can note that Ruusbroec distinguishes between "difference" and "otherness." See: Johan Bonny, "Onderscheet ende anderheit" in: Albert Deblaere, *Essays on Mystical Literature*, ed. Rob Faesen, BETL 177 (Leuven: Peeters & University Press, 2004), p. 375—388.

不同于我们所是的他者"。自恋不是一个人的自然状态。相反,其存在的最根本结构是他在性(*esse ad alium*),也即他的倾向于他者。① 由此看来,上帝的绝对他者性对于人并非悲剧。这种他者性恰恰是人格在其最深刻的存在所向往的。

如我们前面所说,吕斯布鲁克著作的主题是上帝与人之爱的相遇。这一爱的相遇是永恒的,因而它预设了双方永远不会同一,同一意味着爱的终结。

有意思的是,吕斯布鲁克认为这一爱的相遇意味着——同时意味着!——两方的差异和爱的合一。

> 灵[也即人格]总在自身中燃烧,因为它的爱是永恒的。它总是感到在爱中燃烧殆尽,因为它被吸入向上帝统一性的转化中。当灵在爱中燃烧,它检查自己,便发现自身与上帝的一点区别与差异。但在它烧尽时,它便是单纯的,不再剩下区别。所以,它将经验到的便只是统一,因为上帝之爱的无量火焰毁灭、吞噬了它的自我可能抓住的一切。②

吕斯布鲁克从圣维克多的休(Hugh of Saint-Victor,卒于1141年)那里继承了"燃烧"和"被燃烧"的意象,③我们不应误解他对此意象的运用。正确理解的关键是重视他两次使用了"总

---

① Ruusbroec is very consistent in this. For him, this is even true for the sinner: "And so, even if man is unfaithful to God, as soon as he looks into himself, he feels that he is directed away from himself, towards the bliss that is God," *Opera omnia* 10, p. 126, line 248—250.
② *Opera omnia* 10, p. 110—112. 中译文出自本文集译文。
③ Cf. his *Commentary on Ecclesiastes*, 1, *Patrologia Latina* 175, c. 116—118. The image is used abundantly later by John of the Cross in his book *Living Flame of Love*.

是"("它总是燃烧"和"它总是感到在爱中燃烧殆尽")。换言之,他正在描述一个复杂事实的两个组成部分,而非时间上前后相继的两个阶段。

此外,经常受到忽略的是,当吕斯布鲁克提到"无区别地合一"的经验,他指的是一种爱的结合。所以,"无区别"并不是指两个被爱者本身。两个位格不会彼此熔合。不存在上帝和人之间的本体论融合。但确实存在真实和完全的结合,也就是爱的结合。在此意义上,可以说他的结合观念深深地植根于基督教观念。① 的确,卡尔西顿会议将神性和人性在耶稣基督这个人中的结合也理解为一个复合事实:"不混、不变、不分、不离。"②吕斯布鲁克所描述的上帝和人爱之相遇也是如此。在此爱的相遇中,双方的本性不会合并(不混)。人依然是一个受造物,上帝依然是上帝(不变)。尽管如此,两方充分地彼此结合(不分),所以他们的爱无法离散(不离)。吕斯布鲁克"无区别"的说法应在这一"不分不离"的语境中理解。

3. 一个新版本完成

早在吕斯布鲁克在世时,他的全集就由他绿谷同侪最早加以编辑。他们在一个抄本中抄录了他的全部著作,该抄本后来又分

---

① Cf. e. g. Joseph Ratzinger: "Die höchste Einheit ist für den, der Gott als drei-einigen glaubt, nicht die Einheit des starren Einerlei. Das Modell der Einheit, auf das hinzustreben ist, ist folglich nicht die Unteilbarkeit des Atomon, der in sich nicht mehr teilbaren kleinsten Einheit, sondern die massgebende Höchstform von Einheit ist jene Einheit, welche die Liebe schafft. Die Vieleinheit, die in der Liebe wächst, ist radikalere, wahrere Einheit als die Einheit des 'Atoms'." *Einführung in das Christentum: Vorlesungen uber das Apostolosche Glaubensbekenntnis* (München: Kösel Verlag, 1968), 140.
② Cf. H. Denzinger & A. Schönmetzer, *Enchiridion*, nr. 301.

成两部分，肯定是因为它卷帙过多。遗憾的是，其中一部分丢失了。另一部分保存在布鲁塞尔的阿尔贝蒂娜皇家图书馆。除此之外，两百多份吕斯布鲁克著作或著作片断的稿本为人所知。很快就出现了译本，最具影响的译本当属卡尔都西会士苏里乌斯(Laurentius Surius)出版于1552年的译本。该译本传布全欧，对诸如卡尔都西会士狄俄尼修斯(Dionysius the Carthusian，卒于1471年)或布洛修斯(Ludovicus Blosius，卒于1556年)这样一些作者有着巨大影响。

在19世纪，对于原版中古荷兰语文本生发了新的学术兴趣。1858和1868年间，鲁汶天主教大学的教授戴维(J. B. David)出版了六卷本吕斯布鲁克著作的原文版本。但这是个很有局限的版本，仅印行了不到140份，显然只对少数专家有用。在1932—1934年间，五位耶稣会学者(J. B. Poukens，L. Reypens，D. A. Stracke，M. Schurmans和J. Van Mierlo)推出了一个新版本，修订并再版于1944—1948年。这一版本切实地改进了戴维版本，但它也有不足之处。因而，在耶稣会士德巴赫(Guido De Baere)的主持下，一个学者团队着手编辑一个按照最高科学标准的版本。这个版本的首卷于1981年问世，整个项目完成于2006年9月。这一吕斯布鲁克《全集》(*opera omnia*)的批判版本参考了已知的全部稿本，并且包含了出自苏里乌斯之手的16世纪拉丁译文和现代英语译文。依据这一版本，各种新译文正在推出，例如2003年，《启导小书》的中译文在北京面世。

（刘 研 译）

爱者的国度

"主把公正之士带回正道，并给他出示上帝的国度。"在这句话里，圣者教导我们五件事情。第一，在他说"主"的地方，他把主的威严显示给我们，因为他是一切受造物的主。第二，在他说"他带回"的地方，他把人的堕落和歧误，以及上帝的怜悯和仁慈显示给我们，因为他已经把人从原罪的堕落中挽救出来，使人从歧误回到正道，从死亡回到生命。第三，在他说"公正之士"的地方，他把上帝的爱和恩惠显示给我们，因为为了使我们得称为义，他在大爱和热望里经历过死亡。第四，在他说"走正道"的地方，他让我们领会到上帝的无边智慧和大度，而这是上帝早已在驱策人追求美德的多重礼物中显示出来了，它们都是正确的道路。第五，在他说"并给他出示上帝的国度"的地方，我们理解到了上帝工作的益处和因原，即人可以凝视上帝的国度，它就是上帝自身，并且可以在永恒里分享他。

现在，关于第一点："主"，因为他是一切受造物的开端、起源、生命和实体。救主具有四个特性：威严、智慧、大度或恩惠、公正。上帝是威严的，因为万物都屈服于它；上帝有无边的智慧，因为万物都清楚明白地展露在他面前；上帝大度又仁爱，因为他给与一切；上帝是公正的，因为他为万物定赏罚。因为他想要展示他的大能、智慧和仁慈，他创造了天堂和尘世，并用天使和自己来丰满天堂，用人类和诸多受造物来丰满尘世。他的大能在创造中得到展现；他的智慧在万有秩序中得到显明；在诸多礼物的赠与中，他的仁慈和大度得到了展示。

为了使人转向他，为了他们的天赋能够拥有永恒不朽的无边国度，为了他们的理智能够得到转化并最终被无限智慧照亮，为了他们的意志自由地转向上帝，也能够完全被无边的爱所充满和渗透，为了他们的全部天赋被印入到永恒无边的快乐中，他创造了天使的本性，高举智能的精灵，并且给与他们能力和恩惠，使他们怀着谦卑、敬重、赞颂、爱和崇拜之情转向他。那些转向上帝的人有福了，因为在荣耀的光芒中，每一种天赋都发生了转变，在神性整体中，每一种天赋都享有它的快乐，并且沐浴着实质性的辉煌。那些背离上帝而转向自己的人只处于自然的尊贵中，并不蒙福。因为他们的天赋是如此的无力、并且受到阻碍、被剥夺了恩典，以致于他们永远无法再转向上帝；他们的理智被罪恶的黑暗所遮蔽并与神性的辉煌相隔绝，他们的意志充满了苦痛和永恒诅咒的折磨。他们已从至高处跌到至低处。他们是上帝、天使、圣徒和人类的敌人。

而今，上帝创造了人性并赠它以恩典，因此藉着谦卑、顺服、事奉、赞颂、爱和崇拜，就可以拥有和赚得天使逆此而为所失去的地位。这就是对第一点的解释，在他说"主"的地方：他拥有大能，因为他从虚无中创造万有；他拥有智慧，因为他在天国和尘世颁定了万物的秩序；他拥有仁慈和大度，因为他赠与天堂、尘世、天使和人类诸多礼物；他拥有公正，因为他奖赏善人与自己同享永恒快乐，把恶人扔到永恒磨难中。这就是五个要点中的第一点，在他说"主"的地方。

第二点在他说"他带回"的地方。没有人需要领回来,也没有被领回来,除了迷途的羔羊,因为人性堕落了。由于第一人所犯的罪恶,对所有生自其中的人来说,原本自由的人性变成了一种地牢、监狱、放逐、绝境和迷失,因为他们都是不顺从的孩子。现在上帝接纳了我们的人性并把我们带回正路,因为在其中上帝谦卑又顺服地事奉着他在天上的父,而在教导、榜样和仁爱中人们都信服他;他在慈爱中劳作,在温顺和忍耐中受难,死于爱并在公正中偿债,而且把人性提升到自由之中。结果,人性得到了解放,而且所有在基督里重生的人都得到了自由。

无论谁想要在基督里重生并获得自由,他都必须拥有信仰,而且必须接受第一项圣礼:即洗礼,它是灵性洁净和在基督教团契中重新过一种新生活的象征,他也必须拒绝恶魔及其事奉,并答应忠实于基督。清白无罪的外衣已给他披上,那就是说他的灵魂被基督的死亡和功德所覆盖。他必须承诺不要被罪所玷污,把它带到上帝的审判面前。而且他也有四项收获:第一项收获是免除了永恒的磨难,第二项收获是配享永恒的快乐,第三项收获是神圣恩惠驱使人时刻去追求新的美德,第四项收获是分享一切已有和未有的善。如果在遵守诺言和增进上帝恩典方面做得更好的话,这个人就会接受第二项圣礼,即所谓的坚振礼或坚固礼,他也渴望背负基督的十字架以反对恶魔、世俗和自己的肉体。他于是获得了三件东西,一是上帝恩典的丰盈,二是恶魔受到削弱并更加怕他,三是此人在诸美德上的坚固。因此,人在洗礼中重生和丰盈,在坚振礼中坚固。但是现在由于心灵的骄傲、灵魂的渴望和身体的贪欲,人经常犯下相应的罪恶,违反自己许下的诺言,玷污了自己的灵魂,错过了上帝的恩典,蔑视死亡和基督的救赎。

但是,既然人都会发生改变,造人又通过自己的死再造人的主并不愿意抛弃他,反而在圣教会里留下了第三项圣礼:悔改,即为罪恶而痛悔。藉着上帝的触动,在人这一方必定会发生四件事情。第一件是真正为自己所犯的错误而永远地感到痛悔。第二件是痛下决心永远不再犯罪。第三件是在宣认和忏悔中按照教士的劝告诚心实意地完成圣教会的补赎事功。第四件是热切地渴望从今以后以谦卑的顺服态度去事奉上帝,把自己的永恒拯救托付于他,并且以极大的痛楚来忏悔自己的罪恶。对一个人来说,这四件事情都是必要的,然后他的罪恶得到了赦免,他也得到比以往更多的恩典,并且成为了圣教会一切善功的分享者。

因为他从流放回到家乡,从陌路人变成朋友,从贫穷变成富裕,从死亡进入生命,从悲痛进入幸福,这就是基督为何安排第四项圣礼作为一项特殊宴会的原因,即他的身体和血被分别当作食粮和饮料,所以我们要与他联为一体,永远不与他分离。人要以谦卑的敬畏和崇拜来接受这项圣礼,因为他接受的是创造他以及万物的那个人。他也要在内心里接受他,渴望着奉献,因为他是在信实的爱中为他而死的那个人,他也要在永恒里把自己给与人。

第五项圣礼是神秩,如果人按照他应得的,理所当然地接受这项圣礼,它就将人从世俗的快乐与劳作中分离出来,并将其带入到上帝的极大平静和价值中。他被给与了美德的鉴别力,生命得到丰盈,被置于一个特别显著的位置上,并且在永恒里保持着这些标记。

第六项圣礼是婚配,为的是人在此世可以合法地生活,发誓忠诚于伴侣并至死不渝。

第七项圣礼是施膏。当人觉得自己不再继续活在此世的时候,他就十分渴望接受这项圣礼,为的是藉着这项圣礼和教士与圣教会的祈祷,他每天所犯的罪和遗忘了的罪可以得到宽恕。这些就是将人从原罪、自造的罪和日常的罪所带来的永死中带回的七项圣礼,它们护卫他与恶魔斗争,命令他走向上帝,并给他尘世中的合法生活。这五项要点中的第二项,即主是怎样通过他的死和七项圣礼将人带向自身的。

第三点是"公正之士",因为只有被给与正义的人才会被领回正道,因为称义就是被领回正道。如果一个人是公正之士并藉着圣礼在圣灵的力量里被基督带回正道,他必须注意四点。第一点是人要把自己在此世和永恒里的需求交托给上帝,并以其所是、所有和能行的一切来信守上帝。第二点关乎到众人身体上和精神上的需求,我们在意愿和工作中要怀有爱的态度。第三点是面对上帝和万物所施加给我们的一切,要保持忍耐和温顺的态度。第四点是在一种持久的情感和喜悦的等待里,怀着对永恒国度的坚定希望,一个高尚的心灵脱离了一切受造物的束缚而享有自由。这四点使人在一种积极的生活中得称为义。

还有其余四点在一种冥思的生活中使人称义。第一点是一颗自由的心灵,持续地在爱中与上帝联合,在合一的渴望中升华。第二点是一种清晰的理解力,在恩典里惊异地思索圣三位一体的丰富含义,并且在转变之后毫不惊讶地凝视着无限的辉煌,最终在纯一中升华。第三点是所有的天赋愉快地趋向、流往和持存在上帝中,包含、渗透和满溢着比它们所能渴求的多得多的财富和快乐。第四点是迷失在目标深渊的激动中,没有人能在黑暗中行走,因此人总在永恒中迷失,这是最高的福分。这四点与前面的四点一道使一个人在冥思和行动中变得公正。这就是主带回公正之士的方式。这也是第三点。

第四点是所谓的正道。现在来考虑主是怎样将公正之士带回正道的。通向上帝国度的途径有三条:肉体的感觉途径、纯粹自然的途径和超自然的神圣途径。

第一种是外在的感觉途径,即四种元素和上帝美化的三层天,每一样东西都物归其类。这是一种外在感觉的上帝国度,一种上帝的遗迹和上帝的粗糙形象。因为人类的需要,它才受造并被馈赠,为的是让人观看和思考它,并且信守上帝,全心全意地事奉和赞颂他。他创造了最低级的元素——地,并馈赠了许多种树和庄稼,让它们结许多果实以满足人的需要,也馈赠了许多种动物来服务人类。人是一切受造物的主。上帝创造了第二种元素——水,它从许多方面围绕和穿越大地,也滋养着大地。他馈赠给它们许多种鱼类和动物,为的是满足人需要的食物和清洁。第三种元素是空气,它是地和水的滋养物,因为它被天堂之光照亮,它也是透明的,因为除却肉体的辉煌,外在的感官都无法识任何一种色彩和形式。它被赠予许多种鸟类。第四种元素是火,它是地、水和空气的滋养物和产物,因为要是没有火的话,地上、水里和空气中的任何一个东西都没法成长、诞生或存活。世上的一切东西都由四种元素而造。他也创造了最底层的天——苍天。它是所有元素的滋养物,因为藉着它的运动,所有受造物得以运动、存活和成长。他赠与它统治自然的行星和天体,用它们的多种辉煌和尊荣来照亮它。苍天的最上部分所发出的光芒来自于至高层天的辉煌,它也把光芒反射了回去。他创造了中层天——所谓透明,或水亮,或水晶般的天,不是因为它是水晶造成的,而是因为自身的光辉。中层天是苍天的滋养物,因为是透明的,所以它能用至上天的光照亮苍天的最上部分。她也被赠与了辉煌。它的最上部分叫做元始运动,是诸天和诸元素运动的起源和开端。诸行星、诸天和诸元素的运行都服从这种运动,有形自然界也根据元始运动的影响而运行。但是,没有任何受造物的能力高过理性受造物,更不用说高过元始运动,因为理性受造物要屈从于天和自然的运行历程,就那种运动与美德相悖而言,它是活在自然的运动之上。他还创造了至高天,它是纯洁和天然的光辉,是一切有形事物的不朽的开端、起源和基础。它把诸天和诸元素包含在自身内，就好比在一个球内。它比上帝所造的一些有形事物要宽广、深刻、高远和伟大，上帝也把自己、众天使和众圣徒馈赠给它。因为有形的受造光辉系于灵性的非受造光辉，即上帝的尊贵本性。注意，这层天和它所包围的一切有形事物只是可感觉到的外在的上帝国度。人要凝视和思索这个国度、秩序和这种滋养物，并因它之故而赞颂和事奉上帝。人可以通过自己的外感官看见和感知到苍天下的一切，可以通过自己的内感官和理性识别力来想象和沉思苍天上一切。有形的诸天终结于何处，一切想象力和内外感官的功能都会终止。因为身体终结于何处，感官就终止于何处；因为上帝、天使和灵魂是无形的，没有任何感官能够理解他们。这是外在的感觉途径，也是第一种途径。

第二条途径是自然之光的途径。顺着它，无需圣灵的任何触动，许多人心怀悖逆的意图践行着自然美德。凭借自然的伦理美德赋予的较低能力，和在灵魂本质的单一基础中被提升到空虚中较高能力，有人行在此路上。这既承载着上帝的形象，又是上帝的一种自然国度。涉及到身体，人是由四种要素造成的，而涉及到灵魂，人是从虚无中造成的，是上帝的肖像。

人的第一种自然天赋是易怒的天赋。决心征服所有的不道德、动物性和自然倾向并成为它们的主人，这就被赋予了第一项道德德性，即所谓的审慎。这是因为要考虑到：他来自何处、身在何方并去往何方；他生活中的短缺、时光的流逝以及世间的不幸；来生的长短和持续的时间。也是要考虑和经历到从里至外丰盈人们的诸多美德的高贵、适当和合宜。随着易怒的天赋为审慎所涵摄，他就要驱逐里里外外不道德的一切。第二种自然天赋是欲望能力。它被第二种道德德性——节制所涵摄，因为控制和保持欲望，能避免过量吃喝，不过分追逐衣饰和世间物品，结果它就永远不再渴求自己不需要的东西,也不会热烈地追逐它的确需要的东西了。第三种自然天赋是理性。前两种天赋未受德性涵摄,是动物性的天赋。但是理性天赋却把人与动物区别开来了。公正涵摄者它,使得人能够根据公正的眼力与取与舍,为或不为,支配和安排万物。第四种自然天赋是意志的自由。它被一种叫作勇敢的自然德性涵摄着,人因此能征服和支配灵魂里的所有动物性天赋,藉着坚毅的心灵他也能够忍受羞愧和耻辱,羞辱或得意,得或失,福或悲,以及与任何受造物的突然遭遇,他也会以平静的心灵来接受这一切,并且毫不差欠地完成实实在在的德行。这些是四种自然天赋,分别被在道德生活中涵养人的外在方面的四种道德德性安排和支配。这是自然之光途径中的最低部分。

自然途径的最高部分是三种灵魂的高级天赋:远离劳作和多样性,并转向合一中的空无。升华了的记忆已经折回到其本质的本真中,逐渐在单一本质中变得不活泼。记忆对心灵的单一基础有一种自然的倾向和渴求。记忆伴随着理智的理性功能和意志的自由能力向下转移到外在的工作,它们也一道统治和支配着一切感官和身体的功能。而且记忆也在转向内部,伴着一种关涉其生起和熄灭的自然倾向(趋向本质),从染著和多样性转到灵魂的本真本质中。记忆在那里面对着心灵的本真本质,而那种本质正是记忆的自然财富。第二种天赋是理智,转向其本质并思索着根据的虚无性。因此,理智就其本性来讲并不活泼,不依赖于行动,且处于其本质的单一性的中央。而且,通过检省自己和一切受造物,人就会体验和轻易地发现在万有所系和所出的地方存在一个原因,他也渴望在永恒中依止于它。藉着受造万有,在它创造万物的威严大能里,在它安排万有的智慧里,在它丰厚充足地馈赠给万有诸多礼物的仁慈和慷慨里,他体验到了第一原因的威严、智慧、仁慈和丰富。而且他与万有在多样性里共享的每一样东西都无穷地保存在自身和他尊贵本性的无穷丰富中。第三种天赋是意志,它环绕着记忆和理智,他们也都自然地趋向于自己的本源。因为当较高级的未沾染尘世事物和肉体快乐并被提升到合一中时,通过身体和灵魂就产生了一种愉悦的息止。于是诸天赋就渗入并转化到心灵的合一中,而这种合一也处于它们之中。自然途径的最高(级别)是灵魂的本质,它命系于上帝,不可移动,而且比至上层天要高,比海底要深,也比拥有所有元素的整个世界要宽广,因为灵性本性超越了一切有形本性。它是天生的上帝国度和一切灵魂活动的终止地。因为除了上帝,没有任何受造物可以在灵魂的本质里工作,因为他是本质中的本质,生命中的生命,是一切受造物的开端和实体。这是自然之光的途径,沿着它人就可以与自然美德和灵性虚空相伴而行。之所以称其为自然的,是因为人可以无需圣灵的触动和神圣的恩赐就能行在其中。但是,没有上帝的恩典,它很少被如此高贵地践行。

第三条途径是一种超自然的神圣途径。灵魂被圣灵所推动,也就是被神爱所推动,它以七种方式来推动人的行为。总共有七种方式,也就是以赛亚所描述过的七件礼物,作为七种主要的美德,它们是诸美德的开端和根基。上帝的灵就像有七个泉眼的活泉,分别流出七条小溪,在同一个地面上存活和涌动,流过心灵的国度,并且以多种方式使其富有成果。上帝的灵是无限的慷慨和辉煌,也是点燃和使七件礼物燃烧并在灵魂的纯粹心灵中放射光芒的火,就像上帝尊贵威严的宝座前的七灯。圣灵、神爱和永远辉煌的太阳释放出七种亮丽的光线,使得灵魂的国度温暖、明亮和果实累累。这七件礼物像是放置在纯粹心灵中的七颗行星,就好比放置在苍穹中一样。它们在神爱中统治和支配灵魂的国度。它们也像装饰在健壮的参孙头上的七条发绺,像亲爱的灵魂即充满神圣恩典的自由意志,比一切恶行要强壮和英明,而恶魔是想要剪除这些发绺的。这七件礼物是圣灵在灵魂里的活动,藉着它们上帝丰富了灵魂,使它变得有秩序和与自己更加相像,并最终将它导入自己的永恒快乐之中。

为了获取这些超自然的神性礼物,有六类人并不像其本性要求的那样,根据自己的能力来引导自己行动。

第一类人是那些活在明显看来是致死的罪中的人,还有那些背离上帝的人,他们转向自己的身体快乐,以自己的心灵自傲,追逐尘世的财富,抵抗上帝的诫命和荣誉。有种人生活在明显看来是致死的罪中。第一种是那些追求世上名誉、地位和利益,并且妒嫉别人和渴望压迫别人的人。第二种是那些贪婪的吝啬鬼,如果可能的话,他们都想把上帝为大众所创造的一切窃为己有,单独占有。他们在上帝面前是不义的,因为他们并不用他的物品来事奉他;他们在自己面前也是不义的,因为他们为了自己,使自己的整个一生变得动荡不安;而且他们在自己的邻人面前也是不义的,因为他们不愿意和他分享所有为满足他们需要而创造的一切。第三种是那些懒惰、好吃和不贞洁的人,他们像动物那样听从自己的欲望,既粗鲁又粗鄙,还不接受神圣之光的启蒙。对一切明眼人来说,这三点清楚地表明了所有跟从他们的人都远离和背叛了上帝之爱,不再与上帝之爱相似。那些既不听从自然律也不听从理性、只听从自己的动物性官能的异教徒们,和那些按照自然欲望生活的人们,要比那些按照理性生活的异教徒们承受更多的折磨,比他们更疏离上帝和不像上帝。而那些已经接受了上帝的诫命、预言和许多别的奇迹与礼物,曾经看过和听过自己先祖的范例,但却蔑视这一切、像动物般生活并抵制自己的律法的犹太人,要比那些听从律法的异教徒或者犹太人更恶劣。但是对于基督徒来说,基督为他们而死,并以死赦免了他们,给他们留下了圣礼和自己的多重礼物,还把自己当作永恒的快乐应许给他们。他们在圣礼里向他发誓忠诚、清白和永远事奉，但却背离了他，去服从世俗、恶魔和自己的动物性欲望，它们要比异教徒或者犹太人更可恶，因为他们接受了很多并许诺了很多，但却蔑视它。然而，如果他们要转回到上帝那里，很容易就能与他和解，因为他们是儿女，而其他人却是陌路人。这些人属于第一类，他们最不像上帝，距离上帝最远。

第二类人是这些不信的人们，他们持有反对十二信条或七项圣礼的不信理由，或者他们在任何问题上都反对圣教会，无论是公开地还是隐秘地，同时还想呆在教会里。甚至他们还想拥有一切道德美德、怜悯事工和任何人都曾有过的清晰理智，如果他们还呆在教会里，就该受到诅咒。使人不信的事情有四件。第一件是倔强和固执，使得人不愿听从任何人的劝告和教导；第二件是以天赋聪明和精明自傲，或者是在实践中采取了胜过其他善人的不同寻常的外在敬虔方式，并且以此自豪；第三件是轻信任何突然而至的概念或无论怎样闪现的灵感，对其是否符合圣教会的信仰的问题不加以仔细辨别；第四件是灵性的骄傲，人相信自己胜过神圣基督教王国，结果堕入了不信，也不配享有上帝的恩典。但是对那些想要转向上帝的人来说，他们得摒弃自己的意志，使自己的知识和理智服从于圣教会的知识和教导，并且在内外两方面都无不逊地活出自己的一生。他们得转向上帝的荣誉，并且内里怀着无伪的心相信圣教会所信的一切事情，外里在每一项实践中从事圣教会所作的一切事情，每个人都按照自己的生活状况和圣教会的命令来生活，就像圣教会所作的那样。这样他就会获得现世的恩典和蒙受今后的福泽。异教徒们尽管现在活在自然正义中，仍旧要受诅咒，因为耶稣基督的名、工作和预言以及人性的救赎都已经被传讲并被知晓为世界的一切目的。现今，尽管犹太人按照上帝的诫命和远古祖先的习俗与教导来生活，他们仍旧要承受比异教徒更严厉的诅咒，因为他们蔑视讲说基督受难和来临的自家律法中的预言，真心怀着邪恶，故意嘲笑基督的惩罚、教导和工作。他们比异教徒还要邪恶，因为他们已经得到过多的礼物，却不愿承认。

　　第三类人是伪善者，他们出于世间的回报而作善功。伪善者可被划分为四个群体。第一群人是那些愚弄和谄媚在己上之人的人们，为了在荣誉、利益和财富方面处于比他人更高的地位，他们在一切美德上都表现出善功、正义和正直。那样的人渴望当教皇或者主教，或者渴望在修会里享有某些别的尊严——当修院主持、男修院院长、小隐修院院长和女修院院长；渴望无论在什么情况下都优于别人，或者渴望拥有世俗的控制权，这样的人也撒谎、谄媚并在每一项美德里都未装成谦卑、公正和有礼，实际上是骄傲或者贪婪做成这一切。这就是伪善。因为这些人是伪君子，他们怀着这些意图所作的一切工作都会失去。第二群人出于所谓神圣或者世俗利益的缘故掩饰和忍受着繁重的劳动。许多人属于这一群体。他们都在公众场合作善功并想获得人们的称赞，但这是伪善和徒劳的。施行弥撒祭的教士，他的最高意愿是世俗财富的增加和表面上的良善，这就是伪善和永恒的折磨。修士、修女、修会中人、男自修士（Beghard）、姊妹会、女自修士（Beguine），或者无论是谁在禁食、守夜、祈祷、朝圣、赤脚前行、讲道、陋衣旧习、长期静修、荒野幽居中，以及在出于所谓神圣或者增加世俗财富的缘故而采取许多新奇的修习方法中，表面上作了许多善功，这些统统是伪善。第三个伪善群体是那些为了让人们能暴食暴饮并过上舒适安逸的生活而展露善功的人，他们有时是狡诈和骗人的。他们并不珍重世上的荣誉，也不珍惜世上的任何物品，但他们是感官和贪吃型的人，而且会奉承那些能从中谋取益处的人。第四群人私底下从事着邪恶的行径，用许多外在的美德来掩饰和装扮它们,为的是遮盖自己的邪恶并更好地继续这种行径。这些都是伪善的行径,不配得享上帝的恩典。但是如果他们想要转向上帝并变得配享上帝的爱,那么他们或为荣誉、财富、胜过他人、变得神圣、尘世事物的任何外在价值、取悦他人、遮盖自己的邪恶而作的一切善功,他们就应该继续保持下去,但是它们应该改变自己的错误态度,而且在所作的工作中要希求上帝的荣誉和荣耀,以及它们自己的永恒福分,并且蔑视所有的尘世事物。结果,他们就会获得神爱和永生。

第四类人是那些不正当、狡诈和精于世故的人,他们想要同时拥有尘世和天国的功德。有四种事物阻挡他们得到上帝的恩典。第一种是口是心非的意图,因为他们要服务上帝和世界,并且同时是它们得到满足。他们禁食、庆贺节日、上教堂、听闻上帝之道。他们似乎在许多方面持守着上帝的诫命,在他们眼里自己是令上帝喜悦的,然而事实上他们是两面三刀的不正之人。他们细心、反复考虑和巧妙地处理内部的,而在外在的工作里,他们尽量多方争取尘世上的物品。因此他们想要同时拥有世间和天国、时间和永恒。所有的人,无论宗教的还是在俗的都在此列。修士和修女想要在灵性上丰富,就像他们尽其所能去争取更多的物品一样。教会法和教士想要拥有两三份教俸,或者自己是个商人,尽其所能地购买更多的物资。贵族、工匠和北真,无论他们的地位如何,他们追逐上帝和世间事物都超出了必要的界限,全是口是心非的人,不像上帝,也不配享上帝的恩典。阻碍他们的第二点是贪婪。因为在许多事情上他们服从上帝,而在怜悯、慈善事工和慷慨上并不服从他,他们总是缺斤短两和割舍不下。除了贪欲和贪婪,他们的良心能感受到任何恶行。因为他们的良心根据自己的意志而非正义,还未被神性之爱所触动。阻碍他们的第三点是自然的聪明和狡诈。他们从长计议着自己的得失。这些人总是在私底下或者公开场合寻求自己的益处,而不管是富人还是穷人跟他们发生关系。因为他们的极大贪欲,没有人喜欢他们。而且因为他们生性谨慎,当他们想到自己要死的时候,为了买到永恒国度的门票,他们很乐意捐赠他人,但要是他们能够永远活下去的话,他们就永远不会再给与人任何东西。第四点阻碍他们的是冷酷的执拗。无论他们听到什么布道词,无论人对他们说什么好的事情,无论他们看到什么好的事例,可上帝仍然以疾病或者世上物质的损失来惩戒他们,他们都不为所动,依然沿袭旧的习惯。这些人都是很少品尝过神性物品、精于世故的狡黠之辈。但要是他们配享上帝的爱的话,他们必须得全心归向上帝,除了为上帝的缘故而产生的需要外,尽可能少地关心尘世间的任何事物,与上帝里的贫苦人一道用完自己的所有,热心精进地追求上帝的国度,并以真实的仁慈和慧眼来安顿自己的一生,如此,他们才能获得此世的恩典和来世的永生。

第五类人是那些不自由的仆人。有六点原因使人受奴役、不自由、不光彩并且不配享上帝之爱。第一点是他们只热衷于自己和自己的所得,而羞于自己的所失。那即是说,他们乐于避免永远的惩罚而愿意获得永恒的幸福,这也正是他们作或者不作一切事情的原因。他们能够承担巨大的劳动,因为他们在一切事情上只在乎自己。第二点是他们总是患失或者盼得。为了获得永恒的事物,有些人甚至会蔑视尘世上的一切事物。第三点是他们认为自己的工作和事奉很伟大,他们更多地倚赖自己的工作,而非从上帝子女出来并由基督宝血赎买来的自由。第四点是他们使自己成为了受雇佣的仆人,因为如果他们认为上帝不会给他们回报的时候,他们就不会再事奉他了。他们更害怕上帝诅咒的威胁,甚于去激起上帝的愤怒,而且他们渴望得到上帝国度中更多的东西和自己的福利,甚于去永远地赞美上帝并在永恒里保持自己的自由仆人的身份。这些人是不自由的,没有被慈爱所触动,因为他们在诸事上只热衷于自己。但是慈爱却总是寻求上帝的荣耀,使人忘记和否定自己,盼望和相信上帝,并在尘世和永恒里始终以真挚的情感渴望事奉上帝;它使人未上帝的国度而倚赖上帝,他也相信上帝会把他自己作为永恒的快乐给与自己。结果,这些仆人就会自由地转向上帝,于是他们就能领受到上帝的恩典,保守自己的工作并获得永恒的生命。

第六类人是那些人,他们天生骄傲,天性机敏,总是过着一种外在的道德生活,不活泼,升华到自然的沉思中,总是任性的。由于骄傲,他们有一种傲慢的态度,总是想成为他们奇妙生活中最伟大的,而且他们也认为自己就是这样。由于自己的灵性,他们希望获得荣誉和每个人的喝彩。他们发现只有少数几个人能使他们感到满足,但是那些令他们满足的人得要非常尊重他们。他们轻视自己所知的任何人的内外生活,但是却溢美自己的生活。他们想要教导每一个人,并认为自己拥有一切智慧,但是他们却不想被任何人教导和更正,因为他们天生骄傲和任性。由于他们的天生智能和机敏,他们拒绝一切、所有推理和一切有悖于他们的事物,而这种天生的机敏正是他们自豪的原因和资本。由于他们的狡猾和外在行为的可敬,所有那些既没被神性之光照亮也不实行真实谦卑的人都非常喜欢他们。由于这种自然沉思的空无性和上帝的恩典不会催促他们,他们经常在顾自己的需要而辜负了邻人。因为慈爱永远不会失败,但自然是不公平的,因为在沉思里天性只在乎自己。这些人把沉思看得比任何慈爱的工作都要伟大。但这不是事实,因为我们被命令作慈爱的工作。但是,尽管沉思是超自然的,若没有慈爱的工作,它就会走向虚无。他们认为自己需要他们拥有和得到的一切,因为他们认为自己里里外外都灵敏。这些人拥有得到了提高的自然理智,在生活中也从自己的知识和灵性中得到许多满足。世上很少有人效仿这第六种方式。这就是第六类人。这些人不配享有上帝的恩典。但是如果他们要变得配享恩典的话,那么他们必须怀着谦卑的心,在自己的所有工作和生活中去赞美和荣耀上帝,而且有自知之明和保持在未升华的状态;他们也要把别人看作在美德上和自己一样有着良好的天赋和秩序,如果不是更好的话,也正好和他们自己一样。他们要保持自己理智的清晰并在谦卑里持守着它,然后他们就会在神光的照耀下变得更加文明,并藉着虚空和脱离尘世俗务的方式过上一种冥思的生活。他们也要坚持遵守各种自然美德,要以真正的慈爱、慷慨和仁慈来对待上帝、邻人和自己,由此产生了一种积极的生活。所有以这六种方法生活的人完全是生活在上帝恩典之外和致死的罪里;他们不可能获救,除非他们在每一个方面都能远离,就像这里所显示的那样。

每一项神圣恩典、礼物和神学美德都始源于神圣信仰,而那是一种超自然之光和一切美善的基础。无论是谁,只要他想得到它并成为永恒国度的儿女,他们就得把自己的本性带到天性所能达到的高点,即他们认识和考虑到上帝出于对人的爱创造了天国和大地,他赐予人许多种灵性和物质的礼物,他为他而死,只要人真正忏悔他就会赦免人所有的罪,他会大度地赐给人神爱和所有美德,只要人敢因此信赖他并且想要以真正的顺服自由地事奉他,他就会把他的所是和所有赐给人,因为永恒的快乐在永恒的荣耀里。上帝总是出于自由的良善和慷慨来做成一切,他的本性就总是想在此世和永恒里流溢出礼物,他想把他所赐恩的那些人提升到自己里面来,并把他们带到永恒的快乐里:这就是为什么人以真正的谦卑和服从自由地做自己工作的原因,因此也是人只询问和意愿上帝所要给与的一切的原因,因为上帝是给与和慷慨本身:没有人的任何一项事奉会被他遗忘或者抛弃。通过这种方式,人把自己的本性带到了天性所能达到的至高点。在本性所不及和不能的地方,上帝就携超自然之光而来并照亮理智,结果人就不可思议地去相信和信任,也考虑和注视着他所等待的永恒良善,豪不怀疑地期盼获得他所相信和注视到的一切。从这里涌出一种真心真意的情感,即自由地将自己与上帝联合起来的感情。这就是三种神性美德:信仰、希望和爱。圣灵携着它们进入人的灵魂,像是一眼活泉流出七条小溪,即七项丰富和安顿顿灵魂并将其带入永生的行动中的神圣礼物。

七项神圣礼物中的第一项礼物是爱乐于敬畏我们的主,对上帝的不悦的惧怕甚于失去奖赏。它在人里产生了尊敬和对上帝及其高贵人性的崇敬,也使人渴望自己的整个一生和所有工作与上帝的荣耀和基督的样式保持一致;它使人享有尊严,并对圣教会的所有圣礼、基督和众圣徒的教导和对上帝的事奉怀着极大的崇敬;它使人抱着良好的态度去尊敬自己的长者,不管他们是精神上的还是世俗里的,也使人尊敬所有能从中发见美德和神圣形象的人们。

从对敬畏的爱乐中萌发出真正的谦卑和无伪的卑微,那就是说,人要思索和注视上帝的伟大和自己的微小、上帝的智慧和自己的无知、上帝的富足、慷慨和自己的贫乏、穷困。这种谦卑总是使人在上帝眼前显得低劣和微小,也使他低微地屈从于那些在他之上、与他相像和在他之下的人们,结果根据观察,他就会在服务于需要他的人的事情上显得低微和谦卑,就本性许可的范围内,他会在吃喝上显得适度,并且根据自己的条件和适宜的原则在穿着上显得低调,以致于没有人可以有正当的理由因此而责备他;他也在上帝和众人面前,在自己的里外行为里显得谦卑。

从谦卑里产生了顺服:所以人就服从和顺从于上帝、他的诫命、自己的在上者、圣教会、和一切好事中的一切好人;他的感觉和动物性官能都服务和顺从于自己的较高级理性,而且根据洞察力,在本性允许的范围内,他们也服从于有形悔罪中的劳作。

从这种服从中产生了自我意志的否弃,结果人就根据上帝的意志、在上者的意志和那些与他相联合的人们的意志,在他所作和放弃的一切事上否认自己,在一切适宜和有用的事上听从洞察力。

那个已经养成对上帝敬畏和弃绝自己的意志以及快乐的人正是基督所说的人中之一,"虚心的人有福了,因为天国是他们的"(太5:3)。没有人比一生事奉上帝,只需要、要求或者渴求上帝所要给他的一切的人更贫乏和抛弃得更多的了。这是基督的门徒和追随者,因为如果让他在尘世和永恒里选择上帝的礼物的话,一无所有和只倚赖上帝就胜过一切。

这个人非常像小唱诗班里的天使,他是他们的伴唱并属于他们的唱诗班,因为天使们有尊严并且崇拜上帝、众天使和所有人,也服从上帝、人类和所有天使的唱诗班。他们将自己的意志与上帝的意志联合起来,因此他们放弃了自己的意志并获得了永恒的祝福。

那样的人就神性和人性而论也像上帝。因为就神性而言,上帝敬重和尊敬人性,把它提升到高于诸天和众天使唱诗班的位置。他公开宣示自己的谦卑,因为他披戴了我们的人性并与它连为一体;他也服从长者和先知的愿望和呼告,按照《圣经》里的上帝之道以多种方式放弃自己的意志,并作自己朋友希望做的事情。

就其人性而言,基督对自己的天父有着极大的虔敬和尊重,因为他在自己的一切工作里寻找自己的荣誉、赞美和荣耀;他在天父的事奉里显得既低调又卑微,而且也谦卑地对待所有人和自己的门徒,因为他在他们所要求的一切事上服务他们。出于伟大的谦卑,他为他们洗脚并亲自说道:"我来不是受人服侍,反而是服侍人。"他一生至死都服从和听命于自己的天父的意志,也服从和听命于犹太律法和诫命,不时也在长者们和先知们的习俗起作用的一切事情上,服从和听命于它。

那个如此获得对我们的主的这种敬畏的人,已经以神性美德增强和转化了第一种元素即大地以及他易怒的天赋。大地被馈赠了向上蓬勃生长的树,树上结满了许多种果子,即在尊敬和崇拜里朝向上帝的热诚意愿。它也被馈赠了许多香草,香草因它们的芬香和果实而珍贵,即在无伪的谦卑里以慧眼来事奉。它也被更多地馈赠了动物和野兽,人是其中的主人,即人要在真正的服从里胜过自己的诸多感觉和动物性功能。理性的人甚至是在否弃自己和毫不执拗地顺从上帝的时候也大大地丰富了它。大地因此得到了丰富,易怒的天赋也是如此。

这是尘世里的天堂,这样的人被安置其中为的是他可以工作和看护天堂。他的工作是美德,他的看护是不再犯罪,因为那样的话他也会失去果实和天堂。在天堂中央种着生命树和分别善恶的知识树。树是自然的欲望,其上出现和结满了许多种类的果实,它们外观漂亮、味道甜蜜且适合人性,敌人和世界都把它们指示和给与感官这个女人。而女人即诸感官接着就把它交给了男人,即上帝命令看护天堂的高级理性。在所有美德的果实里,他会吃下安慰和快乐,并总是在恩典里得以成长;但是欲望的果实,即根据自然里的快乐而生活却是被禁止的。无论在什么时候,只要高级理性吃了这种果实并赞同这个女人,即感官、恶魔、与禁令和上帝的意志相对抗,结果是这个人被赶出天堂,无一美德可言,并被禁止进入上帝的永恒国度,与之相分离。

在最高的完善里,为要某人拥有这种神圣的敬畏和由之而来的一切美德,那么他就必须要拥有:在最大的坚持中,提升自己的意愿并交付给上帝；在赞美和崇拜中，敬畏我们的主并永不放弃地事奉他。在真正的觉识里，人也要认识、辨别和反思在谦卑的事奉里，人如何去为上帝和他人而行动。人要在贞德里保持警醒，任何时候都不要睡着。要保持真正地热忱和快乐，毫无懈惰地承担服从的工作，在真正的放弃里，放弃自己的意志并完全地交托给上帝。在此世和永恒里，无执著之人就无所谓失去。如果你想转到别的地方，根据最高的完善，那地方就是敬畏我们的主。

阻碍人在最高的完善里获得神性敬畏的事情有四种。那些生活粗心的人很少在敬重上帝的服务中心存敬畏。蠢笨和粗鄙的人很少在上帝法庭的谦卑服务中心存敬畏。他们总是要抱怨，他们勉为其难地承受事奉之轭。那些勉为其难地否弃自己意志的人必定会因为他们活在固执里而趋向衰微。这四种事情阻碍和使得人远离敬畏中的完善。

现在，我就为你们描述一下能把这种敬畏和一切美德消除的四种事情。那些转向受造物并抛弃我们的主的人使他蒙受了羞辱。对自己保持无知的不可知论者，既远离也不知谦卑的生活。据说，从不践行美德的人在生活里也从不顺服。还有自意（self-will）的人创造了地狱，他们生活在固执之中。这些事情使人与上帝分离开来，并把人带入到永恒诅咒的悲痛中。

以诸美德使灵魂丰盈的第二件神圣礼物是恩惠或仁慈。也就是说，人都慈爱、温良且乐于接近上帝和他人，他把一切都想成和视为处于需要、不幸和缺乏之中。

从这种看法和仁慈中产生了怜悯和同情，于是他就与基督一道经历其受难和死亡，也与其他人一道经历受难。

从怜悯和同情产生了一切仁爱的工作，因为上帝已经把七项仁慈的工作交付给了仁爱。仁爱是上帝置于自家之上信实的仆人，上帝把自己的一切宝藏和财富都交到他的手里，为的是他可以根据人的需要，给与人吃喝的食物、居所和衣服，并去看望悲痛中的病人和虚弱的人，还有去看望那些囚禁和匮乏中的人，不管是公正还是不公正，也不管是否出于上帝的名，为的是他可以根据自己的鉴别力去安慰他们；以及可以有助于埋葬已故的可怜虫：富人会携着上帝的物品、自己的财富和真实的仁爱之心，穷人会携着善意和内心的慷慨，如果有条件的话，他们都会很乐意做成这件事情。这对上帝来说是一样的，因为美德即是仁慈和慷慨，而非外在的事工。没有物品的人也会对自己的邻居表现出慷慨和仁慈，在言行上表现得一致和彬彬有礼，并在己所能及的一切事情上如此行事。

从仁慈产生忍耐，因为只有温柔、仁慈的人才能忍耐。这种忍耐使人在受难中变得丰盈和免受侵扰，结果他能够在损失、不便、伤害、疾病以及从上帝或从其它受造物而来的一切事情中保持忍耐，也因此总能够保持内心的平和和真正的宁静。

基督对这些人说："温柔的人有福了，因为他们必承受地土。"(太 5:5)仁慈的人在怜悯和慈爱的工作里事奉上帝：整个地上帝国度都是他的，因为藉着他所是、所有以及尘世上的一切——要是他是尘世的主人的话，为了上帝的荣誉，他渴望事奉上帝和服务那些有需求的邻人。他在忍耐和温柔里也拥有了自己的天性。这就是为何他受祝福的原因，因为他依照上帝的意志和吩咐，拥有自己和上帝所创造的一切。这就是基督在祝福里藉着承受地土所要表明的意思。

而且，这个人也非常像来自第二唱诗班的众天使。因为手下有别的天使，所以他们就被唤作天使长。他是他们的同伴，也属于他们的唱诗班，因为他们在仁慈里被委派给了众人，而且特别是被委派给那些像他们的人，因为他们在仁爱的工作里满有热忱和慷慨。为他们得把仁爱和仁慈在那些践行它的人里变成行动。

他们也比低级天使要高级,因为他们是传达上帝消息与人并具有人形的最高信使。天使长迦百列把消息带给了上帝的母亲玛丽亚。上帝竟然会变成了人,那是一个多么充满恩惠、仁慈、怜悯和慷慨的消息。结果,天使长们就总是以极大的热忱和认真来事奉仁爱和所有行在其中的人。

这个满有仁爱和仁慈的人在神性和他的人性方面都极像上帝。因为就他的神性而论,他是如此的恩惠和仁慈,以致如果有人激动或触动了他,他就满溢出全部的礼物。他满有怜悯和慷慨,因为他已创造和给与天国和尘世一切的受造物,它们都服从于一个人,结果他就可以信守自己。如果一个人只要转向他,他就会在不可思议的快乐里做出应许。他长期等待和忍受着人的转皈,他也在极大的温柔里忍受和经历着人的多种邪恶和不义。

就人性而论,基督在他所有及人的行为里都是非常仁慈和温柔的。他满有怜悯,因为他为耶路撒冷城及城中人民哭泣过——虽然这些人仍然是他的敌人,因为他们面临毁灭。他也怀着怜悯之情在抹大拉的玛丽亚和马大的坟墓前叹息。当他使年青人从死里苏醒过来的时候,他对寡妇和城门外的人群充满了怜悯和同情之心。而且他一直对渴求它的人们充满了仁爱和仁慈之心。(34)藉着自己的仁爱,他以五饼二鱼喂饱了五千余人。藉着仁爱和仁慈,他永远不会抛弃任何人,也永远不会大胆委身于他的人的需求而不顾。而且,他也能够忍受自己的一切痛苦和天父与朋友的离弃。在至死不渝地拒斥自己的肉身本性的过程中,他经历了一切的悲痛。

因此,获得了这种慈爱的神圣礼物的人在人格里已经满有高贵美德的恩赐,也即水这种第二元素,同时也满有灵魂的欲求功能。慈爱非常像尘世天堂中的泉水,因为它使得意愿与四条溪流同行,就像在天堂里一样。第一条流进天国的溪流是对基督的受难和所有为他的缘故而受难的圣徒们产生的同情。这条意愿的溪流充满了幸福和赞颂,因为这些人曾经受难,现今身处快乐之中。第二条溪流流进炼狱中,就是对那些为了替自己的罪过行补赎而饱受折磨的人产生的同情。这条意愿的溪流充满了内心对上帝的祈祷,因为我们的朋友需要帮助。尘世天堂里的第三条溪流流遍了整个大地,那是关乎神圣基督教王国的一切需要和利益而产生的同情和仁慈。藉着对内在操练的渴望,这条意愿的溪流所给与和产出的一切要胜过任何人藉着外在的仁慈工作所获得的一切。第四条溪流与外在事工一起流动,就是对那些需要他们的人们面前表现出仁爱和慷慨,换句话说,以他们的人格和物品去真实地面对别人的每一种需要。这条意愿的溪流经常承受着巨大的劳作。这就是从多方面丰富慈爱美德的四条溪流。

为了能在最高完善里拥有这种慈爱的礼物,还有所有从其中生发出来的美德,人必须拥有:一颗平静心灵,远离尘嚣,淡定贞一;面对温柔之人,心怀慈爱,不予损害。把仁慈都无差别地披加给那些真正迫切需要的人们;人要用美德的工作和真实的鉴别力来仔细识别这一点。没有人应该忽视仁爱里的慷慨;而且在慈爱的工作里,(人应该注意到)既不是出于个人的爱好也不是出于家庭关系来对待人,而是要根据鉴别力以一种普遍的爱来待人。在受难和痛苦中总是快乐的,以感激的心情来赞颂上帝。在真正地忍耐里释放心灵和弃绝自然本性。温柔就是没有痛苦地活着并享有巨大的尊严。

有四种事物使得人不能在最高的完善里拥有慈爱的美德。感觉的触动和骚乱,引起心内外的不平静,对温柔有碍。同情朋友和家人胜过团体。不根据人所共知的贫穷而以个人喜好来实践仁爱的人在美德上必会被绊倒。那些勉强承受苦难的人无法在巨大的谢恩里得到快乐。这是一种缺失,但它没有驱逐慈爱的美德。

　　现在,我要向你展示四种害人并剥夺其幸福的事物。残酷的心处于毫无慈爱的狂躁中。对人不怀慈爱的人也不会快乐,那就是活在专制里。吝啬和贪婪恶劣地驱逐了美德,那是活在康慨之外。缺乏耐心产生了巨大的折磨,那是受难中的残酷;因为他剥夺了人的温柔,并把人导向永恒的受难。

　　丰富灵魂的第三件神圣礼物是神圣知识和理智。它丰富了前两件礼物——敬畏和仁慈,而且是一束灌注在灵魂的理性功能上的超自然光芒,为的是让人能根据最高完善过上一种道德的生活。

　　从这种知识中产生了真正地鉴别力,因为藉着信仰和亲爱的敬畏,人已经抛弃了恶魔及罪恶的轭,为了顺服上帝并在所有美德上肩负他的重轭,人也藉着谦卑和顺服弃绝了自己的意志,这就使意志里的易怒禀赋得到了涵养。藉着慈爱、同情和慷慨,在仁慈的工作里对自己邻人的每一种需要都给与帮助,那就使意志里的欲求禀赋得到了涵养。但是在每一项服务里保持鉴别力,(关于)适当的时间,(考虑到)原因和服务对象,掂量服务的多少和人展开服务的方式,也即在一切事情上有鉴别力:这就使得根据理性禀赋而有的理解力得到了涵养。这种鉴别力是一切道德美德的丰富和完善;没有它,任何美德都不会持久存在,因为它是诸德之母。它使人思索何为上帝的荣耀、何为需要、何为对自己邻人地益处,以及人如何在每一方面都满意。

　　从这里产生了自知之明,即人经验和认识到自己经常辜负了上帝的荣誉、尊敬、赞颂、敬拜和真正的谦卑事奉,还有也经常因为不冷不热的爱和疏忽而辜负了自己的邻人。

　　从这种后果里产生了人对自己以及自己的一切工作的不快之感和一种悲恸之情,因为他认识到自己既对上帝也对他人犯下了不义。这就使得人很少尊重自己以及自己的一切工作。自知之明使我们经验和认识到自己来自何方、身处何地以及前往何处。我们来自上帝并身临放逐之中。因为亲爱的心愿总想趋向上帝，因此它总处在流放途中。至于身体，我们在外里要受许多折磨：饥饿、口渴、发热、疾病和多种匮乏。我们也经常受到恶魔和众人的强烈诱惑。神圣知识教人认识到这些事情，为的是人不要傲慢自大，不会对尘世事物和自己的任何工作感到欣喜，但是他应该感到忧伤，因为他是上帝的无用仆人，在每一美德上都显得匮乏。在知识的礼物里，这是最高的标准。

这些人就是基督所说的"哀恸的人有福了，因为他们必得安慰"（太5:4）。那些因为在上帝的事奉和荣誉里为自己的失败而哀恸的人，尽管他们尽力而为：那也是来自于他们对上帝和美德的爱和信实。甚至是如果他们要践行曾被践履的一切美德，他们也会视其一文不值，因为他们更愿意与他们所爱的上帝保持一致，他也享有比任何人都多的荣誉和事奉。这些都是蒙福的哀恸者，因为他们将在我们主的永恒国度里得到安慰。

这些人非常像第三唱诗班里的天使，他们也是里面的同伴，并且属于这个唱诗班。这些天使叫做美德，因为他们比前两个低级的唱诗班受到了鉴别力的更多启迪；因此，他们得在一切工作里指导和照亮他们，因为他们拥有比别人更清晰的鉴别力的知识。他们能在形象和样式利用自己的光明和灵感启迪他人，而且毫无疑问地与那些在神圣知识和清晰鉴别力方面与他们相似的人有着属灵的联合。他们也被称为力量，因为如果需要的话，在有用的时候他们也会命令两个低级的唱诗班。他们处于最低等级里的顶端，是三个唱诗班里最完美的一个。而且他们也是那些得要支配道德生活的最高级别。

充满神圣知识和鉴别力的人在神性和人性方面都很像上帝。

就神性而言:因为上帝以自己的永恒知识和鉴别力俯视一切受造物,而且他也根据真正的鉴别力和每一受造的需要来滋养和安排属天和属地的两个王国。根据对自己奉献的表现,他在人的工作和一生中回应每个人,并且根据人的接受能力,从里至外地启迪他人。

至于他的人性:基督满有神圣的知识和鉴别力,因为他在自己的一生和所有工作里都保持着真正的鉴别力。

已经获得了这种神圣知识和鉴别力的人也已经以特殊的辉煌丰盈和照亮了第三种元素:空气即灵魂里的理性天赋。理性天赋伴着神圣知识的光明是透明的,它是大地即易怒天赋的滋养物,因为易怒天赋是使谦卑和顺服缩减的最低级天赋。它也是水这种欲望官能的滋养物,欲望官能使得人慈爱工作中随波逐流。这种理性天赋的天空装饰有许多种类的鸟儿。这些鸟都依据鉴别力做出行动。有些鸟行在地上,有些鸟浮在水面上,有些飞在空中,有些飞在高空中,直到接近火。那些行在地上的鸟是那些在鉴别力里以尘世物品慷慨地服务穷人的鸟,这些对关心身体的人是最有用的。人们也想要浮在水面上达成尘世国度的一切目的,就是以同情和仁慈来对待每个人的需要。这些是(给予)灵魂最有用的灵性帮助。人也想要在理性天赋的天空中飞翔,为的是人能够在自己所做的一切工作里检验和测试自己,而且根据鉴别力生活,这种人格对自己是最有益处的。(40)像鹰一样,人也想要飞越理性天赋的天空而达到爱火,即怀着极大的渴望把所有的工作和美德交付给上帝。这些都是上帝面前最受高举的人。因此,灵魂的这三种天赋因神圣美德而变得丰盈:易怒的天赋因亲爱的敬畏、谦卑、顺服和弃绝自己的所有而变得丰盈;欲求天度因温柔、慈爱、同情和慷慨而变得丰盈;理性天赋因知识、鉴别力和对一切事物的理智安排而变得丰盈。结果,这些美德就成功制定了一种完美又积极的生活，和一种或却诸德和诸神圣礼物的潜能。

为了人能够获得这种神圣的知识礼物并拥有从其中生发出的一切鉴别力，他必须具备：一颗宁静的心灵，在伟大的繁盛时期，要在平静中保持秩序井然。而且总是公正地忍受着辱骂、诅咒、抱怨和别人的特点。要正确理解一切事物，根据鉴别力、毫不犹豫地清楚认识何为要做的事情。而且要给与和获取，要好好管理一切事物，也就是要活在真理里。总要思索自己和自己所做的一切工作，这就是活在知识里。他对上帝和人都不行正义，而且总是活在困境中，他因此也认识到了自己的过失。这就是为何他在不喜欢自己的原因，在真正的卑贱中，心怀悲伤，永远为自己的不完善感到哀伤。因此我们就要以真正的高贵承受诸美德。

有四种事物阻碍人在最高的完善里拥有知识的礼物。在诸美德里，缺乏审慎的考量，（怀着）极大的愿望会阻碍知识和理智。在德行工作里，内心里的操劳会使鉴别力变得粗钝。只为自己的美德而沾沾自喜，不为自己的过失哀伤的人是缺乏自知之明。活在世俗里，且不愿从自己的放逐状态里逃脱出来的人犯了一个错误，但这并不会驱逐知识的礼物。现在四件回避和驱逐美德的事情。在暴怒中涌动的愤怒心灵剥夺了知识。诅咒和发誓的可怕行为缺乏鉴别力。只尊重自己而不相信别人的美德的人缺乏自知之明。在尘世里其乐融融，且不为自己的罪爱伤的人，准备好了下地狱的一切。

使灵魂变得丰盈的第四项神圣礼物是灵性的坚毅。以同样的方式在一种积极的生活里，先前的三项礼物使人丛里到外都得到丰盈、安顿和完善，故此，这项礼物也使人在一种向往的生活里从里到外地得到丰盈。灵性的坚毅将心灵提升到一切尘世事物之上，也给理性出示了每一个位格的适当关系：天父的全能、子的智慧和圣灵的慈爱；坚毅以一种可感的友爱点燃了内心的渴望，结果记忆就倾空自己，不再关心任何事情，而理性正在自己的一切行为里注视着永恒的真理，欲望则不断地以可感的友爱迫使自己进入上帝的慈爱里；于是坚毅就将灵魂中里里外外的一切天赋构思和整合起来了，以致于人对尘世里的一切都变得冷漠，而且在他需要的时候，没有任何受造物能阻碍他脱离上帝的慈爱。这就是他为何在任何受造物面前变得自由和无碍的原因。因此他是强大的，因为他已经征服了一切尘世的事物，并且已经联合和提升了灵魂里的所有天赋，每一件事情都出自于坚毅的行为。

从这种坚毅和欲求中产生了口里、心里、意图里和诚挚工作里的赞颂、荣誉、奉献和内心里祈祷。感官的欲求因此增强了，因为对象即永恒真理、深不可测的慈爱和慷慨，是如此高兴地看到那种欲求的持续增强。

从这种欲求和看法中，可以认为人的肉体之心是有创伤的，而且它在每一次内心的转向它（即永恒真理）的时候都会感到内里的创伤和悲哀。他越是经常地转向它，这个伤口就越发觉得疼痛。有时候在内里会产生如此大的甜蜜和安慰，他措手不及，不知该如何是好。他猜想整个世界的感觉和他的感觉是一样的。由此产生了庆幸，因为他不知道该如何是好。有时候，当他身藏隐秘之地时——因为上帝不愿为难他的朋友——那种极大的不安就临到（他的头上），使得诸天赋及其同伴从里至外都感受到了一种巨大的康乐，而他原以为自己的心会破碎。由此产生了烂醉如泥和语无伦次：上帝的确使他的朋友变得愚蠢。有时候狂暴变得如此巨大，以致于对他来说不再是一个玩笑，如果在意识到它的时候，或者在一种彻底的内心转向和神圣之光的反射里找到了自我的时候，他受到了折磨，那么他必须时常大声呼叫。

从这些工作里产生了在每一美德里取悦上帝的巨大欲求。

这是坚毅这种神圣礼物的后果。这些就是基督对他们所说的人,"忍受灵性饥饿和饥渴慕义的人有福了"。这是公正的:想要被倾空和脱离一切受造物,想要使意图、渴望、灵魂、身体、眼睛、双手和人所能利用的一切被指向上面,在时间和永恒里赞颂和荣耀上帝;而且不寻求其中的快乐,因为那样会造成口是心非并妨碍公正。但是活在爱里的人也因此永远不会获得巨大的满足。

因而,已经获得了灵性坚毅这种神圣礼物的人很像第四唱诗班里的天使们。他是他们的同伴并属于他们的唱诗班。他们被称为权力,即是圣三一王冠前庄严和有力的首领。他们总是永不休止地以自己的天赋并怀着巨大的愿望被指向上方,而且也受到激励去凝视圣三一。他会在亲爱的爱慕之情里,以诚挚的愿望启发那些像他的人。他们也可以统治第一等级里的三个最低级的唱诗班,因为他们总是在爱里燃烧。他们在知识上也比那些必须统治、命令和支配积极生活的人要清楚明白许多。这些人就总是永不休止地、全力赞颂的人。这也是他们最尊贵的行为。他们也能征服魔鬼,避免他随意地给人制造障碍。

就神性和人性而言,拥有灵性坚毅的人与上帝是相像的。就神性而言:因为天父的记忆永不休止地沉思着他无边的智慧,也即是他的儿子;而永恒的智慧即圣子也永不休止地沉思父性丰富本质的统一。和着一个智慧即圣子,从两个位格的这种沉思中流溢出无边的爱即圣灵。爱把两个位格捆绑在一起,而且在爱里总有两个位格的饥渴。这种饥渴总是渴望汇入统一体中,并且在尊贵的圣三一中永不休止地创生。

就人性而论,基督过去和现在都藉着自己灵魂和身体里的所有天赋、所有自己的感官和所有自己的同伙而被指引并意愿向上。在他所有的工作和一生中,他希冀和追求自己天父的荣誉,并在崇敬里赞美和致谢。他彻底地弃绝了自己;那是多么伟大的谦卑啊。他要为我们偿债并践行公正。

因此,拥有这种灵性坚毅的神圣礼物的人已经藉着高贵的美德使第四种元素——火即意志自由得到了丰盈。火元素是所有元素的滋养物,火是最高贵的元素。由于自己的本性和高贵,它总想往上走。它在所有受造物里巧妙地开展着自己的工作。它很像为神圣坚毅的礼物所触动的自由意志,因为它怀着极大的愿望,想要持续地向上燃烧。而且灵魂灵魂也从上帝的恩赐里获得了这点:它永远也不会满足和栖止于时间里的任何受造物。现在,就让灵魂与火一道燃烧吧,让它在意愿里被指引向上。结果众美德就能恰如其分地使它得到丰盈;也没有人会批评它,因为它是如此的高贵。

对极配享有这项礼物的人来说,他必须拥有:被提升到高于那些活人之上的心灵在内里的实践里被指引向上。去凝视上帝的仁慈和抛弃一切与(上帝)不肖的东西:那就是灵性的坚毅;始终以应有的热忱赞美和荣耀上帝。已经走到(上帝的)法庭上的人总是怀着极大的愿望去赞美上帝。欲望造成了心里的创伤和疾病,也引发了内心的不安。在上帝治愈好(他的创伤)之前,能够(正确)引导自己行为的人也将活在真正的高贵里。经常活在令上帝满意的渴望中的人,内心充满了赞美、荣誉和崇拜:那是通向永福的(正确)行为,我无法将它描述得更好。

阻碍人以及不能使他获得灵性坚毅的事物有四种。在空虚的心灵里去追逐外在的繁华阻碍着灵性的坚毅。渴望追求甜蜜和滋味:这些都是外在的事物。很多伤害都出自于寻找和渴求满足;它阻碍了内心的操守。那些很少饥渴的人离灵性坚毅非常遥远;他们不可能完全满足完美公正的(要求)。

现在我要给你们说说会驱逐和移除灵性坚毅的四种事物。内心对任性工作的操劳剥夺了内心的操守。从未到过(高贵)法庭的人不知赞美为何事,因为他缺乏愿望。他因着爱里里外外都变得完好无损;因此他就活在嫉妒里。那些在生活里没有饥渴——就是在愿望里没有饥渴的人不可能得到医治。无论是谁,只要他想把这读一遍,他就会发现这里已经很好地说明了对公正的饥渴是怎样被驱除的。

然而,也有从灵性坚毅这种神圣的礼物而来的更加属灵和更高贵的诸多美德。当这项伟大的礼物在愿望、赞美、自由和在凝视崇高、智慧、仁慈、慷慨以及由高贵统一体流溢出的无尽财富中的时候,它就使自由的心灵和灵魂的天赋得到了升华,于是他就考虑到上帝缺少更多的赞美、荣誉和崇拜。然后他就注意到了那些在不幸中迷失了的受造物。由此,灵性的怜悯就来到了人里,结果他就认识和考虑到对人们的伤害:他们是多么的不幸,竟能够拥有如此巨大的财富、荣誉、和财产,只要他们想要并驱使自己去争取,如果他们愿以那种敬意和爱去服务上帝的话,就全部陷入了迷失。这就产生了任何门外汉都经历不到的那么巨大的悲哀。于是,他再一次凝视上帝无边的仁慈和他的慷慨、怜悯、宽恕以及不幸人的众多需求。

从这种凝视和考虑中,涌出了如此伟大的对上帝和人们的普遍的爱——而且即使一个个体将要降临到人心,那时人的愿望也特别地为这个人所触动,人在升向上帝的途中既不会被它阻碍,也不会充满了种种幻想——因此,它就在上帝和众人中作了中保和调解者。

由此产生了内心的祈祷。这是如此强大的东西,以致它可以做出许多需要避讳的事情,因为上帝的仁慈把它自己表现得非常慷慨、富有、有利和流向众人。这就使得祈祷者那么地确信自己将要获得所期望的一切。然而,他既不以固执也不以倔强来祈祷和期望,但是他的意志会消失在上帝的无边仁慈之中,因为他认识到上帝对人类的爱是无限的,而且比给与任何人的爱要伟大。他把一切对神圣基督教界而言的贫困和有用的事物都委付给了这种无限的爱和慷慨。因此他在永恒国度里就看到了好人和诸圣徒,知道他们是怎样被灌注了恩典和荣耀的神圣礼物,上帝是怎样像狂怒的大海一样把不可思议的天福涌向和流入那些预备接纳他的人中的,以及是怎样将它斥退和拖回到自己统一体的狂怒大海的。由于统一体对象的存在,他们不能栖止在自身之内。这使得它们在真正的爱里前倾后仰,来回流动。

  由此还产生了对实现公正的更多饥渴。这些都是在高贵里成长的高尚英雄。没有人辱骂他们;他们生活在真实里。这些人就是基督对他们所说的,"饥渴慕义的人有福了,因为他们必得饱足"(太5:6)。那就是说,在尘世上获得饱足,将他们自己的意志消失在上帝的意志里,伴随着如此巨大的快乐和自由,他们既不能选择也不意愿任何事物,唯有上帝的意志在时间和永恒里运作。他们也会对上帝的永恒国度感到饱足,因为那里的所有事物都将按照正确的次序得到实现。每一个人都将会按照天堂、尘世和地狱里的正当属性得到(属于自己的一切)。这将会使众圣徒满意,因为他们具有公正的意志。

  因此,那些已经获得了灵性坚毅的人很像第五唱诗班里的众天使。他们是同伴并且属于他们的唱诗班。这些天使被称为王子,也即高级首领。他们要高过第四唱诗班里的首领们;因为首领们怀着对上帝的渴望,永不止息地被指引向上,进入到特殊的赞美里,但是这些王子也被指引向上,进入到更加伟大的赞美和内在的操守里。从他们所拥有的对上帝的爱,为增进加他的赞美和荣誉来看——因为他们不能完全根据内心的渴望和上帝不可思议的尊严来这样做——对他们来说,上帝就好像真的还未受到他们和一切受造物的赞美和尊敬。这就使他们转而向下,注视着理性受造物，好像他们受造更多的是因着上帝的赞美和他的荣誉一样。结果，由于他们的罪过和任性，他们就把这些可悲的人看作是非常盲目、任性和无能的人，而且在这些方面胜过了自己及自己的所有天赋。由此，这些天使们就生发出了巨大的同情、仁慈和亲爱的奉献，他们也希冀上帝施行他的慈爱并将他们从异化了的事物里转向上面，以便他可以被一切受造物赞美，他们也可以永久地品味到他。这些都是强大的领袖，因为他们被指引向上帝和屈身向受造物，并且再一次和受造物一道被高举。他们也能命令第四唱诗班里的首领去启迪和保护那些被指引向上的人们，这样他们就可以站立在上帝的赞美里。因为首领们被指引向上，但是他们无法知道那种向下的转折；这是他们力所不能及的。因此，他们能够启迪和保护那些像他们的人和那些在他们之下、处于最低等级并活在积极生活里的天使，并且把他们带到更伟大的慈爱里。

　　已经获得了这种灵性坚毅的人在神性和人性两方面与上帝很相像。就神性而论：上帝的确在自己的一切财富、充溢无边的华美、慈爱和慷慨里凝视着自己；他的确在放逐中注意到那些意志刚愎的人，他们离开他而转向可怜的异化事物，并且对上帝及其所有礼物感到漠然；上帝的确对这些可怜又可悲的人们怀有如此巨大的怜悯和仁慈，因为他不能把自己和自己的礼物给与他们，原因是他们没有注意到这些东西，也不想要这些东西。

　　因此他就给他们送去了抢劫品和纵火罪，为的是他们会认识他。给一些人送去了疾病，给一些人送去了健康，给一些人送去了财富和许多英镑，给一些人送去了幸福，给一些人送去了疼痛，并给一些人送去了最后的耻辱：为的是他们可以知晓他并且考虑到自己的幸福。他出于忠诚和爱来做这一切。于是，那些想要转向他们的公正的救主的人就能驱赶邪恶并持守在他的爱里。

我写下了这些途径并作出了阐释,因为我珍视他无边的智慧、伟大的慈爱和大度。而且,他根据自己的尊严并以对每一个人的特殊之爱转向好人们。永恒的智慧在天堂和尘世两个国度里注意到亲爱的欢欣意愿,关心它们是怎样伴着极大的坚忍、内心的热诚和他们所有的天赋,一道流入了尊贵的统一体中的。并且涌出了无边的爱和慷慨,伴着作为上帝自身的丰盈和其恩赐的财宝。对于那些能用勺舀取的人来说,就让他们把大桶装满吧。但是他们所舀取的是受造物,因此他们不可能得到内心的安息。然而,他们仍然不断地舀取和畅饮,但是他们不想在自己逝世前记住得为自己的一切作出赔偿。无论他们能喝多少,都将会从他们身上带走一切。如果半个便士并入到一个便士里,它就会产生好的利益。因此他们不可能永远保持自己获得的一切。

因为他们站立在神圣统一体面前,它所索求的一切远远超过他们的偿付能力。所以他们就竭尽全力地往后流动并且品味神圣统一体。于是恩典和荣耀的溪流就往后倒流,根据人的高贵性流向每一个人。这种流动和倒流创造了一种永恒的饥饿:这种饥饿是伴着意愿一道产生的,而品味是在神圣统一体里面。他们经常感觉到了神圣统一体,而这也就是为何在巨大的活力里有着饥饿的原因。

就人性而论,基督在最伟大的完善性里面拥有灵性坚毅的恩赐礼物,因为他总是在自由、荣誉、对自己天父的赞美和极大的愿望里被指引向上。而且,他过去和现在总是以伟大的怜悯和仁慈,以及以为满足每一个人的需要而向天父作出的真心祈祷,向下转向所有人的需要和所有的罪人。无论是谁,只要敢于信赖基督,就会获得他所期望的一切。他过去和现在一直是那么亲切地转向所有善良的人们,以致于他会以自己和自己的死来赎买我们并为我们付了赎价。他把自己的身体给我们吃,把自己的血给我们喝,以便他可以在我们中间穿梭往来和自由流动,进入到我们的身体、灵魂和所有的天赋里;也为的是他可以把我们吃了,这就是说:他想把我们完全地拖入自身之内,以便我们可以用热切的情感来占有他,反言之,他也可以用敏锐的意味来占有我们。这是吃与被吃;我可以这么大胆地宣称:人只要稍微展开嘴都将被吞噬。

现在,基督是道路和我们的中保。无论是谁,被他吞噬的人都要完全地流入神圣统一体中,因为他的愿望是无限的。如果我们将要被吞噬到他的巨大愿望里,那会是一件令人吃惊的事情吗?这种吃和被吃都意味着公正里的饥饿。这是我们想要在整个一生里继续开展下去并在永恒里始终坚持的一切。

因此,已经获得了这种神圣礼物的人就使第四种元素即火得到了丰盈,火也就是意志的自由,它像是四种途径里的一把火。藉着自己的高贵本性,火经常想要向上爬。藉着苍天的强力本性和上帝的命令,它被驱赶向下。它对一切受造物有一种微妙的、不可见的和灵性的影响,由于它,地上、水里和空中的一切受造物得以生活、成长和存活。而且它处于高于其它元素的位置上,在那里它照亮和温热地上的所有事物,使它们多结果实。我发现意志自由里的这四条途径因灵性坚毅而得到丰盈。所以,这种得到丰盈了的自由意志就抛弃和拒绝了魔鬼以及在邪恶与不完善中的所有受造物的事奉,为了今后进入永恒里赞美上帝而提升了心灵和灵魂里的所有天赋,在永恒的坚固里拥有神圣的合一,并且转头向下,在真正的仁慈里看顾这所有人的贫乏并使所有受造物果实累累;当他们缺少这点时,对于自由意志就是一件痛苦的事情。而且它会再次在伟大的内心操、守里向上燃烧,像燃烧和消灭一切并把(它们)带入到合一中的一把火。这就是火。就说到此为止,关于这点我说的够多的啦。

因此，想要完全拥有这种礼物的人将会呆在愿望里，逃避了一切忙碌，注视着上帝的仁慈和他的极大慷慨，也注意到在巨大不幸中将自己系附于尘世中的一切受造物。他们不竭尽全力地赞美上帝，他们缺失了这种天福，这是多么大的遗憾啊！这种天福提供饮料和食品，并制造奢侈的醉态。人应该祈求上帝施惠于他们并让慷慨洋溢，以便他们携着赞美和荣誉来转皈他和流回到合一中。那些活在饥饿里——至少是渴求公正——里的人肯定能得到医治。在这里所读到的事情上发现自己的人会确信自己被高举到最高的灵性坚毅中。而且，我要告诉你们极大地阻碍着他们获得坚毅礼物的四种事物。不理会上帝的仁慈和人的任性行为是无知的。他们走上了迷途，上帝也从他们身边隐遁而去，那些不受这点影响的人所拥有的仁慈并不多。那些没有全心全意地渴求转皈上帝并赞美和荣耀他的人们在忠诚里是松懈的。那些很少渴求的人们不会被高举；这是我在此清楚地指出的一切：他们很少有饥饿。

我要继续向你们解释阻碍和剥夺了（你们）获得所有美德的四种事物。既不留意上帝也不看顾他人是可耻的、不名誉的和盲目的黑暗。在洪水泛滥的地方，这些人并不把自己引向上帝：那些不为此哀悼的人鲜有仁慈。那些没有转去赞美自己的救主和不想别人这样做的人们是心怀憎恨和嫉妒。那些活着而不饥渴公正所要求的全部满足的人们还是不能被高举到灵性坚毅里，在这些事上我感触颇深。

使人灵魂得到丰盈的第五项神圣礼物是上帝的劝告。当凭借着灵性坚毅这种神圣礼物的时候，人就携着赞美和内心的操守而被指引向上帝，携着同情和慈爱转而向下走到罪人那里，并再次被指引向上，携着愿望和对上帝的祈求——他会恩待那些不幸之人并把恩典借给他们以转向他的赞美：为了得到这项礼物和赞美上帝，饥饿、爱和愿望就（在他里面成长），因为上帝将自己显示为极度的慷慨、富有和亲切，充满了华美和不可思议的快乐和甜蜜；他以适合圣灵的标准来看待这一切。当人认识到爱是无边的时候，他就很好地理解到必须跟从这些品质；因为无边的仁慈充满了无边的美德。藉着这种考虑、注意和感觉，人就拥有了爱和上帝曾经灌注给他的所有神圣的礼物。他清楚地看到上帝伴着自己以及自己的所有礼物，持续不停地流动着。因此，人就从爱里变得不平静，无法抑制住自己；但是他必须携着自己的所有天赋倒流，进入到不可思议的仁慈和尊贵的三位一体和华美的合一中，直至他可以获得它。结果，他就退回到愿望和流入到同样的合一中。

这里涌出了神圣劝告的礼物。那是人心灵里的一种触动和激励，来自于天父永恒的诞生：他在升华了的心灵里，即是在理性之上的灵魂本质里诞生了自己的圣子。因着这种触动，灵魂变得非常高贵和超自然；然而，它无法把握和理解到自己感觉到的一切；不过，它飞叉国内愿意知道，只不过它越是贴近去看，帮助就越少。这是天父在人心灵里所做的特殊工作，灵魂已经获得了这项礼物，因为它已经非常亲切地给自己留下了印象，而且怀着极大的，渴望进入到自己心灵的尊贵合一里。倒不是说，这会成为神性本质的合一，在其中，天父把生命给予了圣子，在他富有成果的本质里拥有自己，由于爱，诸位格永不止息地流回到无边的爱里。在这个阶段里，灵魂没有经验到出于神圣模式的合一，因为那样的话，它就会落入到一种非模态化的状态和一种享受性的爱里；但是它却是以一种人或动物特有的方式来经验到合一。那就不被当作是尊贵的，但它是神圣合一的一个外表并产生了心灵的不平静。

从灵魂的感动和圣子即永恒智慧是受生的事实，一束清晰的光就进入了灵魂的理解力中,然后它就以异常的清晰性启发和照亮了理性,上帝的智慧给出了那束光芒,为的是生发与(上帝)相似的性质,同时也启发和提升灵魂的理解力。每当理性以真实的欲望高举自己和将自己压入合一中时,它就接受了这束光和这种启蒙。现在,已经被照亮了的理性情愿知道是什么东西阻止它持守在令它如此满意的合一里;而且(情愿知道)何时那种感触会到来,以及那种感触会是什么。所以,理性就非常仔细地思索,并在心灵的沃土上发现与一脉活泉相像的某些东西,从一块活生生、果实累累的地面上涌出。这块土地是上帝的合一、诸位格的适当场所和灵魂的起源之地,因为这块土地是果实累累之地和每一受造物的起点和终了。喷涌的泉脉即感触,对理解力来说是如此的美妙和合意,对意志来说充满了如此多的爱,而且充满了如此特别的渴望,以致于灵魂坠入了不安、爱的冲动和巨大的愿望中。于是,它再一次思索是什么东西阻止了他安息在上帝和自身之内。它是如此强烈地想要从头到脚地检验一下自己灵魂的国度,以致于理性变得特别地敏捷。它思考了(灵魂的)顶点,它已将自己压入其中:在它的心灵的合一里,其中三个较高级的天赋喷涌而出,获得了其它们的起源并返回到合一之中,在那里这种感触即神圣灵泉里喷涌着的泉脉仍然活着。依据(人的价值)和美德上的提升,这是灵魂的火花和一眼盛满神圣礼物的井水。然而,在这一阶段里,除了人有一种不安的心情和在它的闪烁中有亲切的感觉这种事实,它(火花)仍未得到认识。但是那些积极生活着的人依照这种尊贵的模式并没有感觉到它;然而,他们所有的善良意志和美德都苏醒过来了,并且继续活在这个火花里。但事实是依照这种来自于灵魂国度和愿望里太低级的尊贵模式,他们没有经验到它,因为它是灵魂顶点中上帝的一种悬垂物。就灵魂理解和感觉到这点来说,它是受造物。但就灵魂不能理解这点而言,它是上帝,而且制造了不平静。灵魂在这里总是持守在合一里,也在它的记忆里,依照诸天赋的合适依据,和诸天赋一道流入行动中并持守在心灵的合一里。然而,为了找到流出泉脉的活泉,它愿高高兴兴地通过这种合一来跟从这个甜蜜的泉脉;但是它有意追求得越久,就会变得越发不安静,并且感觉到更多爱的冲动。因为人或动物特殊的欲求不能超过上帝,原因在于它是以受造光明和人或动物特殊的爱的模式来工作的。这就是它在这一阶段里为何总是持守在爱的冲动里的原因,这也是一种高贵和一种圣三一的尊贵相似物。

当它看到没有任何东西需要帮助的时候,它的努力总是无为而为,于是高贵的记忆就开始思考灵魂的国度,一遍又一遍地(检查它),(要看看)在它的秩序和统治里是否缺少任一样东西。所以它就把两个报信者往下送到了灵魂的国度里:其中一个是启蒙了的理性,它为神圣智慧所照亮;另一个是敏捷,装有马刺,被天父的触动和灵魂里爱的冲动所驱赶。敏捷使得人在整个国度里快马加鞭,因为派遣他的救主和驱使他的(众因素),即神圣的触动和爱的冲动。启蒙了的理性仔细地观看着,因为它服务于永恒的智慧。结果,敏捷和启蒙了的理性就一道进入了这个国度,而且他们统治和命令一切事情。然后,他们发现了巨大的贫穷和美德的缺乏,而且这个国度也完全缺乏富有的高贵工作。理性也许考虑到这一点,但是它不能给与任何东西;而且它们(敏捷和启蒙了的理性)也再一次走入合一中,而且展示出这点并向尊贵的爱抱怨它,这爱居于不安静的冲动中,为的是在完善里品味它的上帝。但是当爱接收到这条关于仁慈和诸美德的一种巨大匮乏的信息时,她就带上了她的两个女儿——仁慈和慷慨,以及她的怜悯、启蒙了的理性和她的所有奴仆、敏捷,它们都一道下降,进入了灵魂的国度。启蒙了的理性以公正来统治和命令一切事物,而爱慷慨地给与一切事物并以仁慈来同情所有的匮乏。因此,人就以理性来统治和命令整个灵魂的国度,以仁慈来看待一切匮乏,慷慨地给予那些需要的人们,并在合一里以爱拥有这个国度。这被唤作向往真理的生命,它也是跟从卓越的上帝的劝告。这就是上帝对所有灵魂的爱。

　　这些就是基督对他们所说的,"怜悯人的人有福了,因为他们必蒙怜悯。"(太 5:7)他们真是仁慈,因为他们被上帝和神圣之爱驱使向上,下降到灵魂的国度里以仁慈善待一切匮乏,他们也跟从上帝的仁慈进入到合一中,在那里他们不能再前行。

　　这些人很像第六唱诗班的天使们,而且也位列其中,是他们的同伴。这些天使被称为主宰,也就是权威,因为他们对前五个(低级)的天使唱诗班拥有权威和命令。他们启发、命令和支配位列其下的所有天使和精灵的秩序,因为他们比别人受到更多的启蒙和更好的道德涵养。他们与那些在美德和生命亮彩方面与己相似的人有着灵性上的联合。他们推动天堂以满足地上、水里和空中一切受造物的需要。

　　这些人也与上帝伟大而又富有成果的本质相像。因为这种作为一切受造物的首要原因的高贵本质是果实累累的。由于富有成果的本质的触动,因此它不能安息在父性的合一中;但是它必须永不休止地使永恒智慧即天父的独生子得以诞生。上帝的儿子总是永不停止地在过去和现在受生,并在将来不再受生:然而,他都是同一个儿子。在天父注视自己儿子即永恒智慧的地方,在所有事物都在同一智慧里的地方:他在那里已经受生,并成为一个与天父相异的位格。现在,既然天父以同样的智慧注视着同一个儿子,他在那里就处于永不停止的受生中。而且既然父性总是果实累累,他在那里就不再受生。在(神性)本质是果实累累的地方,圣子在天父里,天父也在圣子里。在天父使自己儿子得以诞生的地方,圣子由天父而出。在天父注视着自己儿子和万有在圣子里的地方,他受生了,但这是同一个儿子。爱即圣灵的流动,既不出于富有成果的本质及父性,也不出于天父使自己儿子得以诞生的地方;但是出于这个事实:圣子是作为一个与天父不同的位格而受生的,在那里天父把他看作是受生的,并把与他合而为一的每一事物看作是一切事物的生命,而圣子反过来把天父看作是给与生命和富有成果的,并把自己和万物看作是在天父里——这是在富有成果的本质里的正观和逆观——由此产生了一种爱,那就是圣灵,它是由父及子和由子及父的联结纽带。藉着这种爱,诸位格相互包含和渗透,并流回到那个天父永不止息地诞生生命的合一中。现在,尽管它们已经流回到合一里,由于本质的富有成果,就没有持久性。这种生命的诞生和回到合一里的流动是圣三一的工作。于是就有了位格的"三性(threeness)"和本质的"一性(oneness)"。在"三性"里,上帝完成了自己的所有工作;从"一性"而发,在爱的饥渴和巨大的欲求里,有一种诸位格间生命的诞生和回流。然而,这里没有持久性,因为合一是富有成果的,是位格的恰当基础,因此它是最高的模式,但是低于无模式。在这种模式里,它不是可享受的上帝至福,因为这种合一存在于无模式里,也在根据个人性质而流入无模式的上帝存在中的诸位格的条件下,因为这种尊贵的本质充满了永恒的智慧、仁慈、慷慨、无边的爱和怜悯,大能的天父转而向下,并在智慧里注视着他已经创造好的一切事物;而且对于在贞德里配享有它的所有人,他以鉴别力来命令和统治他们,以仁慈拖曳他们,以慷慨给与他们,并以爱将他们与自己相连,将他们挤压进合一里。

就基督的人性而言,那些在这个阶段已经获得了这项神圣劝告礼物的人与基督相像。有人发现与上帝的尊贵圣三一和他的尊敬人性相像的三类人。第一类人在自然型和不完美性方面与

(他)相像。第二类人在超自然性和完美性方面(与他相像),每一个人都根据各自的品位。第三类人像(他),而且每一个人都根据各自善功的高贵性接受祝福。

第一类人是那些在自然性方面与上帝相像,并且是不完美的人,他们无需圣灵的触动和神性之爱来实现美德。也就是说,他们怀着外在的意图、或者为着世间的收获、或者出于不是上帝的任何理由来做善事,要么他们不是信徒,要么在任何一点上他们都与圣教会或圣礼或诫命相敌对:无论它们表现得有多像,或者无论他们作了多么伟大的工作,要是没有上帝的恩典,他们都不能完全与(上帝)相像。甚至事实也是如此,凭借虚空和超然于尘世事物的方式,凭借自然理智的光辉以及他们的天赋向内转向自身本质的方式,他们感觉到灵魂具有趋向其起源的自然倾向——因为受造的一切都将自己系于各自的原因上,就好比系于各自的其它方面一样——然后他们就在迷失和非行动中将自己压入了各自的本质,既不在外也不在内,也就是说既不在爱里也不在知识里:这是空前的迷惑,因为他们不像(上帝)。因为无论在恩典还是在荣耀里,上帝的灵和神性之爱都不是空无。因此,这些人没有超越自己,但是他们所感觉到的一切都是一种自然倾向,即他们都倾向于自己个起源——上帝。现在,除了像基督和圣教会的人之外,没有人能品尝到神圣的快乐,所以藉着相似的方式,人也许能到达合一。因为这些人并不完全与(上帝)相像,因此他们想要偷闲并拒绝美德的工作;因为在他们的整个生命里,他们都只为自己打算,而且他们认为自己是伟大的精灵,因为他们尝到了自己的根基和经验到了无模式。但是,如果藉着上帝恩典的方式,他们在神性之爱里要被赶到诸美德上;藉着不安静和爱的冲动的方式,被拖回内部;以及藉着快乐的爱被转运到上帝的超本质(superessence)里,以便他们根据一种神圣的模式来享用他:于是他们会生活在与基督和众圣徒相像的诸美德里,也会在模式方面与(他们)相像,并且永不停止地以快乐的爱,在无模式里系于(他)之上。

第二种相似物(形象)是超自然和完善,每一样都出自于自己的品位:这些人都被上帝的恩典和神性之爱感动,从而离开罪恶和践行美德,并且决心追求上帝和他的荣誉,以及他们各自的祝福。他们与(上帝)完全相像,每一个人都处在合适的位置上:但是,他们拥有越多的恩典和践行了越多的美德,他们就越尊贵和越像(上帝)。然而,他们只不过是与(他)相像,在这个阶段还没有成为"一"。

第三群人:这些人都是在荣耀中被祝福的。依照荣耀看来,他们也与(上帝)相像,按照恩典来看,每一样都出自于他所应得的一切。现在,既然就人性而论,基督在恩典和神圣恩赐里是最完全与(上帝)相像的,他也是荣耀里(上帝的)最完美形象;因为从他的丰富里,我们已经全部接受到现今在恩典里我们的所是,以及将来在荣耀中我们的所是。藉着天父的触动,他永不停止地被赶出合一,走到所有美德和一切精神和物质上的匮乏里,并且藉着欲求和爱的不平静再一次流进合一里。然而,他不可能安息在合一里,因为他的天父的触动,和在这个阶段里他过去和现在一直是圣三一的形象,它自身是富有成果的,也不能安息在自己本质的合一里。在这个阶段里,基督过去和现在一直都与(上帝)相像并享有恩典,而且现在也凭借自己的受生能力享有荣耀。在这个阶段里,所有善良的人们都在恩典和荣耀里具有上帝的形象。因为他们与(上帝)相像,他们全都流入合一里;然而,他们不能到达神圣位格自身具有的合一里,因为他们的合一只是在自己天赋的合适范围内,在动物或人特有的模式的最高水平上,但是处于神圣模式之下。因为动物或人特有的模式是有限的,而诸神圣位格的模式是无限的;所以它无法以受造之光获得这种神圣模式,也无法获得作为父性的诸位格的合一。因为这种动物或人特有的合一只是那种(神圣)合一的一个形象,神圣合一则保持自身在这种(动物或人特有的)合一之上。因此,这种(合一)就处于不安静之中,因为它必须永远要像上帝,并且不能依照他的模式来品尝他。这是这个阶段的优点,因为在这个阶段里,人在受造光明——也就是恩典或荣耀里去知晓和爱;所以,他不能品尝到诸位格以无限的智慧和无法理喻的爱汇入的合一。因为在这个阶段里,圣徒们在恩典和荣耀里总是保持着上帝的形象;既非恩典亦非荣耀能永远如此地伟大,以致于它会是无限的。除非与无限的爱在一起,没有人能拥有(神圣)的合一:因此,没有形象能够获得它(合一)并且保持相像。在这个阶段里,我们必须永远保持与(他)相像,因为荣耀总是保持在永生里且不会毁灭。这里有一个人,无论是在恩典还是在荣耀里,他都在恩典或荣耀之光里并以自己的受造模式来认识。这是此阶段的优点,因为由此产生了愿望的饥渴和内心的不平静,因为一个人根据他的(动物或人特有的)模式,并以完全满意的方式,既不能获得也不能品尝他所爱的那个人。现在,每一个身处恩典或荣耀中的人都以一种特殊的模式拥有(这种)合一,因为就他接受了上帝的恩赐并拥有美德和神圣之爱而言,他在这种合一里品尝和感觉。这也不是同一个合一,但是每一个在恩典或荣耀里的人根据自己的高贵性,都有自己的特殊合一和工作:它(合一)在记忆和压入爱的纽带里的一切天赋中。每一个人根据被给与的高贵性来感知自己,也就是在它自己的存在根基上的适当合一中。每个人根据自己的价值,在那里都会得到或多或少的恩赐。诸位格的神圣合一视自己在所有这些合一之上,并且根据自己的高贵性使得每一(合一)得到满足,也就是说,把它赶到诸美德那里并且拖入不平静的爱里。他与圣三一越相似,就会以更大的爱而被再一次驱使和流回(合一里)。无论是在恩典还是荣耀里,这都是一种有限的工作,因此它也是圣三一的形象;要是没有这种形象的话,就没有人能在时间和永恒里与上帝合而为一。

已经通过神圣劝告的礼物而获得了这种形象的人,很像天堂里的苍天;因为它被神圣全能触动,被天使的力量推动,像因为神圣触动而活在不平静中的心灵一样。苍天照亮大地上的一切事物,就好比启蒙了的理性被照亮整个灵魂国度的永恒智慧所照亮。苍天把温暖给与所有受造物,万物藉着它生活和成长;同样,这个人也把自己的爱和怜悯的温暖给与万物,由此灵魂里所有的天赋就在美德里生活、工作和成长。天堂里的苍天也为七颗行星和众多星星所装饰,它们照亮和统治着苍天下的一切有形事物。七颗行星就像囊括了所有时间的七天。

苍天里最强大和辉煌的行星是太阳;同样,最辉煌和明亮的心灵之光转而向下,就变成被启蒙了的理性;因为它在灵魂的国度里产生了星期天和节日,使灵魂里的所有天赋得到安息,以便他们能够听清和识别被启蒙了的理性所命令的一切,从而他们也能在一周内——也就是一生里管理好自己。

当人想要工作时,一周的第二天是星期一。月亮也即鉴别力使这一天得到了丰盈。它的光明来自被启蒙了的理性这个太阳,因此它可以在真正的鉴别力里活上一周,也就是一直活着。月亮即鉴别力的运行路线靠近地球,因为它支配着积极的生活。但是太阳是被启蒙了的理性:它站得最高,因为它统治着内在的、令人向往的生活。

这个行星叫火星,就是诸美德里的谦卑和顺从,它将使星期二得到丰盈。

行星水星,也就是仁爱和慷慨,它将使使星期三得到丰盈;因为我们正好处在一周的中间,即人要工作的中间时日。如果我们浪费了这次机会,它就过去了,并且当永恒的盛宴来临的时候,我们就什么也没发现。

行星木星,也就是在爱慕、爱和赞美里被指引向上帝的愿望,它将使星期四得到丰盈,因为当我们要走到(上帝的)法庭上时,盛宴正好结束。

行星金星,也就是神圣的触动,它将使星期五得到丰盈。它在拂晓时升起,即在一切动物或人特有的工作的起源地里,也就是在灵魂的合一里;之后,太阳即启蒙了的理性开始照耀着一切。当触觉的晨星在拂晓时升起,灵魂的整个国度都欢呼起来,因为人感觉到这种闪光出自上帝合一的不朽天堂里。因此,藉着太阳的辉煌和爱的燃烧,这个晨星经常变得如此变形,以致看起来好像人是无法得到自己喜爱的一切似的:这是在正午,这时候人就偿还了自己承认(像是属于自己)的债务。当我们注视着上帝的伟大和自己的渺小时,我们就认识到自己欠上帝和别人的债务,然后我们认为自己在一切事情上都失败了,对上帝和邻人都不公正,因为仁慈是伟大的,启蒙了的理性也辉煌地照耀着。于是,通过对失败的认识,我们就进入到谦卑里,并且偿还了自己的所有债务。这也叫做夜星,就好比伴着启蒙了的理性和爱的纽带那样,人已经使得每一个人都获得了满足。直到现在,在这颗晨星即爱进入到诸美德之前,启蒙了的理性即太阳已经把它驱逐出去了;但是当人根据自己的能力使得每一个人都得到满足时,夜星就追随者太阳,也就是想要栖止在合一里的爱,如果可能的话,永远栖止在合一里面。

土星是最怪异的一个——因为我们不能达到上帝,所以它是饥饿和不平静——它将使星期六得到丰盈。土星即饥饿处于欲望天赋的最顶端,而且这种饥饿也要比那种美德里没有上帝的饥饿要伟大得多；因为这是为了享乐，而别的则是为了践行美德。这个人眼里看顾上帝，别人则只注意自己。然而，尽管在行为上不相像，它们都同时并存于一个欲求里。这种饥饿，这种残酷的行星引发了可怕的闪电、雷鸣和狂风，在灵魂的国度里产生了巨大的风暴。闪电是搅动灵魂不安静的感动，显示出心灵的天堂之门开了，至爱之人（上帝）充满了不可思议的快乐。于是传来了霹雳雷声，也就是爱的冲动，因为人不能得到（他）。由于这个原因，巨大的风暴就来到了灵魂的国度里，忽上忽下；而且，没有上帝所曾加入到这种不平静里的启蒙了的理性，灵魂的国度就不可能留守在宴会上，新郎也不会来到。因为启蒙了的理性清楚明白地表现出，根据每一天赋的欲望，人很快就会在一切福佑里享受到至爱，爱着也会耐心地等待。所以，就如这里所有阶段所显示的那样，如果这个人想要过一种超本质的生活即冥思的生活的话，根据神圣的模式，他的生命就会被指引向上。

为了人可以拥有这种神圣的劝告礼物，他必须有一个渴望的生命，并被高举和压入合一中。在那里，他受到触动并被赶回去，心怀巨大的不平静。由此，理性变得清晰了，想要再次去经验何为那种触动。由此产生了不能理解它的爱的冲动；这就是爱的纽带。现在，启蒙了的理性想要进入到下面的国度里，并在高贵性里使所有的天赋得到丰盈。敏捷想要前进，以便人能很快地回到（对上帝）的经验中。仁慈和爱都是极其慷慨的。它们想要偿清一切所欠并流回到顶点。如果你想要正确地反思这一点，你必须明确地赞成：这是圣三一的形象。

有四种事物制造了障碍，使人在彷徨中奔波并且阻止合一。就最高的合一而论，那个人没有觉察到来自失败的触动。因此，启蒙了的理性将要向下并以高贵性涵养该国度，它没有实现自己的目标。敏捷是微小的：那是我所想到的一切，是缺乏热忱的原因。仁慈和爱是温热和稀少的；所以鲜有慷慨。如果你想要正确地反思这一点，你必须明确而又彻底地认识到：它与圣三一并不相像。

如果你要相信我的话，我会给你出示使（人）蒙羞并剥夺（他的）天福的四种事物。那些忙着关注外在事物的人恐怕并不快乐，因为他们失去了合一。理性盲目的人受到的伤害最大：他生活在不公正之中。选择了懒惰，同时也完全失去了敏捷：他对（上帝）没有欲求。他总是不想要爱和仁慈；他对慷慨一无所知。如果你想正确地认识它的话，你就藉着行为来测验它：他离天福的距离很远。

现在，我想为你们写下更伟大的价值和美德，它们来自于神圣劝告这种礼物。凭借起源于这种礼物的触动，灵魂被天父的大能驱使到逐美德里，也被圣子的光辉所照亮，并根据动物或人特有的模式，在更加尊贵的辉煌里以启蒙了的理性来认识上帝：于是，出于那种触动和启蒙了的理性，为了在不可思议的快乐里品尝上帝，圣灵就把爱的不平静给与了它。因此，他就与尊贵的圣三一和果实累累的合一相像。要是除了自己之外，上帝把他所能创造的一切都给与它的话，它就会一直呆在不安静和不满足里；因为它像（上帝）并且渴望愉快的合一，藉着这种相似性，它已经把自己提升到合一里，直到能够获得这种合一。这是相似性的最高点。

由此开启了同一个劝告礼物的更高标准。对所有的理性受造物来说，上帝已经在恩典或荣耀里按照自己的形象造了天使或人，藉着这种相似性，他们全都流入了各自心灵的合一里，他们还携着自己获得的天赋，在上帝的超本质里，就好比是在自己的地方，拥有一种自然的基本倾向和令人愉快的悬置。因为每一个心灵都向内转到自己的本质里，它只在本质上行动，而非积极地行动，万有都触动着上帝的简单本质，并且都系于它之上，就好比系于各自的原因之上似的。创造没有中介，因为它处于行动之上且位于本质之中；而且，万有无需中介都系于神性本质之上；诸神性位格也已经向内流入合一之中，并且自然而然和愉快地系于同一个本质之上。因此，(神性)的深渊就作为一束简洁的光线，也就是说，在诸位格的合一中，以及在每一受造物的内转心灵里，本质自身发光闪耀，这些受造物都在自己心灵的顶端渴求着快乐。这种不可思议的光线照亮了内转心灵的理解能力，因为它是诞生在灵魂里的永恒智慧。在这种光明里，人能够从这束光线诞生地即上帝的本质中来沉思这种简洁性；因为人除了在这束光明里，无法以一种快乐的方式来凝视这种不可理喻的本质。他是我们必须在人性和神性方面经过的一扇门，因为如果人既不像基督的人性那样生活，也不藉着他的无限光彩沉思和回溯，那么就没有人进入到永恒快乐的厅堂。这束本质的简洁光线是无边、无限和无模式的，包含有诸神圣位格的合一、灵魂里的合一以及灵魂里的一切天赋，结果，通过基本的自然倾向、上帝的快乐悬置、以及他在这束光里联合的那些人，这束简洁光线就吸纳并闪光，以致它完全变成了一个上帝和诸精灵的快乐合一；因为在这里，所有的精灵都在自己上面，根据神圣的模式并以无限之光流入快乐的合一中。因为在有人浸入的这种无形光明里，上帝和每一受造物的活动都消失了：因为在上帝的本质里没有任何上帝和受造物的活动，就诸位格的特性来说，它们都消失在了快乐之中——然而，它们有着一种永恒的本质并且不会朽坏——藉着愉快倾向的方式，这些全都是在难以理解的无形本质里发生的。在此，藉着这束简洁的光线，上帝和所有与它联合的人都经历着变形。在这种经历里，灵魂非常明白他所爱的人已经到来，因为在快乐的合一里，它(灵魂)获得比自己所能欲求的要多的东西，而且在这种经历里，每一个在合一里的人都会获得一种不可理喻的乐趣和快乐。然而，它们不像是在至福的欢乐里，因为根据在美德里的饥饿、不安静和伟大程度，每一个人都是高贵和伟大的。现在，给与了他们一种共同的善，根据每一个人饥饿和不安静的（程度），他就被灌注或淹没到一种或多或少的程度；然而，对他们所有人来说，这些都已经足够了，因为无边的爱是无限和无形的。在此，就他所创造的灵魂而言，基督是被淹没了，而且灵魂也得到了比自己所能欲求的更多的东西，因为它是受造的，而仁慈是无边的。神性之爱是一种能够以一种无限模式来欲求和爱的无限品质。现在，这种天福是无模式的，并且生存在上帝的本质里。按照位格性，诸位格在模式里工作，而按照本质，他们则在无模式里享乐。在那儿，他们被淹没在无模式之中，也就是说，就他们的本质而言，他们必须经历深不可测的辉煌并接受到胜过他们所能欲求的一切。由此产生了（这样的事实），所有被这种快乐灌注的人都在这种光里逃离自身而进入到无模式中，因为在这种快乐里，这种深不可测的光明是无模式的。当他们因此逃离自身而进入到无模式中时，他们不知在何处拥有这种深不可测的光明，也就是说（他们）在不可思议中（拥有）它，而且这是他们的最大欢乐；因为藉着这种欢乐，他们已经逃离自身进入到迷失里，也拥有了作为一种无模式和深不可测的天福的上帝，反过来说，上帝也以同样的无模式拥有他们。这种无模式的本质永远不会被上帝和任何受造物主动地达到，因为它是上帝和他的众圣徒的一种快乐。这是上帝简单本质里上帝和众精灵的快乐悬置。因为根据诸位格的内在洞察和他们的快乐倾向，位格间的合一就永远在本质里享受，正如你所听到的，同样的合一是富有成果的，而且永不休止地在诞生着永恒智慧，由诞生和受生活动流出了圣灵；这是上帝的活动。他永不休止地工作着，因为按照他本质的富有成果来看，他是纯粹的活动；而且如果他不工作的话，（他）和任何受造物也就不会生存在天堂或尘世两个国度里了。所以，他总是在工作和永不休止地享受。在上帝本性的这种尊贵合一里，上帝根据进入他本质中的倾向快乐地拥有自己。在这同一种合一里，他是多产的，永不休止地使自己的圣子和永恒智慧得以受生。这种合一是圣三一的宝座和作为父亲般力量的上帝坐席。因为在享乐和活动之间，尊贵的本性永不休止地在享受和工作中拥有自己。所有在恩典或荣耀里像（他）的人都被天父的这种创生活动感动，每一个人都按照自己的高贵性；他们在圣三一的形象里践履着美德的所有活生生的工作；而且他们也永远快乐地被悬置在永恒的天福里。

这些人就是基督对他们说的，"怜悯人的有福了，因为他们必蒙怜悯。"这些人也怜悯自己，因为要不然的话，就上帝而言，他们在美德和完美生活方面就会有亏欠，（与之相应）上帝也会在快乐的天福里亏欠他们。这两件事情和上帝的仁慈成为了以下行为的原因：他们跟随上帝的仁慈直到无边的快乐，他们远离自己而进入到深渊中，他们变成君王的宝座并栖止在尊贵的圣三一里。

因此，已经在这种水平上拥有上帝国度的天使们被称为君主的王座，因为他们已经拥有了上帝，反之，上帝也拥有了他们；而且，他们也站立在快乐和行动之间，都追求着完美。他们属于第七唱诗班，在第三等级里是最低级的一列。他们要比第六个唱诗班里的天使要高级和辉煌；所有在恩典或荣耀里，藉着神圣礼物和美德行为而达到这种标准的人都是君王的宝座，也就是说，他们拥有上帝并快乐地悬置在上帝的超本质里，同时他们也被上帝拥有并被当作他的宝座和栖息地，因为在本质的简洁快乐里，他们是无差别的一。在这种神圣本质的简单合一里，没有任何知识、欲望和行动；因为这是一个无模式的深渊，主动的理解力永远不能接近它。所以，基督恳求我们应当成为一体，就好比他和他的天父是一个一样,我们应当藉着快乐的爱并浸入到无模式的黑暗里,在那里上帝和每一受造物的活动都消失了,进入到一种流逝的状态里。

已经获得了神圣劝告礼物的这个人,与装饰有行星和星辰的天堂里的苍天非常相似。藉着苍天、行星和星辰的运行过程,地上、水里和空中的一切受造物存活和生长。关于第一运动、天使和神圣首领的运动,苍天的最高部分以一种被动的方式运转。因此,它永远根据较低部分采取主动行动,而根据较高部分采取被动行动。

为了人在最高的完善里拥有这项神圣劝告的礼物,他必须获得一种高度的相似性,用爱来提升自己,并悬置在超本质性里面。那些追求超本质的人永远不会在没有快乐的生活里坚持。他们在自己天赋的合一里接收到受祝福之人的简洁光亮。因此,他们必须不带着任何遗憾地流溢到这束光芒的简洁性里。因此,他们想要居住在那里,永远不回头,深深地扎进那种迷失里。因此,充满天父的圣三一想要和自己的所有客人一道安息在他们里面。因此,我们将没有任何跌倒,尽力趋向超本质性,并且经常转向下面,以上帝形象力的美德来管理这个国度。

现在,我想特别地给你们写下阻碍快乐的四种事物。那些很少欲求的人不会稳固地悬置在超本质性里面。因此,他们在无模式里既不被讨好也不被感动,但是他们仍持守在自己自我里。因为就这束光芒而论,他们处于失败之中,不能尽力奔入迷失之中。因为他们在此有缺失,因为他们不能被至福之口吃下去。

现在,我想向你解释使得德行困难并剥夺(人)的美德的四种事物。那些转向外面去追逐赞美和荣誉到人远离了合一。在他们的自我的放逐里,他们没有觉识到那种简洁的辉煌。他们没有起来,因为他们仍呆在怠惰里;他们栖止在动物或人的特质里。

但是要是他们驱逐怠惰的话,他们就能尽力向上,品尝到上帝的触动,并且拥有永恒。

  第六项神圣的礼物使得灵魂在高贵性里面得到丰盈,它是理解力这种礼物。因为藉着由天父而来的内在感动、由圣子而来的启蒙了的理性,和由圣灵而来的爱的不平静,人就完全与(上帝)相像了。然而,他能够永远在美德和更大的相似性里成长;因为他不能赚取得太多,以致于上帝就不能够给与太多。他也不能在理解力上太清晰,以致于上帝就不能使他更清晰的理解力。此外,他不能他也不具有那么伟大的爱,以致于上帝就不能给与他更伟大的爱。然而,藉着内在的激动、启蒙了的理性和爱的燃烧,他就是上帝 的完美形象。至于他的灵魂,既然他人是从上帝无处可以取出的无里创造出来的,他就已经跟从着那种无处可寻的无;他也藉着沉没到上帝的简洁本质中的方式,就好比是沉没到自己的根基里一样,已经从自我中流出而进入到迷失里,并且在上帝里死去。每个人根据自己的高贵性在上帝里死去都是要受祝福的;那与恩典和荣耀里的(祝福)是极不相同的。这种幸福是要在诸神圣位格的快乐合一里抓住上帝和被上帝所抓住,并且藉着这个合一,要向内流入上帝的超本质里。既然按照向内的转折,这种合一是令人愉快的,而按照向外的转折又是富有成果的,那么合一的泉水里就流出:也就是会说,天父赐生命给自己的圣子,永恒真理,即他在其中认识自己和万物的天父形象。这种形象是一切受造物的生命和源头,因为在这种形象里,万物都依照神圣的模式获得自己的存在。藉着这种形象,万物都得以完好地受造。藉着这个榜样,万物都得以明智地安排。由于这种形象,就它属于上帝而言,万物都参与到自己的目的里;因为为了每一理性受造物可以获得天福,(上帝)已经作得足够多的了。但是按照动物或人特有的流出物,理性的受造物并不是天父的形象,因为它是作为受造物流出的。因此,它要么是以恩典的手段,要么是以荣耀的手段来认知和爱的。因为除了神圣位格之外,没有人根据神性模式主动地拥有神性本质,因为没有受造物能够以一种无限的方式来工作;因为如果他要以无限模式来工作的话,那么他就会是上帝而非受造物。藉着这种形象,上帝使这种受造物在本性上与他相像。要么是根据恩典,要么是根据荣耀,他使那些转向(他)的人在本性之上更与(他)相像,每一个人都根据他的接受能力,与他的状况和价值相一致。所有那些在内心里感受到触动的人,他们都拥有启蒙了的理性和爱的冲动,而且无模式也被显示给他们,他们全都快乐地转向内心,进入到上帝的超本质里面。现在,上帝悬置在自己的本质里,享受和沉思这他所喜爱打同一个本质。论到这种快乐的模式,上帝的光芒永远没能照亮无模式的本质;但是,论到沉思和凝视,那种景象就不会毁灭,因为人总会沉思自己所喜爱的一切。人以这种模式永远不能进入到这种光明里,按照这种模式,这些都是安息在快乐里的人,上帝在空旷的沙漠里愉快地拥有自己;这光明在那里不能休憩,在那种尊贵的本质里,也不能进入到无模式里。上帝在那里就是自己的宝座。无论是在恩典还是在荣耀里,所有在这个阶段里拥有上帝的人都是上帝的宝座和神龛,他们在上帝里面死去了,进入到了永恒的安息中。

从这种死亡里产生了一种超本质的生活,那是一种沉思上帝的生活。在此,开启了理解力的恩赐。因为上帝永不休止地沉思他所享有的同一个本质,并且在他制造相似性的地方给与内心不平静,而在他联合的地方给与安息和快乐。但是,在人本质上为一的地方里,在一种流逝的状态里,没有与和取的行为发生。因为他在制造相似性的地方给与启蒙了的理性,在他联合的地方给与无限的辉煌。这种无限的辉煌是天父的形象。我们受造就是要具有这种形象的,也能够在比君王宝座更高贵的高贵性里与他联合,如果不计过失的话,我们凝视天父的荣耀面容,那是神性的尊贵本质。现在,这种无边的辉煌在恩典和荣耀里被当作普遍的东西给与所有享乐的心灵。结果它(这种辉煌)就作为普遍的东西而流向所有人,就像太阳的光辉一样。然而,那些接受到它的人不是获得了同等的启蒙。通过玻璃,太阳要比通过石头照射得更加辉煌,通过水晶,太阳要比通过玻璃照射得更加辉煌;而且,在太阳的光辉里,每一颗珍贵的石头都闪耀着它在恩典和荣耀里接受能力的高贵性,但是在恩典里最大的所受的启蒙也要比荣耀之光里最小的要少。然而,荣耀之光不是灵魂和这种无限辉煌间的中介物;但是(现世的)条件、时间和不稳定性的确阻碍了我们,因此是我们,而不是他们配得。这种伟大的辉煌是天父的简单沉思,而在所有那些以一种不可思议的光明快乐地沉思和凝视"一"的人之中,每一个人都采用能使他受启蒙的措施。因为这种无边地光明永不休止地在所有心灵里闪耀;但是生活在这里的人在时间里经常受到这些形象的阻碍,所以他就不会积极地以这种光明沉思或凝视超本质,但是已经获得这项礼物的人本来就拥有它(这种光明),而且如果想要的话,他可以使用它。现在,因为人沉思时所藉的光明是无限的,人所沉思的一切是深渊,人就永远就赶不上别人;但是凝视和沉思永远呆在无模式里,在尊贵权威的快乐面容前,在此,天父藉着永恒智慧,以这种模式来凝视他深渊般的本质。

所有那些被这种智慧灌注和照亮的人都被称为基路伯(Cherubim),因为他们同属于这个唱诗班,并且在永恒里继续开展着那项工作,每一个人都根据自己的高贵性,因为他们不是受到同等程度的启蒙。然而,在这种样式里,他们永远不会有美德上的匮乏,也不会对任何受造物有欠缺,他们永不休止地超越了那种样式并凝视着简洁性。

上帝是沉思的主,他永不止息地沉思和行动着。至于他的人性,就他的受造灵魂而论,基督过去和现在都是有史以来最伟大的沉思者,因为他和智慧是一体的,他自身就是人沉思时所藉的智慧。然而,他总是在外在的方面使所有人得到满足,而在仁爱的工作里,他一直在凝视着自己天父的面容。这就是这项礼物的卓越之处:尽人所能地行动和沉思,并且保持不受障碍的状态里。

这些人就是基督对他们所说的,"清心的人有福了,因为他们必得见神"(太5:8)。因为他们不再受到尘世事物的形象的妨害,不再关心肉体的满足,也在美德上像(上帝),拥有公正,并且在毫无遮蔽的情况下沉思着无模式:这就是他们为何受祝福的原因,因为那是神圣的沉思。

这些人与被称为水晶的中层天十分相像,因为他们与水晶一样,对最上层天是透明的,也就是对天父的永恒真理来讲是透明的。这是一种超本质的沉思生活,因着理解力的恩赐即上帝自身和永恒的智慧,被转向内里的理解力在那里得到丰盈。

人可以拥有这项礼物,反之,这项礼物也可以拥有他,他必须拥有如下这四点:无论是谁受到启蒙,他必须忽略一切进入到超本质性里面;他会在根基的简洁性里面觉识到无限的辉煌。因此,他被灌注并处于真理之光照下的最兴盛时期;这种光明普遍地照耀着所有纯洁的事物,并根据各自的价值照亮每一个人。然后,他们就能够毫无束缚地凝视和沉思快乐的面容。人将要藉着对迷失的深深信念,经常沉思人所享受到的一切。至爱之人已经远去;他总是使人凝视着尊贵的天福。然而,这就是在沙漠的孤独里,他是怎样被抓住以及爱者是怎样被爱者拥抱的原因;结果,我们就将持守在并竭尽全力尽力地去追求尊贵的深渊里。

现在,我要让你们知道,如果你们能对它进行很好的反思:有四种事物阻碍着理解力。那些总是在超本质里闭上自己眼睛并梦想着享乐的人不会被启蒙;因为他们没有凝视这种光明的简洁性。这阻碍了(他们的)认识,伴随着基路伯,至爱之人变得如此卓越。他们想要狂欢,这使得他们缺失了威严的面容。

现在,我想要解释一下使得理解力消失并剥夺了人的理解力的四种事物。追逐尘世品味的人不能到达尊贵的快乐里。他不会被启蒙,因为他满负着时间之内的形象。他几乎不会上升:这是饮食所致,因为他仍旧暴饮暴食。这就是我所教导的一切。这些事物使人转过脸去,并被剥夺了天福。

第七项神性礼物是味美可口的智慧。它是在内转心灵的顶端被给与的,就向内转入(心灵的)顶端而言,它充满了理智和意志。这种滋味是无限和难解的,它从里向外流动,而且按照每一天赋的接受能力,包括最里面的感官即肉体的感觉,灌注在身体和灵魂里。别的感官,例如视觉和听觉,在上帝为自己的荣誉和人类的需要而创造的奇迹里面,从外面获得自己的欢乐。这种难解的滋味在心灵之上,它在灵魂的宽阔怀抱里是无限的,那就是圣灵这种上帝不可思议的爱。在心灵之下,那种感觉是有限的,但是因为诸天赋都系于(上帝)之上,它们都得到了提高。因为通过联合中的享乐、理解和在自身的消失中得到的领会,永恒之父已经使内转的心灵得到丰盈,以致于它(心灵)成为了上帝的宝座和安息地;也因为圣子即永恒真理已经用他自己的光彩使内转的理解力得到丰盈,为了沉思可享受性的面容,圣灵也相应地想要使内转的一致和诸天赋所系于的合一得到丰盈,以便灵魂可以品尝、认识和经验到上帝是多么的仁慈。这种滋味是如此巨大,以致于对灵魂来说,似乎天堂和尘世两个国度以及其中的一切都会在这种难解的滋味里融化和消失。这种天福从上到下、从里到外地完全包含和渗透在灵魂的国度里。因此,这种理解力就沉思着这种天福由之流出的简洁性。由此产生了启蒙了的理性的顾虑。然而,它(理性)非常了解关于不可思议的天福的知识,自己必须持守门外汉的立场,因为它是用受造光明来观看的,但欢乐是无限的。所以,理性在那种顾虑里是失败的,但是被这种无限辉煌转变的理解力却永不停止地沉思和凝视着不可思议的天福快乐。

但是理性以动物或人特有的方式,在受造的光明里考虑得非常周到,以便它可以在理性形象和涌出无边神性的工作里发现娱乐和幸福。然后,理性就很好地考虑到根据他的模式,她所心爱的人是如此的伟大,他永远不会被它和任何受造物把握到;他是如此的尊贵,以致他永远不会在一种动物或人特有的方式里被触及到;他是如此纯粹,以致在他里面,所有的多样性都必须终结和开启。他是一种能使天堂和尘世国度得以丰盈的美丽。他是一种一切受造物由之流出并在本质上仍持守在其中的富有。他是一种天堂和尘世国度以及一切受造物的荣誉。他是一种活在其中的一切事物曾经存在并将永远存在的生命。他是人藉以征服一切的胜利。他是胜利者将被加冕的王冠。他是健康:无论是谁,只要获得他,从此以后就得到了医治。他是所有怀有爱心的人栖止于其中的和平。他是安全:那些得到他的人不可能缺少什么。他是给与快乐的至福。他是一种使悲伤者喜悦的慰藉。他是灌注在那些渴求者心里的甜蜜。他是欢乐:那些爱他的人享有荣耀。他是欢乐的源头:在他里面,所有在享乐的人都感化了。他是一种庆祝,也就是一种无人能言传的欢乐;在它里面,诸感官和天赋都失效了。他是我们都渴求的奖赏。他是一种让人无处安心的奢欲。他是想要使所有相爱的人点燃和燃烧的热情。他是能使万物屈服的全能。他是能够成就一切的神性。他是已经创造了所有时间的永恒。他是想要给与所有礼物的仁慈。他是想要流经天堂和尘世两个国度以及万物的慷慨。他是一种想要与所有有德之人联合的无限大爱。他是适当而又崇高地安排万物的高贵性。他是一种任何错误和不公正都不能与之相关的纯净。他是富有成果的,因为因着他,苍天运行,一切有形事物都自然地成长和生活。凭借着同样的富有,一切神性礼物和灵性事物都以超自然的方式被给与钟情之人。他是能做成万事的力量。他是能够涵养、统治和安排万物的智慧。他是正在等候着罪人上升和给公正之人加冕的坚稳。他是不与任何人分离的忠诚。他是知晓众人内心的真理。他是神圣,使人对尘世事物感到虚空。他是使人在诸美德里燃烧的温暖。他是启示诸美德的光明。他是满足,在(自己)的样式里制造着永恒的饥饿,在合一里给与超过人所能欲求的东西。他是能使人提升到万物之上的坚毅。他是将根据(人的)工作判决或奖赏的公正。他是在末日来临时,将否认一切不纯洁之人和与一切纯洁之人联合的纯洁。这就是启蒙了的理性在无边的神性里所认为的一切;他们是以一种动物或人所特有的方式,从上帝的单一本质里抽拔出来的理性形象。因为抓住了这些形象,它们是受造的,是从神性本质抽取出来的样式;但是,因为就人的内在凝视而言,它们都开始和终结在无边的本质里,那里理性和意识都失效了,因为在此只有上帝的单一本质存在。因此,启蒙了的理性就习惯于在所有这些卓越性里思考它的至爱之人。结果,它(理性)就十分惊讶于这种富有,并且看到他不可思议地拥有胜过自己(理性)之上的富有。因此,产生了如此巨大的愿望和不平静,以致它(理性)不得不沉思和凝视着这种光明的简洁性,为的是缓和与安慰那么渴望快乐的不安欲望。在这种凝视里,它毫无差别地沉思着,所有的洪水都流入到这个国度的顶端。结果,这个国度就被点燃并在热情里全部燃烧。这火就是燃烧在神圣合一的熔炉里面的圣灵。在这种尊贵的合一里,所有的精灵在不可理喻的爱里得到了透彻的灌注和启蒙。这种快乐的合一是藏在灵魂领地里的珍宝；无论是谁，只要他挖掘和品味它，出卖并弃绝自己和令人满意的一切事物，他就可以拥有这片领地即这种天福。圣灵是上帝和灵魂的珍宝；因为他是爱的纽带、拥抱和渗透，藉着他向内转的精灵就被浸泡和拥抱在快乐的合一里。这是使爱的灵迷失在冲动里的情感。这是曾经在本质里创造了天地国度和一切受造物的上帝手指，而在本质之上它也把礼物赐予转向（他）的（受造物），每个人都按照自己的价值得到应有的礼物，并且它与那些得到恩赐礼物的人联合在一起。圣灵是波涛汹涌的大海，每一件善事都从中流出，它也毫无凭借地持守在里面。这是燃烧、辉煌和神圣的太阳，它用七种主要的超自然光线即七项伟大的礼物使灵魂的国度得到了丰盈。圣灵是一种无限的火，曾经使恩典和荣耀里的所有内转精灵得到转化和照明；他们也像黄金一样熔化在神圣合一的熔炉里。每一个根据自己的状况和价值来享受和品味。然而，这种神圣的火焰毫无分别地燃烧着；但是在这里，铜、铅、铁、锡、银、金和许多种类的金属都一块熔化在一种无法理解的火里。现在，每一种金属及每一个精灵都有理智和感觉能力，正在经受着上帝的本质之爱根据自己的优点和价值而做出的转化——不过，这种爱是作为普遍给与众人的东西而流出的——结果就在享乐里产生了一种区分。在享乐里，这种无边的大爱是本质性的而非主动性的，因为凭借着本质之爱的流溢，天父、圣子以及所有系于（上帝）之上的精灵都超越了一切活动，处于一种正在快乐里消失和流溢的状态。凭借这种来自于天父和圣子的同一种爱的外溢，诸美德在一切受造物里得以锻造和完成。因此，就（它的）内流而言，它是本质性的，在一种难以理解的滋味里饱含着所有在合一里的人。这是无底的漩涡，其中，所有高贵的心灵都在快乐里系于（上帝）之上并陷落到迷失中去。这就是辉煌的太阳，它在灵魂的顶端照耀和燃烧，将理智领入沉思和启蒙中，并且使得凝视永远不会失效。这就是无底的活泉，从里往外流出了七条主要的溪流，也就是使得灵魂国度在美德上变得果实累累的七项礼物。这些尊贵的精灵已经在活生生的根基里到达这些活泼和涌动着的支脉，这眼泉水也出自那根基。在那里，他们被从（自己中）扫荡出来并被淹没，从光彩走到光彩，从天福走到天福；因为在那里，不可言传的欢乐的蜜滴（honey-drops）使得神圣天福的熔化和流动像露水一样落下。

这就是塞拉弗（Seraphim），永恒国度里最高级的精灵，因为他们在快乐面前燃烧和熔化。因此，所有以这种模式获得这项神圣礼物的人都像塞拉弗，每个人根据自己被照亮的程度，因为在塞拉弗里，在光彩、爱和快乐上有着分别。所有在恩典和荣耀里的精灵在认知、爱和品味的活动里都有着分别。但是，在荣耀的光明里最小的所知和所爱要比恩典里最高的要多，也能品尝到更伟大的欢乐。然而，上帝把这种天福给与（所有）相像的人，但是那些接受到它的人并不相像。此外，就这种快乐而言，合一里已经为他们所有人留下了足够的东西。但是就迷失在沙漠里的黑暗而论，没有留下什么东西，因为那里没有与和取的行为发生，只有一个简单的一重本质存在。在它里面，上帝和所有那些与（他）联合的人都沉没和消失了，而且他们永远不能在这种无模式的本质里找到自己，因为它是一种纯粹和简单的一重性，而且这是上帝国度里的最高幸福。然而，所有这些精灵不得不转折向下，进入到仁爱和诸美德之中，因为一个人越是伟大和高贵，他就越是在灵性和肉体上普遍地对待那些需要他帮助的人。

因为在诸圣徒之上，上帝以一种无限的模式来享受自己；因为他的内旋是无边的，但是他的本质是无模式的。要是他的本质不是无模式的话，就不会有完全的快乐。但是在这种无模式的本质里,位格的工作就失效了。因此,他拥有一切受造精灵之上的快乐,他们都是凭借手段才接收到高贵性和恩赐礼物的。然而,他永不停止地主动流出所有肉体和精神上的礼物,进入到天堂和尘世两个国度里。

至于他的受造灵魂,基督过去和现在都是最伟大的沉思者、爱者和过去的享受者;就他的神性本质而言,他自身就是人所享受的一切。然而,他从不会抛下任何人,也永远不会这样做,因为他公正地对待那些渴求他的人;(有)许多不渴求他的人,对他来说是疼痛的;他为他们所有人祈求并把自己以及自己的受难都交给了天父。所有坐在天堂宝座上的最伟大圣徒们都公正地对待尘世国度里的(一切),他们也公正地对待永恒国度里的(一切),并正在为我们祈求和想望。尊贵的塞拉弗以及所有属于那个唱诗班里的人,在天堂和尘世两个国度里正在祈求和想望着人类的幸福,在这方面他们要胜过其它唱诗班里的人;因为他们知道得更清楚,爱得更多:因此,他们更具普遍性,并且渴求着更多的上帝荣誉和人类幸福。

这些人就是基督对他们说,"使人和睦的人有福了,因为他们必称为神的儿子。"(太 5:9)这些尊贵的精灵已经达成了与上帝、自己的所有天赋和一切受造物的和睦,已经根据每一事物的高贵性,使所有事物得到了丰盈和安排,他们在真正的平静里拥有这个国度,并且被吞噬倒简洁性的根基里。这是永恒天福里这个国度的最高(水平)。

从这种模式来看,这个国度与至上的天堂最相像,因为它是一种纯粹、单一的辉煌,不可移动,是所有有形事物的起源和开端,它也是一种受造的、上帝和众圣徒的国度。这些都是救主引导公正人进入永恒寂静里的正确方式,它们超越了所有方式。这是五个要点中的第四个要点。

为了人能够在伟大的价值里拥有这种最高的礼物，他必须在内里被无限的爱所浸透，被淹没在滋味里，并且在由简洁性的根基里流出的活动里拥有一种清晰的鉴别力。由于多重的礼物和这种不可理喻的富有，由此就产生了惊讶。惊讶带来了渴望，苦苦地欲求这尊贵的快乐。然后他得要在一切活动之上凝视并减少他的欲望。无限之爱在合一的熔炉里和所有的感官里燃烧。结果，在快乐的天福里就产生了一种熔化和彻底的熔炼。所以，他们就被完全地被淹没了，在无模式中被从他们自己中扫荡出来，进入到沙漠的黑暗里。那里没有与和取的行为，也没有任何爱的操守，只有纯洁和简单的一重性。

现在，我想向你解释伤害和阻碍智慧的品味的四件事情。无分别地凝视着行动的外流：那就阻碍了品味活动。那些不在惊讶里苦思的人很少在真正的不安静里渴望。无限之爱很少再内里和灵魂的顶端里燃烧。因为他们凝视着裸露，没有消失在冲动里：那就阻碍了尊贵的清澈。

现在我打算告诉你摧毁天福并剥夺了人的幸福的四种事物。愚蠢和盲目的人们：他们四处走动，追寻着外在的满足。他们考虑和熟悉可悲、琐碎的所得，并且他们安心于卑微的状况。人性的爱愚弄这可怜的感官，并使人的理性变得盲目。他们追逐外在的滋味；他们不能够到达因永恒而流出天福的地方。那就使永恒辉煌的接受变得非常困难了：那就是活在不贞洁里了。

这个圣人所说的第五点也是最后一点就是："而且他把上帝的国度出示给了他。"当人在伟大的价值里拥有所有这些礼物时，上帝的国度就以五种方式出示给了他。他被出示了一种外在和感官的国度；一种自然的国度，圣经的国度；还有圣经和自然之上的恩典国度；以及恩典和荣耀之上作为上帝自身的神性国度。以清晰的模式熟知这全部就被称为是一种普遍的生活。

起初你们听到了感官的外在国度,那就是关于四种元素、三层天堂以及上帝如何使它们得到丰盈的一切;但是你们(现在)将要听到在最后的复活之后,上帝是如何使它们和人的身体得以丰盈的。在最后的日子里,火会渗透、穿燃烧掉尘世国度里的一切事物。这种火会有四种:地狱之火、炼狱之火、元素之火和物质之火。地狱之火会在受诅咒的灵魂里燃烧。炼狱之火会使陷在日常罪恶和所有债务里的好人得到净化。元素之火会使诸元素得到净化、更新和精细。物质之火会使尘世国度和人身体里的一切燃成灰烬。在那以后,基督立即就会把自己启示为整个世界的审判者,而且他会命令所有人站立起来,并携着身体和灵魂走向审判;凭借着上帝的力量,身体和灵魂会在审判的日子里联合在一起。好人将会在伟大的光辉里出现,而受诅咒的人则出现在巨大的恐怖里。审判会在约瑟法特峡谷(Valley of Josaphat)举行,因为那地方在大地的中央;这地方对所有来说都是熟悉的,因为基督就在那地方附近受难和死去。基督会在空中与众圣徒呆在一起。重罪者会呆在地上。受诅咒之人的审判词会是:"你们这些被诅咒的人都到永火里去吧。"这是一句可怕的话。他会对好人说:"来吧":这是一个可爱的词语;说"受祝福的人:这是更加可爱的词语;说"拥有这个国度":人听到这话会更加高兴;说"我天父的":这话尝起来会更好;说"那是从世界之初就给你们预备的":这话产生了永恒的致谢和赞美,因为他们在受造前就被拣选了。一旦审判结束和受诅咒之人都下到地狱的底层,天堂和诸元素都会得到更新;因为火将会燃烧得如此大,以致尘世国度里的一切都将会被燃成灰烬。所以,藉着火上帝将在光彩里更新诸元素,并使它们具有一种精妙的形式,比以前更加漂亮。因为罪的缘故,致使诸元素变得不纯净,他们必须被火净化,又因为它们服务于好人的缘故,它们必须以光彩和微妙来更新;也为了整个世界可以是荣耀身体的一个样式,人可以以一种感知的方式来沉思天堂和大地的美丽。更高的自然、诸天和诸行星,因为他们远离地球,故而是纯洁的,不混杂其它事物,也不需要净化,但是它们将要变得稳定并将接受到更大的光彩;这就是它们的流逝和更新。太阳将站立在东方,月亮站立在西方,就和它们受造时一样。诸天和诸行星受造是为了以两种方式来满足人的需要:就是说,凭借着天堂的激励和影响,人类和所有有形的受造物诞生、生活和成长;因此,这种天空将会休息,因为没有任何受造物会愿意过一种易朽的生活,它们倒是宁愿过一种荣耀的生活。天堂被创造的第二个理由是由于它的美丽和光彩;这会放大许多倍。大地会和水晶一样清晰,和人的手掌一样平坦。水在保持自己形状和实质的同时,会比现在更纯洁和透明。天空会辉煌灿烂,因为太阳、月亮和所有的星辰会以七倍于现在的亮度照耀着一切。将不再会有云、冰雹、雨、风、闪电、雷鸣和夜晚,天堂和尘世两个国度只有永恒的白昼和辉煌。大地的黑暗,水的寒冷和火的燃烧热量都会一起坠入地狱。但是水和空气的透明,火的辉煌——每一样都会在它的范围里保持着更伟大的辉煌。因此,天堂和大地都会过去而不会毁灭,但是会以一种更尊贵的方式得到更新。

现在,人类的荣耀身体会在永恒的欢乐里拥有天堂和尘世两个国度。易朽的身体阻碍和贬低灵魂,与他相分离的灵魂有着比和身体在一起时更完美的存在;但是当灵魂在荣耀中具有同一个身体时,它对灵魂来说就既不是一个障碍,也不是一种折磨,只是一种永恒的幸福和欢乐。因为在天福的工作里,身体对灵魂是一个欢乐,且不会危害到灵魂,它必须具备四种礼物。

第一种礼物是辉煌,因为水元素在身体里具有了荣耀;因此它是清晰和透明的;也被它清晰和荣耀的灵所拥有。因为身体是透明的,灵魂的荣耀流遍身体,(它)也变成了七倍于太阳光明的辉煌。但是它们不会具有同样程度的辉煌,因为灵魂越高贵和辉煌,身体也会越辉煌。正如有的星辰要比别的星辰辉煌,所以在永恒的生命里荣耀的身体间也会有区别。在获得洞察力之前就死去的儿童与月亮很相像;因为他们在内里没有从自己功德而来的光芒,只有来自于荣耀太阳的光芒;那就是说,他们被基督的死亡及其功德所照亮。

第二件礼物是无痛感,因为它里面的大地元素具有了坚毅和稳固的荣耀,因此他就不再会受难了。而且诸元素将不会自相矛盾,也不会在人的位格里面互相矛盾;所以,身体是不会感到痛苦的。因为荣耀的灵魂拥有它自己也被祝福的身体,身体就不可能从无论什么东西那里感到痛苦了。亚当在犯罪前没有感觉到痛苦,在那种状态里他也不可能感受到痛苦。但是如同事实所显明的那样,犯罪之后,他就会感觉到痛苦。没受洗礼就死去和永远不犯罪的儿童不会在地狱的边缘感受到痛苦,但这不是出自于他们在自己的努力,因为他们没有受到祝福,这只是出自于上帝的仁慈。但是,就算是圣徒的荣耀身体在地狱里、在地下或者在大海的底部,它不会伤害他们。

使荣耀身体得以丰盈的第三项礼物是精妙;因为火元素在它里面具有了荣耀,而且已经使得身体变得如此精妙,以致没有什么能阻碍或伤害它。高贵的灵魂已经在那种精妙里拥有了自己的身体,而且已经把它与自己联在一起并战胜了它,并且使它精妙得没有任何粗糙之处。

第四件使身体在荣耀中得以丰盈的礼物是敏捷,因为在它里面,空气的元素具有了荣耀。因为身体将要具有荣耀,他不可能被贬低;因为荣耀的灵魂将伴随着它的荣耀身体到任何它想去的地方去旅行。然而,一个高贵的灵魂将会比另一个灵魂更辉煌和敏捷。这些都是复活后荣耀身体的礼物。基督把这四件礼物显现在尘世上自己的身体里。他在变容（transfiguration）里显现辉煌；显现无疼痛感，因为在圣周四里，他以欢乐的渴望并且没有任何痛苦地把自己作为食物给与他人；显现精妙，因为他毫无疼痛地诞生在童贞女的纯洁性里；显现敏捷，当他在海上行走时。藉着听和看的行为，荣耀的身体也将在上帝的国度里享有特别的幸福，因为以他们肉体上的眼睛，他们将会看到基督和玛丽亚——他可敬的母亲的荣耀身体，看到充满了荣耀和天福的所有圣徒的高贵身体，也看到诸天和诸元素的富有和巨大光彩。他们将穿越天堂和尘世两个国度，而且立即再回到天堂里。他们将以歌咏和所能得到的一切来赞美上帝。荣耀的可爱声音将会被听到，并且他们将会为了永恒而继续这种活动。灵魂的荣耀会流淌出来，并且会流经灵魂的所有身体上的官能，直至感官功能。（那种）荣耀将是如此的伟大，以致它现在对我们来说仍是不可思议的。这种天福将永不休止地在永恒里持续着。这是外在的感官性的上帝国度，是荣耀中最小的。这被以这种方式显示给了人，以便他可以追求它并且高贵地在美德里操练自己。

而且，上帝的国度在自然之光里显现给钟爱之（人），因为恩典和荣耀都不会驱散自然之光；但是它却变得更加辉煌。当人性没有被罪的形象阻碍的时候，人就能够自然地知道天堂和大地两个国度，以及所有上帝为着自己的荣誉和人的需要而创造的一切，以便人可以藉着一切手段和方法来赞美和事奉上帝。这种赞美和事奉是上帝显现在自然之光里的隐秘国度，门外汉们从这种光明里不会获得什么知识，尽管他们被自然之光照亮着。人也能以一种自然的方式知道灵魂诸天赋和人的感官从里至外的排序；人也能知道自然之光里所有受造物的次序。这是自然的上帝国度，因为上帝拥有一切受造物，并把它们当作自己的国度。因此，自然的上帝国度就向这个人显现。但是无须上帝的恩典和奖赏，人可以知晓它；但是没有对上帝的赞美，那些在神圣之爱里的人不能注视和区分这些事物，因此他们就会接收到一种为每一事物预备好了的奖赏。

　　而且，在《圣经》里，凭借着基督和众圣徒的教导，以及基督和他的众圣徒为我们留下的榜样，以便我们可以追随他们并获得他们所占有的一切，上帝的国度也向高贵的人显现。上帝把圣经国度显示给谁，谁就正确地理解了《圣经》；然而，他没有正确地理解出现在那里(《圣经》)的所有微言大义，这种情况也许会发生；但是那也不是必然会发生的。但是他懂得引起人离开(上帝)和走向(上帝)的一切原由，所以他也知道一切的真理；因为它里面包含着所有的美德和邪恶。他也熟知伪装成牧羊人的门外汉的声音，他们实际上是抢劫犯和犯罪者。这些人都既不像诸圣徒那样来解释《圣经》，再生活上也不像众圣徒；这些人都背离了道德和追寻尘世事物胜过人民的幸福的；他们是门外汉，而不是牧羊人。但是这个国度将会被上帝和仁慈的人们带向完善里，所以无论是在词语和工作里，还是在任何美德里，都没有一个细节会被省略。这是我们要去履行的圣经国度，因为通过基督及其众圣徒，在它里面流出了圣灵。《圣经》会成为过去，但是果实将持续到永远。尽管博学和聪明的人在上帝之外，凭借丰富的参考书籍、自己的聪明理解力和在学院里的长期训练，他能明白地解释《圣经》，但是没有神圣之爱，他就不能品尝到隐藏在它里面的果实和甜蜜。这就是为什么圣经国度向那些爱者显现的原因，为的是他们可以生活在《圣经》的样式里，并且品尝到时间和永恒里它的果实和甜蜜。因为美德和内心的安慰以及永生的希望：所有这一切都是隐藏在圣经里的上帝国度，向那些爱者显示，没有上帝的恩典的话，门外汉以任何知识或聪明都不能品尝到(这个国度)。

第四点,上帝根据恩典或荣耀之光向高贵的人们显示自己的国度。这种显现在感官和自然之光上面,也在人能从《圣经》学到的任何东西之上;然而,它与《圣经》不相忤逆。因为《圣经》不可能教导上帝在这种光明里显示给自己朋友的仁慈和天福,人也不可能像上帝把它显现给亲爱的精灵一样,凭借经验或者毫无遗漏地写下与它相关的一切。显现给爱者的国度是诸美德的果实和味道;它是一份为天使、圣徒和所有善良之人准备的食物。现在,因为许多人无须美德就履行了德行工作,也就是说,无须神圣之爱,他们品尝不到美德的果实。其他人履行了德行工作并且拥有仁爱和神性之爱;然而,他们还未受到足够的启蒙,能够以这种模式来品尝这种果实。将得到这个国度的显示的人和将要品尝到这种果实的人都必须被上帝安置在灵魂国度的中央,以及心灵的顶端,也就是在一种超本质、系于(上帝)之上的生活和一种向外主动流淌的生活之间。你们已经听过行动和沉思。现在,我想说说恩典和荣耀之光里的果实,因为所有美德的工作和外在的实践都将会终结,但这果实永远会是我们的食物和饮料。

在行动中,根据心灵的向下注视和在恩典与荣耀之光的照耀下,这些人被出示了六类果实和经验上的品尝。但是他们不像是在恩典和荣耀里那样品尝和感知。

所有将到天堂里的人都得到了初果和第一次的品尝,而且所有那些和上帝呆在天福里的人现在都在品尝着它:那是一颗俯身向下并顺从上帝的伟大威严的心灵;每一个想要被祝福的人都需要具有对诫命和禁令的谦卑服从。

第三样果实是人感觉和知道谦卑而又恭敬的顺从、慷慨和有耐心的温顺,并把它们当作自己的存在。这些都是积极生活的结果。

第四样果实是灵魂、身体和所有天赋上的一种提升和对上帝的经验性情感；以及一种经验性的欲望，即上帝已经把他和所有受造物安排到自己的赞美和荣誉里，他们才可以自己的全部能力来得到它。他在内心里渴望着它；他们没有得到这果实的事实是一个令人难以忘怀的悲哀。

永恒国度里的第五样果实是一种经验性和不平静的爱，它永不休止地被来自上面的东西所触动，并且总是想要和所爱的人联合在一起；（这种爱）总是要去践行所有美德，因为它出于自己的高贵性而要这样做。

这个国度的第六样果实是对所有这些果实的一种清楚看见，和对经验到的一切的辨别。人就像现在一样，也和将来在永恒里一样注视着感官的国度。他注视着自己的自然国度，（看着）上帝时如何把它创造出来并以自然和超自然的方式使他它得到丰盈。他注视着所有荣耀的天使和（诸圣徒），（关注着）他们是怎样在上帝的赞美里流出和流回的，他注视着上帝的慷慨：他是众美德和感觉的首要原因，他正在与自身和自己的所有礼物一道流出。这使得人在永恒的快乐里感到不平静，想要与上帝相像并与他合一。这些都是向往着的生活所结的果实。

第五，上帝的国度超越于受造光明之上，在一种无限的神性之光里，向亲爱的（人）显示，它必须超越理性，显现在向内转到上帝本质上的心灵里。人在那里收获了三种果实：无限的辉煌、不可思议的爱和神圣的快乐。

第一种果实是一种无限的辉煌。它是存在于沉思和行动里的所有辉煌的原因。这种辉煌对于理解力是如此的可口，以致它（理解力）在本质上从自身中沉没，进入到辉煌里，并且与那种无限的辉煌合而为一。

第二种果实是不可思议的爱。它根据每一官能的接受能力流经整个灵魂的国度;它也使得灵魂熔化在一种单一和本质性的爱里。凭借着无限辉煌和不可思议的爱,灵魂受到灌注、渗透并进入到快乐里。

这是第三种果实。这种快乐是如此巨大,以致在它里面,上帝、所有圣徒以及这些尊贵的人都被吞噬了,并且进入到无模式里,也就是进入到一种无知和永远迷失的状态里。但是最美的滋味在这种迷失的沉浸中。现在,这个人就会公平地对待(所有人),并且像国王拥有自己的国度一样拥有自己的心灵,所以心灵就总是转向下面的诸美德,为的是具有与上帝富有成果的合一完全一致的相似性,这种合一就是永不止息地根据人格性而流出所有能满足每一受造物的礼物;而这个人也会永不休止地以这同一个心灵在本质上系于(上帝)之上,为的是在深渊般的辉煌里转变,变成诸神圣位格的样式,他们在每一刻都走进深渊般的本质的漩涡里,并在快乐里流溢着——然而,就在果实累累的本质里(诸位格)间的区分而言,他们永远是向外流动和积极的。因此,公平地对待(所有人)的人将会站立在位于本质和天赋间的自己心灵的顶端,也就是在快乐和行动之间,总是在本质上系于(上帝)之上,在快乐中被传送,并沉入到自己的空无里,也就是进入到神性的黑暗里。这是上帝和所有精灵的最高祝福。因此他们就从一种光彩转变为另一种光彩,也就是说,凭借着他的永恒形象即天父的智慧,从受造的光彩转变为非受造的光彩。这是为所有受造物而生的形象和榜样,因为在这种形象里生活着一切有形和灵性的事物。凭借着同一个形象,所有受造物都从自身流出,进入到(他们的)受造存在里,并获得一个上帝的样式。但是公平地对待(一切)的高贵人与(上帝)最相像,因为他流出了诸美德,也像流出一切礼物的上帝;但是他处于一切礼物之上,持守在永恒的快乐里并与上帝合而为一。这是一个被照亮了的人,他在所有高贵性里面公平地对待(所有人)。

  我们可以获得这一切

  毫无匮乏,

  愿圣三一在这里帮助我们。

  阿门。

(张仕颖　译)

闪 光 石

I

意欲在圣教会提供的完满状态中生活的人,必定是一个热情、良善的人,一个内向、灵性的人,一个沉思上帝的上进之人,一个满溢的平常之人。一个人结合了这四者,他的状态就是完满的,在上帝和一切理智之人面前,还将成长,在恩典、一切美德,以及真理的知识上总有增进。

让我们来思考造成一个善人的三要点。第一,善人必有纯洁的良心,未有不可饶恕的罪愆所致的懊悔打扰。所以,若你想是一个善人,便必须从能够犯罪的时候起就以极大的洞察力查验你自己,从那时起就要根据圣教会的办法及所定规章洁净你自己。第二,善人必定凡事听从上帝,还有圣教会以及他自己的判断,一样地听从这三者。这样,他将没有怀疑、没有忧惧地生活,总在所有工作上免于责备。第三,每个人都必须遵守,在所有事功中总把上帝的荣耀放在第一位。即便由于世俗的操劳以及所有不得不做的事务打扰,不能在思想中总把上帝放在首位,也必须至少坚定地意图、想望按照上帝最亲切的意志来生活。人若如此拥有这三点，便成为一个善人。若不遵守这三点，就不是善人，也不生活在上帝的恩典中。但只要他决心遵守这三点，在那一刻，他就变成善的、向神敞开、充满上帝的恩典，不论他先前可能多么邪恶。

II

但是，若想成为内向、灵性的人，这善人还需遵守三点。第一，他的灵应当摆脱形象。第二，心灵所愿应当是自由的。第三，他应当感到与上帝内在合一。那么，每个自认为灵性的人，都要检查自己。心若要摆脱形象，他便不应当用感情拥有任何东西，也不应当甘愿依靠或者交往任一事物。因为，所有并非纯粹为了上帝荣光的关系与情感都把形象带进人的心里，既然它们不是从上帝、倒是从肉体生的。所以，人若想成为灵性的，就必须走在一切肉体情感之前，欲望与情感唯独依靠上帝，并这样拥有他。这就会排除从形象来的所有妨碍，以及对造物的所有无序情感。人若用情感拥有上帝，就会在里面摆脱形象，既然上帝就是一个灵，没人能造得出他的恰当形象。不过，在其（灵性的）锻炼中，人应当专注好的形象，比如对我们的主的激情，以及所有让他更虔诚的事物。但当他拥有上帝，必定进入到上帝纯粹的无形象中。这是第一点，是所有灵性生活的基础。第二点是内在的自由。这就是，人可以摆脱所有形象，把自己无碍地提升到上帝那里，通过各种内在的锻炼：感恩与赞美、敬畏、虔诚的祈祷、内在的感情，以及靠上帝的恩典渴望与情感可能达到的所有东西，还有为灵性锻炼所需的内在热情。通过这种内在锻炼，人达到第三点：与上帝的灵合一的经验。人若能在内在锻炼中自由地提升自己到上帝那里，不为形象妨碍，若目标仅仅是上帝的荣光，就将品味到上帝的善,经验到在里面与上帝真正的合一。正是在这合一中,内在的、灵性的生命得到完满。因为正是在这合一之外,欲望总是一再被激起,被召唤到新的内在的工作中,而通过工作,灵便向新的合一攀升。以这种方式,不论行动还是合一都再三得到更新。行动与合一的这种更新就是灵性生命。如是,你就可看到,人如何通过道德德行和正当意愿而为善的,如何通过内在德行和与神合一而成为灵性的。没有这几点,他既不能是善的,也不能是灵性的。

III

你也必须知道,若这灵性的人要成为沉思上帝的人,还需要三点。第一,他必须感到其存在的基础是深不可测的,他必须那样拥有它。第二,他的锻炼必定是没有方法的。第三,他的内在应当是一种神圣的喜乐。想生活在灵中的你呀,请领会这一点,因为我没有对任何别人讲话。当它向这灵显现为妙不可测,灵性之人经验到的与上帝的合一是不可测的深、不可测的高、不可测的长、不可测的广——在这同一个显现中,这灵认识到,在爱里面他已经把自己降入到深度中,超越到高度中,也①在长度上超过了自己。他觉得已经迷失在广度中,居于对未知者的知识中,他觉得已经飞离自身,通过执着地感受合一,进到统一性中,通过所有的死去,进到上帝的生命存在中。在那里,他觉得自己是一个与上帝同在的生命。这就是一个沉思的生命的基础,也是第一点。从第一点就得到第二点,它是一种高于理性的、没有方法的锻炼。因为,每个沉思的灵在爱中恒久拥有的上帝的统一性,吸引、催促着神圣的身体(Persons)以及所有爱着的灵进到它自身中。任何

---

① [译按]原文"is"疑为"it"之误。

爱着的人都感到自己被吸进去，或多或少，依据其爱的程度及锻炼的方式。任何专注并凝思这种吸引的人，都将绝不会落入不可饶恕的罪中。但是，已经放弃自身并一切事物的沉思之人，不会感到被吸殆尽，因为他不把任何东西当作自己的来拥有，而是空无一切事物——这人总是能够进到他的灵的最里面，赤裸裸的，不为形象羁绊。在那里，他会发现一道永恒的光在显现，在那光中，他感到上帝的统一性永恒的向内召唤，感到自己像一团永恒的爱之火，渴望超出一切事物与上帝合为一体。他越专注被吸引或向内的召唤，便越能感觉到这一点。他越感觉到这一点，便越渴望与上帝合为一体，因为他想偿付上帝向他要求的债。上帝统一性的永恒向内召唤，在灵里面创造出爱的永恒燃烧。在灵持续偿付那债的地方，它就在里面永远燃烧。因为在向那同一体转化的时候，所有灵魂都不能有它们的行动，而只是感到在上帝唯一的统一性中的完全燃烧。没有人能经验或拥有上帝这唯一的统一性，若他不站在（他）面前，在无量的光明中，在超越理性、没有方法的爱中。在这站在前面中，灵感到自身中在爱里面的永恒燃烧。在那爱火中，它既找不到开端，也找不到结束，而是觉得自己与那爱火同在。灵总在自身中燃烧，因为它的爱是永恒的。它总是感到在爱中燃烧殆尽，因为它被吸入向上帝统一性的转化中。当灵在爱中燃烧，它检查自己，便发现自身与上帝的一点区别与差异。但在它烧尽时，它便是单纯的，不再剩下区别。所以，它将经验到的便只是统一，因为上帝之爱的无量火焰毁灭、吞噬了它的自我可能抓住的一切。所以你会明白，把一切吸进其自身的上帝的统一性不是别的，就是深不可测的爱，它在圣父、圣子、以及永恒喜乐地活于其中的所有事物中，充满爱意地吸引着。在那爱中我们将燃烧，并将被它永永远远、无穷无尽地燃尽，因为在它之中正有一切灵的永福。因这缘故，我们必须把生命的基础放在一种不可测度的深渊中,这样我们就能够永远沉入到爱中,把我们自己降入到那些不可测的深度中,因这同一个爱,我们将提升、超越自己到那些不可理解的高度中,我们将在这爱中盘桓,不用方法,它会引领我们并把我们丢在上帝之爱的无量宽度里。在其中我们将涌流,流过自身进入到那未知的奢华中,那是上帝的财富与精华,在其中我们将融化并被融化掉,我们将旋转并被永远卷进上帝的荣耀中。瞧,在所有这些类似事物中,我向沉思的人展示了他自己的存在以及他自己的训练。但是别的人将不能领会这一点,既然无人能教导别人沉思的生活。但是,在永恒真理在灵里面显现自身的地方,所有必需的东西都会被教导。

IV

所以,在关于上帝的隐秘事的书中,正如圣约翰所记①,我们的主的灵说:"给那得胜者,"他这话说的是,给那得胜并超越自身与一切事物的人,"我将赐天上隐秘的面包,"他这话说的是,那隐藏在内的滋味以及天堂的快乐。"并赐他,"他说,"一小块闪闪发光的石头,这石上写着新名,除那领受的人外,没有人认识。"这石头叫小卵石,因为它这样小,以致人踩踏在脚下也不会有伤害。这小石头闪光发亮,它红得像燃烧的火焰,又小又圆,周身光滑,又很轻盈。用这闪光的石头,我们指我们的主耶稣基督,根据其神性,他乃永恒之光的闪现、上帝荣耀的光辉、万物活在其中的明镜。战胜一切事物并超越它们的人,将赐予那闪光的石头。在其中,他将得到光、真理与生命。这石头又像燃烧的火焰,因为永恒之道的炽热之爱充满整个地球,在爱中,它想把所有爱着的灵燃

---

① [译按]参《启示录》2章17节。

烧尽。而且，这石头又这样小，以至人把它踩在脚下都几乎不觉察，这就是为什么称它作小石，就是小卵石。这也就是圣保罗向我们解释的，当他说，上帝之子降低自身，让自己卑微，取了奴仆的形象，并且顺服地死在十字架上。① 他自己则通过先知的口说："我是虫，不是人，被众人羞辱，被百姓藐视。"②他让自己在此生如此渺小，以至犹太人将他踩在脚下而毫无感觉，若他们认他作上帝之子，断不敢将他钉在十字架上。在所有那些不爱他的心灵里，他还仍然是渺小的，不被注意。我所谈论的这高贵的石头是浑圆的，周身均匀地光滑。石头的圆教导我们，神圣真理既无起点，也无终结。周身的均匀则教导我们，它将均匀地衡量万物，赐予每一物应得的，那礼物将永远是它的。我要谈到的石头的最后一个特征是，它很轻盈，因为父的永恒之道没有重量，又以其权能承载着天与地。它同等地靠近万物，然而无人能追上它，既然它超越所有生物，比它们都优越，并将对它所挑选的生物在它所选之处显现自身。在其轻盈之中，我们沉重的人性已经越过诸天，戴着冠冕坐在上帝的右边。所以你可看到，赐给沉思之人的正是这闪光的石头，在这石头上写着新名，除那领受的人外，无人认识。你必得知道，所有的灵在回到上帝那里时都会赐予一个名字，各自根据其所做服侍的高贵性及其爱心的高度，除了我们在洗礼时所受的第一个无辜之名，因那名字浓缩着我们的主的价值。若我们因为罪失去了那无辜之名，但若我们仍想跟随上帝，特别是在他想在我们里面做工的三种工作中跟随他，我们便在圣灵中再次得到洗礼，并领受一个永伴我们的新名。

---

① ［译按］参《腓立比书》2 章 6—8 节。
② ［译按］《诗篇》22 章 6 节。

V

现在,让我们理解我们的主的无上工作,它在所有接受它的人身上做工。上帝在所有人身上共有的第一个工作是,无一例外地呼唤、邀请他们与他合一。只要罪人还没有应答这一呼唤,他就不会得到上帝随之而来的所有其他礼物。

我注意到,所有罪人分为五种。第一种人,全都不在意好事工而想听从身体快乐和感觉欲望而生活,身陷世俗的操劳和内心的无限追求。所有这些人都不能接受上帝的恩典,即便接受了也不能保有它。第二种,已经自愿、欣然落入到不可饶恕的罪中,不过他们做好的事情,总是活在对上帝的恐惧与敬畏中,他们喜爱好人,渴望他们的祈祷,把希望寄托在他们身上。然而,当他们背离(上帝),在罪中的喜乐战胜、超过其对上帝的爱和归向,他们便总不配上帝的恩典。第三种罪人则要么没有信仰,要么把它弄错了。不论他们做了什么好工作,不论他们如何生活,因为没有信仰,都不能取悦上帝,因为真正的信仰是所有圣洁与德行的基础。第四种人在不可饶恕的罪中度生,没有恐惧廉耻;他们不在乎上帝或他的礼物,不尊重德行,把一切灵性的生活当作伪善或欺骗。他们不想听你告诉的任何关于上帝或德行的话,因为他们定心认为没有上帝,没有天堂或地狱。所以,他们不想知道任何超出其切实感受或就在面前的东西。瞧,所有这些人都被上帝拒绝,丢在耻辱里,因为他们悖逆圣灵。他们可以转化皈依,但这很难,也少有发生。第五种罪人是伪善者,他们表面上做好工作,不是为了上帝的荣耀或自己的拯救,而是攫取一个圣洁的名声或其他一些转瞬即逝的东西。即便他们看起来是好的,外表上是圣洁的,内在却是错误的、违逆上帝的,缺少上帝的恩典和一切德行。看,我已经告诉你五种罪人,他们都被召唤去与上帝合一,但只要他让自身耗费在对罪的服侍上,便还是聋的、瞎的,不能品味和感受上帝想在他里面成就的所有善。但是,当这罪人走向自身、考量自身、不满其罪的生命,他便走近上帝。不过,若他想听从上帝的召唤和邀请,其自由意志必须下决心弃罪并悔改。于是,他便变得和上帝一心一意,得赐上帝的恩典。

所以我们必须明白,首先,上帝以其自由的善呼唤并邀请所有人与他合一,不加区分,包括好人与恶人,他一个也不丢下。其次,我们应当经验上帝的善,它在给所有听从其召唤之人的恩典中流溢而出。第三,我们自己必须清楚地经验并理解,我们可以变成和上帝一个生命、一个灵,若我们凡事放弃自身,跟随上帝的恩典到他想领我们去的至高之处。上帝的恩典在每个人身上、以有序的方式、根据其所能接受的分寸和方法做工。这样,通过上帝恩典在其身上共有的工作,每个罪人都得到智慧和力量来摈弃罪恶,转向德行,只要他想这样做。因为上帝的恩典在他身上秘密地做工,每个善人若在所有事情上跟随上帝的恩典,便能战胜一切罪恶,抵御一切诱惑,完善所有德行,并保有最高的完满。我们所有和我们所得,不论内外,都是上帝自由地赐予我们的,为此我们得感谢他,并要服侍他,若我们要让他高兴。但是,上帝的很多礼物对好人能助长和促成德行,对恶人则助长和促成罪恶,比如健康、美丽、智慧、财富或属世的荣誉。这些是上帝最低的、价值最小的礼物,他同样地赐予它们,以利于其朋友与敌人、好人与恶人。利用它们,好人服务上帝与其朋友,但恶人则服务其肉体,服务魔鬼和世界。

VI

你还将理解,有些人接受上帝的礼物就像是上帝雇佣的仆人，另一些则像忠实的仆人那样接受它们。这两种人在所有内在的工作上都彼此对立，包括爱心和意图、情感以及生命所有内在的锻炼。请注意，所有这么无度地爱自己的人，他们只是为了自己的收获和自己的奖赏而服务上帝，他们把自己从上帝分割开，总让自己不自由、以自我为中心，因为他们在所有工作中只是寻求自己、想着自己。因此，以他们所有的祈祷和所有好的事功，他们所追寻的眼下或永久的事物，只是他们为了自身的安逸和利益而挑选的。这些人以一种无序的方式与自身在一起，因此总是孤独地与自己相伴，他们缺少将他们与上帝及其所有爱者相连的真爱。即便这些人看起来遵守上帝和圣教会的法律与戒律，他们也没有持守爱的法律。因为他们所做的一切不是出于爱而是出于必须，以免受到诅咒。由于他们的内在是不信的，他们不敢依靠上帝，但他们的内在生活是怀疑与恐惧，劳顿与痛苦。他们在右边看到永恒的生命，恐怕失去它，在左边则看到地狱永恒的痛楚，恐怕得到它。他们可能做的所有祈祷、所有劳作和所有好的事功就是为了驱逐那恐惧，没有益处。他们越无度地爱自己，便越害怕地狱。这就向你们表明了，他们害怕地狱，是由他们对自身的爱引起的。不过，先知和智慧书都说："害怕上帝是智慧的开端。"①但是，这是施加在右手边的害怕，在这里，人恐怕失去他的永福，这害怕源于这人之中存在的自然倾向：想有福，也即想沉思上帝。如是，即便人不信仰上帝，只要他内观自身，便感到从自身离开，趋向至福即上帝。而他恐怕失去那至福，因为他爱自己胜过上帝。他爱至福的方式是（从上帝）转身离开，为了他自身的缘故，而正因为如此，他不敢信靠上帝。不过，这还是叫做害怕上帝，它是智慧的开端，是上帝的不忠诚仆人的一条法律，因它迫使

---

① ［译按］参《箴言》1章7节。

人去弃绝罪恶,渴求德行和做好事情。这给人做了外在的准备,让他去接受上帝的恩典,变成一个忠诚的仆人。但是,在他能在上帝的帮助下战胜其自私自利的那一瞬间,即在他变得这样虚己以致凡有所需就敢于依靠上帝时,当他做到这一点,他是那样取悦上帝以致上帝会赐予他恩典,凭这恩典,他将经验到真爱,这爱驱除怀疑与恐惧,让他信靠、希望,他将变成一个热爱上帝、在所有工作中寻求他的忠实仆人。看,这就是在忠实仆人与不忠实仆人之间的区别。

VII

我们还可以看到存在于上帝忠实的仆人与他隐秘的朋友之间的巨大区别。通过上帝的恩典,靠他的帮助,忠实的仆人选择持守上帝的戒律,就是在所有德行和好行为上服从上帝和圣教会。这叫做一种外向的生命,或积极的生命。但是上帝隐秘的朋友选择不仅持守上帝的戒律,也持守他活生生的劝导:为了上帝永恒的荣耀,他们用爱向内紧抓着上帝,愿意放弃他们凭渴望和情感在上帝之外可能拥有的任何东西。上帝向内召唤、邀请这样的朋友,教给他们进行内在锻炼的判断力以及灵性生活的很多隐秘方法。但作为他派遣的仆人,他们在一切服侍以及一切外在好工作的方法上是忠实于他以及他的[大]家庭的。你看,以这种方式,上帝就根据每个人的能力赐予恩典与帮助,也就是按照人在外在好工作与爱的内在锻炼方面与上帝和谐的各种方式。但是,若你没有完全转向内部、朝向上帝,就不可能献身内在的锻炼或经验到它。只要一个人的内心分成几份,他就会向外寻求,心灵就是无常的,容易被眼下的快乐和忧愁打动,因为它们仍然活在他里面。即便他按照上帝的戒律生活,他内面也总是无知、无教养,(不知)内在锻炼是何物或者该如何行。但既然他知晓、感到他的心灵是被引向上帝的,既然他渴望在一切工作中实现他最亲爱的意志,他便让自己满足于此,因为他发现自己意图是诚实的,服务是忠实的。因这两点,他对自己满意,以为正直意图下的外在好工作比任何内在的锻炼还圣洁、还有用,因为在上帝的帮助下他已经选择了一种外向的生活方式。这样他便更献身各种外在的工作,超过了用内在感情的服侍。这就是为什么他更倾心于他所做工作的影像,而不是他所服侍的上帝。因为工作的影像的羁绊,他总是朝向外面,不能持守上帝的劝导。他的锻炼越是外向而不是内向,就越属于感性而不是灵性。即便他在外在服务中是我们的主忠实的仆人,上帝的隐秘朋友所经验的任何东西也总是对他隐藏、不为所知。这就是为什么这些粗劣、外向的人总在论断、批评内向的人,因为他们认为那些内向的人懒惰。因这同样的原因,马大向我们的主抱怨她的姊妹马利亚,说她没有帮忙行服侍,她自以为从事的工作很大、很有用,而姊妹只是坐在那里,很懒惰。但我们的主对她俩都做了审判,宣布了判决。他批评马大,不是因她所行的服侍,因为那服侍是好的、有用的。但他批评她,因为她如此全身心投入,因为她为许多外在事物沮丧、悲哀。而且,他为马利亚内在的锻炼赞扬她,并说,只有一件事是有用的,她选择了最好的部分,它永不能从她夺去。① 对所有人都有用的一件事就是神圣的爱。最好的部分就是在爱中紧抓着上帝的内在生命。这就是抹大拉的马利亚的选择,正如主的隐秘朋友直到今日所选择的。但是马大选择了一种诚实、外向、积极的生活,这是人在其中服侍上帝的另一部分,它既非那么完美,也非那么好善。这也就是忠实的仆人仍愿用来爱我们的主的那一部

---

① [译按]参《路加福音》10 章 38—42 节。

分。不过,现今你会发现这样的蠢人,他们想要如此内向,如此惯于无为,以致不愿在他们的基督徒兄妹有需要时为他们工作,服务他们。你看,这些人既非我们的主隐秘的朋友也非忠实的仆人,倒是完全错误、虚假的,因为没有人会依上帝的劝导生活而不惟守他的戒律。所以,我们的主的所有隐秘朋友在有需要时总是忠实的仆人。不过忠实的仆人却不是隐秘的朋友,因他们并不知道必不可少的锻炼。这就是在我们的主的隐秘朋友与忠实仆人之间的区别。

VIII

还有另一个区别,甚至更内在、更精微,就是在上帝隐秘的朋友与隐藏的儿子之间的区别。但是,两群人都以其内在的锻炼同样正直地站立在上帝的临在中。不过,朋友是以一种自觉的方式拥有其内在生命,因为他们把在爱中紧抓上帝当作他们能够或想要达到的最好、最高的东西。这就是为什么他们不能越过其自身或工作而进入到一种无影像的袒露中,因为他们在影像和中介里紧跟着自己及其工作。即便当他们在爱中紧抓上帝时经验到与他的合一,也总会发现自己在那合一中与上帝的区别和异样。因为他们既不知道也不喜爱那在赤露与无样态中的单纯消融。因此他们最高的内在生命总是被理性和方法所束缚。即便他们清晰地理解、洞察了所有合理的德行,那敞开的心灵在神圣的清明中的沉思也仍躲着他们。即使他们感到自己在强烈的爱火中升向上帝,也总是保留着他们的自我,不会在爱的合一中消耗或燃尽自身。即便他们总想活在对上帝的服侍中,想永远取悦上帝,也不想以其精神的所有自觉死在上帝里,活在上帝的生命中。即便他们藐视外来的所有安逸与所有宁静,他们还是看重上帝的礼物，看重他们内在的工作，看重他们从里面感受到的安逸与甜蜜。所以他们耽搁在路旁，没有完全死去以得到在爱里面的最高胜利，那爱是纯粹、超出一切方法的。即便他们能够锻炼，能够体察（对上帝的）所有爱恋，以及在上帝的临在中行走的所有内在上升之路，那无样态的逝去仍对他们隐藏，不为他们所知，正如那在超绝之爱中的遨游，在其中不曾有终点或开端，理性或方法。因此，在上帝的隐秘朋友和隐藏儿子之间存在巨大区别。朋友们在里面感到的只是爱，以某些方式上升的生命，但是除此之外，儿子们则感到一种单纯的、死着的消融，超越一切方法。我们主的朋友们的内在生命是爱的一种上升锻炼，在其中，他们总想保有一种自觉的方式，但永远体会不到，人如何能超越一切锻炼、用赤裸的爱、在虚空中拥有上帝。不过，他们总是以真正的信攀向上帝，用真正的望盼望上帝及其永福，靠完满的爱紧抓上帝并依靠他。所以他们是好的，既然他们喜悦上帝，上帝也喜悦他们。然而他们不保证有永恒的生命，因为他们自己及其自我意识还没有完全死在上帝中。不过，所有在其锻炼中，在其转向上帝的选择中谨守、坚持的人们，都在来世被上帝拣选，他们的名字，连同他们的工作，已永远记在神意的活书中。但是，那些选择了别的东西，在里面背离上帝，朝向罪并坚持的人们——即便上帝因为他们曾经是义的而记下了他们的名字，知道他们，他们的名字也会被删除，从生命之书中擦去，他们将再也不会品味到上帝，或者从德行而来的任何果实，既然他们没有持守到死。这就是为什么我们所有人都必须认真检查自己，以内在的情感和外在的好工作充实地转向上帝。然后我们就能在希望和喜悦中等待上帝的审判，以及耶稣基督的来临。但是，若我们能在工作中放弃自我和一切自我意识，凭我们赤裸的、无形象的灵，我们就能超越一切事物。在那赤裸中，我们将由上帝的灵无所依凭地塑造，确实感到自己是上帝完美的儿子。"因为凡被上帝的灵做成的,就是上帝的儿子,"使徒保罗说。① 但是你应当知道,所有虔信的好人都是上帝的儿子。因为他们都是从上帝的灵生的,上帝的灵活在他们里面,他根据每人的能力,分别感动、驱使他们走向德行以及取悦上帝的好工作。但是因为他们转向上帝的程度不同,他们的锻炼不同,我便把某些人叫做忠实的仆人,另一些叫做隐秘的朋友,还有一些叫做隐藏的儿子。不过他们都是仆人、朋友和儿子,既然他们都服侍、热爱并想要一个上帝,他们活着并做工都出自上帝自由的灵。上帝允许或容忍他的朋友做或者不做任何并不违背其戒律的事。对信从上帝劝导的人,戒律就是义务。因此,除了那不守其戒律的,没人违背上帝或反对他。上帝在经上、圣教会和我们的良心中所命令的一切,我们必须做,所禁止的,我们必须不做,否则我们就成了忤逆的,就会失掉上帝的恩典。但对各种可宽恕的不完满,由于我们不能预防它们,上帝和我们的理性便都容忍我们坠入其中。因此这样一种不完满并不会使我们成为忤逆的,既然它并不会逐出上帝的恩典或我们内在的安宁。不过,我们还是必须总为那些不论多么小的不完满感到遗憾,尽我们所能避免它们。现在,我已经向你们解释了在前面,就是一开始所说的话,即,每个人都必然不得不在所有事情上服从上帝,服从圣教会以及他自己的理性,我不想任何人没有正当理由被我的话冒犯。让我就此结束说过的所有话。

IX

但是我还想知道,我们如何变成上帝的儿子并拥有沉思的生

---

① [译按]参《罗马书》8章14节。

活。我观察到:正如以前所说,我们总必须在所有德行中活着并警醒,在所有德行之外死去并沉睡在上帝中。因为我们必须死在罪中并从上帝生出一个德行的生命,我们必须放弃自身,在一个永恒的生命、在上帝中死去。如果我们从上帝的灵所生,我们就是恩典的儿子,我们所有的生命就佩带着德行,就战胜了所有对上帝的抵抗。"因为凡从上帝生的,就胜过世界,"圣约翰说。① 在这诞生中,所有好人都是上帝的儿子。上帝的灵分别点亮每个人,把他推向他愿意且能为的德行和好工作。这样,所有人都在取悦上帝,每人各自根据其爱的大小和锻炼的高贵性。然而他们并不感到坚定不移,或者拥有了上帝,或者确保了永恒的生命,因为他们还可能转身堕入罪中。就是因为这缘故,我叫他们仆人或朋友而不是儿子。但是,如果我们超越自身,并在朝向上帝的攀升中变得如此单纯,那赤纯的爱就会在那高处拥抱我们,在那里,它越过德行的一切锻炼而唯独效力自身,那是我们在灵上出生的源头,我们将在那里归于零,并让我们自身和一切自我意识死在上帝里。在这死去中,我们变成上帝隐藏的儿子,发现我们自身里的新生命,永恒的生命。关于这些儿子,圣保罗说:"你们已经死了,你们的生命与基督一同藏在上帝里面。"②现在,让我们试着理解,这是如何安排好的。在我们接近上帝的途中,我们必定把自己和所有工作带在面前,当作对上帝的永恒供奉,而在上帝的临在中,我们将放弃自我和所有工作,我们在爱中死去,越过所有的创造物进入到上帝超绝的财富中,在那里,我们在自己永恒的死亡中拥有上帝。这就是为什么上帝的灵在《启示录》中说,在主里死去的死者有福了。他正确地把他们称作有福的死者,因为他们总是持续地死去,离开自身永远地沉沦,进到与上帝的至福合

---

① [译按]《约翰一书》5章4节。
② [译按]《歌罗西书》3章3节。

一中,他们在爱中一遍一遍地死去,因这一个统一性改造他们,把他们吸入自身。"还有,"上帝的灵说,"他们将息了自己的劳苦,他们所有的工作也将随着他们。"① 凭着方法,当我们从上帝生到一个德性的灵性生命中,我们把自己的工作带在面前当作对上帝的供奉。但不用方法,当我们在上帝中再次死进一个永恒、至福的生命中,我们的好工作也跟随我们,因为它们是一个与我们自己在一起的生命。当我们在德行中接近上帝,上帝居住在我们中。但若我们从自我、从一切事物逝去,我们便居住在上帝中。若我们有信、望,和爱,我们便已接纳了上帝,他便带着恩典居住在我们中。他派我们出来做他忠实的仆人,保守他的戒律,若我们听从他的劝导,他又召唤我们进去做他隐秘的朋友,在这样做时,他公开地把我们展示为他的儿子,如果我们活在世界的对立面。但首要的是,若我们要品尝上帝或感受我们里面的永恒生命,我们必须超出理性,用我们的信仰进到上帝里面。当我们在爱中从一切事物逝去,在无知与黑暗中死掉一切思量,我们便被永恒的道所塑造和改造,它是圣父的一个形象。当我们的灵空虚时,我们接受了不可思议的光亮,它临到我们,穿过我们,正如太阳的光亮越过天空。这光亮不是别的,就是不可测的凝视与沉思。我们是什么,我们便凝视什么,我们凝视什么,我们便是什么。因为我们的心灵、生命与存在已经被提高到简单性中,与就是上帝的真理结合在一起。因这缘故,我们在这单一的景象中与上帝同一命、同一灵,这就是我所说的沉思的生命。若我们在爱中紧抓上帝,我们便在磨练最好的部分,但若我们这样凝视超绝的存在,我们便完全拥有了上帝。

这沉思总与无样态的锻炼连在一起,那是一种湮灭着的生

---

① [译按]《启示录》14章13节。

命。当我们把自己扔在黑暗和不可测的无样态中，上帝光辉的单纯光线总在那里闪耀着，那光线中有我们的根基，它吸引我们离开自身进到超绝的存在和爱的浸润中。这浸润总连带出一种爱的无样态的锻炼，因为爱不可能闲着，它想充分地知道并品尝活在其根基中的无量财富。这是一种未平复的渴望：总在失败中奋斗，就是逆流而游。人既不能离开它，也不能抓住它；既不能没有它，也不能得到它；既不能谈论它，也不能对之沉默，因为它超出理性、理解与一切受造物。由于这个原因，人既不能达到它，也不能越过它。但我们应该朝我们里面看：在那里我们感到上帝的灵在不安宁的爱中驱使我们、点燃我们。我们也应该朝我们上面看：在那里我们感到上帝的灵把我们驱离自身，在他的自我中把我们耗尽，正是在这超绝的爱中，我们比任何别的东西都更深、更广地联系并拥有着[上帝]。

这拥有是对所有好东西和永恒生命的一种单纯、奇妙的品味。在这品味中，我们在永不移动的神性的深邃静谧中被吞下了，超出理性、没有理性。这就是我们能感到的真实：通过经验，别无他法。因为不论理性或锻炼都弄不明白如何是这样、在哪里，或者是什么。因此，我们随之而来的锻炼也总是无样态的，这就是没有方法。对我们品味并拥有的这奇妙的好，我们既不能抓住也不能理解，也不能靠自己通过锻炼进入其中。所以，我们在自身中是贫穷的，在上帝中是富有的，在自身是又饥又渴，在上帝是吃饱喝足，在自身是做工，在上帝是空无一物。就这样，我们将持存到所有来世，因为若无爱的锻炼我们决不能拥有上帝，任何不这样觉得或相信的人都是弄错了。就这样，我们完全活在上帝中，在这里我们拥有永福，也完全活在自身中，在这里我们锻炼着对上帝的爱。即便我们完全活在上帝中也完全在自身中，那也只是一个生命。但根据经验这是矛盾的两部分，贫穷和富有，饥渴和餍足,做工和休息事实上是相反的。然而我们至上的高贵性就寓居其中,现在和永远。我们不可能完全变成上帝并丢掉我们的受造性:那是不可能的。而若我们完全保持在自身中,与上帝分离,我们又会是卑劣的,在永福之外。因此我们应当在上帝中完全感到我们自身,在自身中完全感到上帝。在这两种情感间我们找到的不是别的,就是上帝的恩典与我们爱的锻炼。上帝的光亮从我们的最高情感照进我们,它教导我们真理,推动我们走向所有德行和对上帝永远的爱。我们无止息地跟随那光亮进到它发源的深邃中。在那里,我们感到的就是失却我们的灵,离开自我,义无反顾地沉到单纯的奇妙之爱中。若我们带着单纯的愿景总呆在那里,就总会感到这一点。因为我们浸润在上帝的改造中,持续永远、不止息,只要我们离开自身,在爱的浸润中拥有了上帝。若我们在爱的浸润中拥有了上帝,那就是:丢掉了自我,上帝是我们自己的,我们也是他自己的,我们离开自我永远下沉,义无反顾,进到那拥有中,那就是上帝。这种下沉是本质性的,连着习惯性的爱。它总发生,不论我们睡着还是醒着,知道还是不知道。这样,这浸润应得的奖赏并不新,就是让我们持续拥有上帝和一切我们已得到的好处。这浸润就像永远奔流入海的河流,一无止息,没有回返,因那就是它们合适的所在。以同样的方式,当我们独自拥有上帝,我们在习惯之爱中的本质性浸润总是不回返地流进一种为我们拥有的奇妙情感中。若我们总是单纯的,并关注这同一个整体,我们就将总以同样的力量经验到它。这浸润是超出一切德行并所有爱的锻炼的,它不是别的,就是以清晰的远见离开我们自身,进到我们所倾向的他者中,我们离开自我,把这他者作为我们的永福。我们感觉到对一个异于我们的存在的永远倾慕。这是我们在自我和上帝之间可能感到的最内在、最秘密的区别,除此别无区别。而且,我们的理性睁着眼站在黑暗中,那是不可测的无知。在这黑暗中,那妙不可测的光亮对我们仍是掩盖、隐藏着的,因为它压倒一切的奇妙使我们的理性变盲目,但它用质朴单纯把我们包起来,以它自身的自我改造我们。如是,我们不是从我们自己塑造的,倒是由上帝塑造的,直到我们浸润到爱中,在那里,我们拥有永福,与上帝合一。

当我们以那种方式与上帝合一,在我们中仍保留着活的知识与积极的爱,因为没有知识我们不能拥有上帝,没有爱的锻炼我们不可能与上帝连为一体,也不可能保持与他相连。若我们没有知也能找到永福,一块没有知识的石头就也能找到永福了。若我是地上一切的主而不知道这一点,那我能得到什么益处呢?因此我们应当总知晓并感到自己在品味并拥有。基督自己就见证了这一点,当他在父的面前讲到我们。"这,"他说,"就是永生:他们认识你独一的真上帝,并且认识你所差来的耶稣基督。"①所以,你就可以理解,我们的永恒生命存在于有认识的知识里。

X

我刚才对你说了,我们与上帝是合一的,圣经见证了这一点。但现在我想说,我们必须保持永远与上帝不同,圣经也见证了这一点。我们若要正当地生活,就必须在自身中理解并经验这两点。这就是我为什么说,从上帝的面容或者从我们最高贵的情感射出一道亮光,它照进了我们内在的面容,教导我们爱的真理及一切德行。就在这亮光里,我们得到教导,以四种方式去感觉上帝和我们自己。

第一种方式是,我们在自身内凭恩典感觉到上帝。若我们觉

---

① [译按]《约翰福音》17 章 3 节。

察到这一点，就决不可能懒惰，因为正如太阳照耀整个世界，带给它欢乐，用光和热使它结实多产，上帝也这样做，正是用他的恩典。他照亮所有愿意服从的人们，带给他们欢乐，用他的恩典使他们结实多产。若我们想在自身内感到上帝，想他的爱之火在我们中永远燃烧，我们必须，发自自身的自由意志，以四种方法帮他构造这火。我们必须在自身内总与这火内在相连，必须走出自身，以诚信和兄弟之爱走到所有人那里，必须在悔罪和一切好事功中走到自身下面，抵抗我们无序的欲望，并必须凭这火焰的光芒走到自身上面，投身、感恩、赞美、发自内心地祈祷，总是以正确的意向和衷心的感情紧抓（上帝）。以这种方式，上帝将带着他的恩典持续居住在我们中间，因为这四种方式囊括了我们在理性设定的界限内所能从事的所有锻炼。没有这锻炼，无人能取悦上帝，而精于这锻炼的人则最靠近上帝。因此它对所有人都是必需的，无人能超出它，除了那些沉思的人。所以，在这第一种方法里面，我们都通过上帝的恩典在我们中经验到上帝，只要我们想是上帝的。

第二，若我们过一种沉思的生活，便会觉得正生活在上帝里面，在那生活中我们感到自己就在上帝里，一种光亮从那里在我们内在的面容里闪耀，它照亮了我们的理性，连接起我们自己和上帝。在这种光亮中，若我们凭自己被点亮的理性坚定地保持在自身中，就会觉得自己受造的生命总是根本上离开自身，下沉到他的永恒生命中。但当我们跟随那光亮超越理性，带着一种单纯的愿景和进到我们最高生命中的意志倾向，我们便接受了上帝在我们自身整体中的改造。这样，我们便感到完全被上帝包裹。

随之而来的是在情感上的第三种区别，那就是，我们感到自己与上帝一体。因为通过从上帝那里得到的改造，我们感到被吞噬进永福的无尽深渊中，那里我们再也不能找到自己和上帝之间的区分。那是我们最高的情感,除了在爱的浸润中我们别无他法拥有。因此,当我们被举起并被拖进最高的情感中,我们所有的官能在一种根本的喜乐中都成了空闲的,但它们并未归于虚无,因为那样我们就会失去自己作为造物的存在。只要我们空有一个有意向的灵,睁开眼睛而不带思虑,我们就可能沉思并喜乐。

然而一旦我们想检查我们感到了什么,在那一瞬间,我们便跌回到理性中,发现自己和上帝之间的区别和不同。这就是我们经验上帝和我们自己的第四种方式。在这里,我们发现自己站在上帝的临在前。我们从上帝的面容中得到的真理向我们见证:他想完全是我们的,也想我们完全是他的。就在我们感到上帝想完全是我们的这一瞬间,在我们中生起了一种洞开的、贪婪的欲望,这样渴、这样深、这样空,以致即便上帝给赐予我们他所有的一切,若无他自身,我们也不会满足。当我们感到他放弃自身,交由我们的自由欲望任意地去品尝他,当我们在其面容的真理中得知,我们所有的品尝比起未尝的正如一滴水之于大海,这就在我们的灵中造出了一阵烈焰和无止息的爱。我们越品尝,我们的欲望和饥渴就越增加,因为一个会引起另一个。这就让我们在贫乏中渴求。我们进食的是我们不可能吞下的上帝的宏大无量,我们想念的是我们不能达到的他的无穷无尽,这样我们不可能进到上帝中,上帝也不可能进到我们中,因为我们在爱的无止无息中不可放弃自身。因这缘故,热情是如此的无度,以致在我们和上帝之间爱的锻炼变得就像天空中的闪电,我们还是不能耗尽。在这爱的风暴中,我们的工作超出了理性,超出了方法,因为爱渴望的是对它来说总不可能的东西,理性见证到爱是对的,但既不能在这情形下给它建议也不能禁止它。只要我们向内看到上帝想是我们的,上帝的慷慨就触及到我们贪婪的欲求,这就引起爱不停息,因为上帝涌流到我们身上的触及,扇起我们的焦躁不息,要求我们行动，这就是，我们爱那永恒的爱。另一方面，上帝的触及把我们向内拖向他，把我们自身拿出来消耗掉，并命令我们融化、消失到一体中。这拉我们向内的触及让我们感到上帝想我们是他的，因为在其中我们必须否定自己，让他来成就我们的永福。但当他的触及流到我们身上，他把我们交给自己，让我们自由，把我们放在他的临在前，教导我们在灵中祈祷，自由地要求，他向我们显示其不可思议的财富，花样多如我们可以想象。所有我们能想到有着安慰与喜乐的东西，我们发现在他之中都是无穷无尽。因此，当我们感到他带着所有这些财富想是我们的，并且想永远住在我们中，我们灵魂的所有力量，以及我们的几乎所有渴望，便都打开了，因为上帝恩典的所有河流都在流淌。我们越品尝它，就越渴望品尝；我们越渴望品尝，就越深切地想望被他触及；我们越深切地想望被他触及，他的甘美之流就越流过我们；他的甘美之流越流过我们，我们就越好地感到并知晓他的甘美是不可理解、妙不可测的。这就是先知为什么说："尝吧看吧，因为上帝是甘美的。"① 但是他没有说有多么甘美，因这甘美超出了度量，我们既不能领会它而不能吞下它。而且，上帝的新娘在《雅歌》中也为这点做了见证，她在那里说："我坐在我渴慕的他的树阴下，他的果子让我的喉咙觉得甘美。"②

XI

在圣徒的光亮与我们在今生所能达到的最高光亮之间存在着巨大区别。上帝的阴影照亮了我们内在的荒漠，但是在应许之地的高山上没有阴影，只有同一个太阳和同样的光辉照亮我们的

---

① ［译按］参《诗篇》34章8节。
② ［译按］参《雅歌》2章3节。

荒漠和高山。圣徒的状态是透明、荣耀的,所以他们接受了那没有中介的光亮。另一方面,我们的状态则仍然是有死的、粗糙的,正是各种中介造成了阴影,遮蔽了我们的理解,使我们不能像圣徒那样清楚地认识上帝和天堂里的事物,因为只要我们行走在阴影中便不能看到太阳本身。"但我们的知识是在相似物中,在隐藏的事物中,"圣保罗说。① 但是阴影是由太阳的光照亮的,所以我们能够学会洞察一切德行和一切对我们的凡胎有利的真理。但若我们要变得与太阳的光亮合一,就必须跟随爱,走出自身,进到无样态中。连同我们的瞎眼,太阳将把我们拉进它自身的光亮中,在那里我们拥有与上帝的合一。如果我们这样感觉自身并进行理解,那就是适合我们状态的一种的沉思的生活。在《旧约》中犹太人的状态是一种寒冷的、笼罩在黑夜中的状态:"他们在黑暗中行走,坐在死亡的阴影中,"先知以赛亚说。② 死的阴影是由原罪引起的,这就是为什么他们都失去了上帝。但我们在基督信仰中的状态仍然是早晨的阴冷状态,因为白昼已为我们兴起。所以我们将行走在光中、坐在上帝的阴影里,他的恩典将作我们和他之间的中介,通过它,我们将战胜一切,逝去一切,无阻碍地进到与上帝的合一中。但是圣徒的状态是热烈明亮的,他们活在、行走在正午里。用他们敞开、点亮的眼睛,他们在其光亮中沉思太阳。他们已经为上帝的荣光流过、充满。在其被点亮的程度上,每一个都品尝并知道由所有灵聚集到那里的一切德行的果实。但是他们在合一中品尝并知道三位一体,在三位一体中品尝并知道合一,并发现自己与其连为一体,这是战胜一切的最高食物,使他们沉醉,让他们静息在它的自我中。这就是在爱之书中的新娘所渴望的,当她对基督说:"我心所爱的啊,请你告诉我,你在何处

---

① [译按]似可参《哥林多前书》2 章 7 节。
② [译按]《以赛亚书》9 章 2 节。

放牧,正午你在何处让羊安歇。"① 如圣贝尔纳说,"这是在荣耀的光中"。我们在这里,在早间在阴影中得到的所有食物,仅仅是预尝在上帝荣耀的正午到来的食物。然而上帝的新娘还是为此欢欣,她坐在上帝的阴影中,他的果实让她的喉咙甘美。当我们感到上帝在里面触及我们,我们品尝着他的果实和食物,因他对我们的触摸就是他的食物。这一触及拉进或流出,正如我以前所说。当他把我们拉进去,我们不得不完全是他的:在那里我们学会死,学会沉思。但当他向外流出来,他想完全是我们的:在那里他教导我们在德行的财富中生活。他把我们拉到里面时,我们所有的力量失效了,然后我们坐在阴影下,他的果实让我们的喉咙甘美。上帝的果实就是上帝之子,圣父把他带到我们的灵里面。这果实让我们的喉咙如此不可思议地甘美,以致我们不能吞下它,也不能把它变成我们自己的:反倒是它吞下我们把我们变成它自己的。每当这果实触及我们,把我们拉进它自身,我们便放弃并战胜了一切,我们在得胜时便品尝到那赐予我们永恒生命的天上隐藏的面包。因为我们领受了以前所说的闪光的石头,我们的新名在世界开始之前就写在上面。除了领受它的人,无人能理解这新名。每一个感到自身与上帝合一的人,都根据他的德行、他的方法和统一性品尝到他的名。所以,为了每个人都可能获得他的名并永远拥有它,上帝的羔羊,也就是我们的主的人性,已经把自己交给死亡,并为我们打开了生命的书,其中已经记下所有被拣选者的名字。这些名字没有一个能被抹去,因为它们与活的书也就是上帝的儿子在一起。这同一个死已经解开了给我们的书上的封印,以便所有的德行都根据上帝永恒的预知得到实现。因此,在每个人都能战胜自己并逝去一切的程度上,他都感受到

---

① [译按]《雅歌》1 章 7 节。

把他拉向里面的父的触摸,子的天生果实让他觉得甜美;通过那品尝圣灵为他作证,他是上帝的孩子和后嗣。在这三点上,没有人在所有方面与其他人相同。因这缘故,每个人都被分别命名,他的名字通过新的恩典和德行的新工作总是新的。所以,所有膝盖都跪倒在耶稣的名字面前,因为他为我们作战,并且得胜。他把光带进我们的黑暗中,并且在最高程度上实现了一切德行。所以他的名字比所有的名都高贵,因他是一切受拣选者的首领与君王。在他的名下,我们在恩典和德行中受到召唤、选择和筛选,我们盼望着上帝的荣耀。

XII

因此,为了他的名能在我们中得到尊崇与荣耀,我们必须跟随他上我们赤裸心灵的高山,正如彼得、雅各和约翰跟随他上高山(Mount Tabor)。① "高"(Tabor)在荷兰语中的意思非常近似光的增加。如果我们是彼得,知道真理,是雅各,战胜世界,是约翰,富有恩典,拥有正义的德行,耶稣会领我们的赤裸心灵到荒寂之地的山上,在神圣的光中荣耀地向我们显现。以他的名,他在天上的父会为我们打开他永恒智慧的生命之书。在一视同仁地对所有好东西做无样态的单纯品尝时,上帝的智慧囊括了我们赤裸的愿景和我们灵的单一性。因为存在着沉思与知识、品尝与感觉、存在与生命、拥有和实质:所有这些在我们进入上帝的上升中完全就是一。在我们上升之前,我们都以自身的方式保持站立。而我们的天父,以其智慧和美善,根据各自生命和锻炼的高贵性赐予每个人。因此,若我们总与耶稣呆在高山即我们赤裸心灵的

---

① [译按]参《马太福音》17章1—9节。

高山上,我们就总会经验新的光与新的真理的增长,因我们总会听到触摸我们的父的声音,不论它是流出恩典还是把我们拉进一体中。所有跟随我们的主耶稣基督的人都听到父的声音,因他对他们所有人说:"这些是我的爱子,我喜悦你们所有人。"① 因为这喜悦,每个人都依上帝喜悦他的尺度和方式得到恩典。在上帝取悦我们和我们取悦上帝中,真正的爱就得到锻炼。这样每个人便尝到他的名、他的职分,以及其锻炼的果实。在这里,所有好人对于那些为世俗而生活的人都是隐藏的,因为后者在上帝面前是死的、没有名字,他们既不能感觉也不能品尝属于生命的东西。上帝外流的触摸使我们活在灵中、充满恩典:它点亮我们的理性,教导我们认识真理、洞察德行,让我们以这样大的力量在上帝面前站立得住,以致我们能够承受所有品尝、所有感觉,以及所有流出来、在我们的灵中不会失效的上帝的礼物。但是上帝向内拉的触摸要求我们与上帝合一,失却我们的灵,死在永福中,正是在唯一的一个爱中,父和子包含在一个喜乐中。所以,当我们与耶稣一起上升到我们的形象所止步的山上,若我们此刻以单一的愿景、内在的喜悦和欢欣的倾向跟随他,就感到圣灵的强大热量,它燃烧我们、把我们熔化进上帝的一体中。在与上帝之子一体处,我们被充满爱意地带回到我们的开端,我们听到触摸、拉我们向内的父的声音。因他用其永恒之言对所拣选的所有人说:"这是我的爱子,我喜悦你。"② 你必须知道,父与子、子与父已在其中获得了永恒的喜乐:子取了我们的人性,受死,并把所有受拣选的带回到其开端。因此,当我们被子提升到我们的源头,我们便听到拉我们向内、以永恒真理点亮我们的父的声音。这真理展现给我们

---

① [译按]参《马可福音》1 章 11 节;《新约·路加福音》3 章 22 节;以及《新约·马太福音》17 章 5 节。
② [译按]同上。

上帝大开的喜乐,在其中有一切喜乐的开端与终结。在那里我们所有的力量都失效了,我们头朝前拜倒进我们敞开的愿景中,在三位一体的爱的拥抱中我们都成为一,一也成为一切。在我们感到那一体之处,我们与上帝是一个存在、一个生命、一个永福,那里一切都得到完成,一切都得到更新。在我们在上帝之爱的宽广拥抱中受到洗礼之处,每个人的快乐都是那样巨大、那样单一,以致他将不会想到其他的快乐,也不会注意其他快乐。在那里他就是本身即一切的欢乐之爱,他不需要也不可能别有所求。

XIII

若要享受上帝,人还需要遵守三点:真正的和平、内在的宁静以及执着的爱。若他想在自己和上帝之间找到真正的和平,他必须这样爱上帝,以致凭一颗自由的心灵,为了上帝的荣耀,他可以放弃一切他所实践的或非常热爱的事物,放弃一切拥有或可能拥有的与上帝荣耀相反的事物。他这样做必须出于自己的自由意志,为了上帝的荣耀。这是第一点,对所有人都是必须的。第二点是内在的宁静,就是,人必须是空虚的,摆脱一切他曾看到、听到的事物的形象。第三点是在爱中紧抓上帝,那本身就是享乐。人若出于纯粹的爱而非为了自己的收获而紧抓上帝,便真正享有上帝,感到自己爱上帝也被他所爱。

另有更高的三点,它们使人坚定,能够总享受并经验上帝,只要他愿意相应地安排自己。第一点是,在你所享受的那一个里面静息。在爱人被爱人征服的地方,在爱人被爱人在赤裸、根本的爱拥有的地方,爱人已经带着爱情落入到爱人中了,每一个在拥有、在静息中都完全是另一个的。接下的第二点就是在上帝中入睡:灵在那里从自身下沉,不知道怎么回事或者在哪里。然后是人可以形诸语言的最后一点:灵在那里沉思一种它不能凭理性进入的黑暗。在那里它觉得自身死了、消失了,没有任何区别地与上帝一体。在它觉得自身与上帝一体之处,上帝自身就是它的和平、它的享乐与它的静息。因此,这是完全奇妙无比的,精神在永福中死去了他的自我,又在爱的命令和触摸下在德行中回复了生命。瞧,若你在自身经验到这六点,便经验了我以前告诉你的一切,也经验了我能告诉你的一切。若你转身向内,便很容易达到沉思与享乐,就像你事实上活着一样容易。从这一财富就可得出我一开始许诺给你讲的平常生活。

XIV

被上帝从这些高处差遣到世上的人,充满了真理,富有各种德行。他为自己寻求的仅只是那差遣他的荣耀,因此他在所有行动上都是正义正确的。他有一个扎根在上帝财富中的丰富、温和的地基,因此必定总是流进那些需要他的人中,因为圣灵的活泉是他永不枯竭的财富。他是上帝活的、自愿的工具,上帝用它以自己想要的方式做自己想做的事;而他并不宣称这是为了他自己,倒是把荣耀归给上帝。因此他总是甘愿去做上帝命令的一切,总是有力量和勇气去承受上帝允许落在他身上的一切。因此他拥有一种平常的生活,因为沉思和行动就像很乐意地走向他,而他也精通两者。无人能拥有这种平常的生活,除非他是一个沉思的人,无人能沉思或享受上帝,除非他在自身内按照我所描述的顺序拥有这六点。所以,所有这些人都弄错了,他们或在以无序的方式热爱、实践或拥有一种创造物时自认为在沉思,或认为在清除各种形象之前就能够享有,或在享有之前就止息:他们都弄错了。我们必须以敞开的心地、和平的良心、无遮蔽的面容,没有虚伪，在真正的真实中转向上帝。然后我们将像我对你们说的那样从德行上升到德行，沉思并享有上帝，变成与他一体。愿这会赐予我们所有人，愿上帝这样帮助我们。阿门。

(成官泯 译)

启 导 小 书

先知撒母耳为扫罗王忧愁，尽管他深知，由于扫罗王对上帝和上帝所遣之先知的傲慢和悖逆，上帝已厌弃扫罗王及其后裔作以色列的王。① 在福音书中，我们也读到，我主的门徒请求我主满足异教的迦南妇人之求以打发她走，因为她在他们后头喊叫。② 故此，我现在可以说，我们也许要为那些自傲的人忧愁了，他们自以为是以色列的王。他们认为自己被举至所有其他义人之上，过

---

① ［译按］《撒母耳记上》15 章 10—26 节。以色列人出埃及的时候，曾受亚玛力人阻挡打击。耶和华通过先知撒母耳命令扫罗王率军击打亚玛力人，要"灭尽他们所有的，不可怜惜他们，将男、女、孩童、吃奶的、牛、羊、骆驼和驴尽行杀死。"扫罗王奉命领军击打亚玛力人，但没有遵耶和华之言全数击杀。扫罗王和众民怜惜亚玛力王亚甲，也爱惜牛羊等一切美物。耶和华甚为不满扫罗王的自作主张和悖逆行为，语之撒母耳，撒母耳便甚忧愁，终夜哀求耶和华。
② ［译按］《马太福音》15 章 21—28 节。耶稣退到推罗和西顿境内，一个迦南妇人请求耶稣为其女儿赶鬼，因为她"女儿被鬼附得甚苦"。耶稣一言不答，那妇人便在后面喊求，故门徒请耶稣满足其所求以打发她走。耶稣道，"我奉差遣，不过是到以色列家迷失的羊那里去。"言下之意，那妇人是异教徒，并非以色列家迷失的羊，故非我之务。所以，耶稣对那妇人说，"不好拿儿女的饼，丢给狗吃。"那妇人答道，"主阿，不错。但是狗也吃他主人桌子上掉下来的碎渣儿。"耶稣见其信心如此之大，便成全其所求。

着高度静观的生活。① 他们妄自尊大,有心作意不服从上帝、律法、神圣教会和一切德性。正如扫罗王撕断了先知撒母耳的外袍,他们试图肢解基督教信仰合一体、肢解所有真义和德性生活。谁若依然如是,他将隔绝于永恒静观之国,就像扫罗隔绝于以色列国一样。② 相反,卑下渺小的迦南妇人虽是一个异教徒和陌路人,却信望上帝。她在基督及其门徒面前称认自己为小。因而她领受恩典和救治,得偿其一切所求。上帝举高谦卑者,实之以所有德性;上帝弃绝傲慢者,故傲慢者空无一善。③

我的一些朋友请求我尽我所能以最简明扼要的些许言语,显明和澄清我在极其深奥难懂的整个学说中所理解和感受到的真理,以使我的言语可助益每个人而不误导任何人,这于我是十分乐意的。在上帝的帮助下,我将教授并启导热爱德性和真理的谦卑者。同样是这些言语,我将令不诚与傲慢者于内心处感到迷雾一团、茫然不解。因为我的言语与他们正相抵触,令其不悦。这

---

① [译按]静观生活乃 Contemplative life 之译,在吕斯布鲁克的神秘主义思想中,与 active life 以及 interior or inner life 相对应使用,与这三种生活相对应的是三种合一,即通过介质的合一,无需介质的合一,以及无差别的合一。静观生活,即指人与上帝在爱里面全然无间合而为一的生活,直接"看见"上帝,而且这一"看见"并非全然人主动努力所能求得,而是被神的光明照亮而得见这光,并由此而沉浸于欢悦。较难以一个中文词语传递吕斯布鲁克和其他神秘主义者用此词所要表达的意思。以前我曾译作"冥思",现在觉得"静观"较"冥思"为妥,故暂取之。另外,静观的哲学渊源甚深,如可参柏拉图《国家篇》,519b7 d7 以及 521b7—10。此处举柏拉图为例,是因为诸多学者如安德希尔(E. Underhill)认为吕斯布鲁克的神秘主义与新柏拉图主义关系密切。
② [译按]《撒母耳记上》15 章 27—28 节。(撒母耳转身要走,扫罗就扯住他外袍的衣襟,衣襟就撕断了。撒母耳对他说,如此,今日耶和华使以色列国与你断绝,将这国赐予比你更好的人。)如前注所说,静观一词本身就包含直接"看见"上帝之意,此处值得指出的是,以色列一词本身亦意为看见上帝的人。故吕斯布鲁克引撒母耳的话显然指傲慢的人和扫罗王一样皆将无缘得见上帝和他的国。
③ [译按]《路加福音》1 章 52 节。(他叫有权柄的失位,叫卑贱的升高。)并参《彼得前书》,5 章 5 节。(上帝阻挡骄傲的人,赐恩给谦卑的人。)

是傲慢者不能忍受的,唯有令其气恼。

你们知道,我说过,在爱中静观上帝者通过介质、无需介质以及无差别地与上帝合一。① 我在自然(状态)、恩典也在荣耀中发现这一点。我亦已进一步陈明,没有任何造物可变得如此神圣从而失去其自身的被造性而成为上帝,即便是我主耶稣基督的灵魂也不能如此:它永远仍是有别于上帝的造物。② 不过,我们必须完全被举至我们自身之上而在上帝里面,在爱里面与上帝成为一灵,如此我们便有福了。③ 因此当牢记我的言语和意思,此乃我们永恒福佑的道路和荣升。

首先,我要这样说,所有义人都通过介质与上帝合一。这一介质是上帝的恩典,连同神圣教会的圣事和信、望、爱三种神圣德性,以及遵行上帝诫命的德性生活。此间,罪、尘世和所有失调的自然欲望尽皆寂灭。故此我们与神圣教会即与所有义人联合一体,顺服上帝且与他谐然为一,正如一个好共同体与其牧长谐然一体一样。若无此种联合,人既不可能得上帝宠悦也不能得拯救。毕生持守与此介质联合的人,正是基督在圣约翰福音中对其天父提及的那种人:"父啊,我在哪里,愿你所赐给我的仆从同我在那里,叫他们看见你所赐给我的荣耀。"④在另一处,他说他的仆从将坐席,⑤也即,将在他们所锻造之丰盈和完满的德性之中。他

---

① [译按]这句话涉及全书主题,即与上帝的三种合一。一是通过介质(by intermediary)的合一,二是无需介质(without intermediary)的合一,三是无差别或区分(without difference or distinction)的合一。
② [译按]句中的它指耶稣基督的灵魂。
③ [译按]参《哥林多前书》6 章 17 节。(与主联合的,便是与主成为一灵。)
④ [译按]《约翰福音》17 章 24 节。
⑤ [译按]《路加福音》12 章 37 节。(耶稣教导门徒不要为生命忧愁,腰上要束上带,灯要亮着,以保持警醒。"自己好像仆人等候主人从婚姻的筵席上回来,他来到叩门,就立刻给他开门。主人来了,看见仆人警醒,那仆人便有福了。我实在告诉你们,主人必叫他们坐席,自己束上带,进前伺候他们。")

将进前到他们面前，以他已然成就的荣耀伺候他们。他将慷慨地赐与并启示给所有他所爱的，给有人多一些，给有人少一些，依每个人的福份及其对他无上荣耀和光荣的领会而定，这荣耀和光荣唯独他因其生命因其死亡所赢得。因此所有圣徒都将永远与基督在一起，每一个都在其自己的位置上，在其分得的荣耀层级上，因上帝的帮助通过其事工而赢得这份荣耀。就其人性而言，作为荣耀里的荣耀、光荣里的光荣，基督在所有圣徒和所有天使之上，这荣耀和光荣唯独为他那在所有造物之上的人性所有。所以你们当牢记，我们通过介质与上帝联合，既在恩典中也在荣耀中。如我曾告诉你们的一样，在此介质中，生命和报偿都同等程度地呈现出巨大的多样性和相异性。当圣保罗说他情愿离弃肉身与基督同在的时候，他就很好地领会到这一点。① 但是，他没有说他自己想成为基督或上帝，而现在某些不信而硬心的人却正是想要如此，他们说他们没有任何上帝，不过他们是如此地寂灭自身、如此地与上帝同为一体所以他们也就成了上帝。

　　小心了，这些人依照他们的彻底纯然和自然情性而进入其本质的孑然独立状态，因此对他们来说，永恒生命无他，不过淡然存在着的蒙福佑的本质，万类齐一、圣品无分或者奖赏皆等。有些人甚至愚蠢地认为在神性里面三神位（之别）将化作无形，认为除神性的本质实体之外，无物在永恒里面；他们还宣称，所有蒙上帝佑福的灵性将来到本质至福之中，简单若此，所以此外无有其他，无论任何造物的意志、行为抑或清知。你们看到，这些人已经步入迷途，落入他们自身本质之虚空而盲目的纯然之中，并希望在其自身本性界限之内蒙福佑。他们如此纯然地联合其灵魂之孑然本质，如此安然地联合上帝在他们里面的内住，故此对上帝既

---

① ［译按］《腓立比书》1 章 23 节。（我正在两难之间，情愿离世与基督同在。因为这是好得无比的。）

无所敬拜也无甚诚笃，外疏于行内不动心。因为在他们被引至的最高处，他们无所感受，仅余其本质的纯然，而其本质却悬于上帝的本质之中。他们将其所拥有的绝对纯然视为上帝，因为他们在那里找到一种顺乎自然的永逸。这就是为什么他们视他们自己为其纯然疆域内的上帝，他们没有真实的信、望、爱。因他们感受到并拥有那孑然的虚空，他们说他们无知、无爱且摒弃所有德性。故而，他们所致力的生活是要无所挂怀其所行有多恶，无视神圣教会的一切圣事、全部德性和所有实践，因为他们认为他们无需这些。依照他们的看法，他们已经超越了所有这一切。但是未臻圆融者需要这些，他们如是说。他们有些人自封于其蒂固根深的纯然之中，对上帝所锻造的所有事工和整部圣书都麻木不仁、无所在乎，就好像关于这些从无任何言语曾被写就；因为他们相信，他们已经找到并拥有整部圣书所要表达的东西，那就是他们体会到的盲目的本质永逸。但事实上他们已经失去上帝和所有通往上帝的道路，因为他们就像一只死猪一样，毫无内省和敬拜亦无任何神圣活动。不过，他们有时候也参加圣事，并不厌其烦地引述圣书以便更好地伪装和掩饰他们自己；他们乐意征引若干意义模糊的圣书段落，他们能够肆意错误地扭曲这些段落的意思，以此取悦其他单纯的人并带他们落入他们自己体会到的虚幻空无之中。看哪，这些人认为他们自己比任何人都更加聪慧、更加敏锐；然而事实上，他们是世人中最为愚蠢和迟钝的人。异教徒、犹太人和蹩脚的基督徒，无论是有学识的还是无学识的，据自然理性所发现和领悟到的东西，这些可怜的人却一无所有，也不想拥有。在胸前划十字便可御魔鬼，但是你们要极其小心地保护自己，抗拒这些扭曲事实的人，要仔细辨别他们的言语和作品。他们喜为人师而不愿求教于他人；他们喜欢责骂他人而不愿被别人指责；喜发号施令而不听从任何人；他们好压制人且不愿受制于人;他们说话随心所欲而从不容他人反对;他们独断专行,不服从任何人;这就是他们所谓的灵性自由。他们放纵身体欲求以实践肉身的自由;他们视此为本性之可贵。他们自动与其自身本质之盲目黯然的虚空联合一起;在那虚空里,他们相信他们自己已经和上帝成为一体,并将此视作他们的永恒至福。在那里,他们转而向内,并习以为常地受制于他们自己的意志和自然习性。正是因此,他们认为他们自己高过律法、高过上帝的诫命和神圣教会的律令。因为在他们所沉迷的本质永逸之上,他们既感受不到上帝也无所感于他性。神的光照没有在他们的昏暗中显现自身,① 这是因为他们没有以主动之爱和超自然之自由寻找这光。由于这个原因,他们落入了对上帝的背弃和不肖,离弃了真理和所有德性。因为他们认为,对人来说,至高的神圣是任意自然,无所羁束,从而可以栖于虚空之内,听任习性所导;转而向外以顺其身体欲望之刺激,并乐肉身之所乐,这样做的目的在于他可以迅速摆脱幻念之扰,无所滞碍地抵达灵性的孑然虚空。看哪,这是地狱之果,源于他们的不信,滋养他们的怀疑,直至永死。当那一刻来临,即他们的自然习性为剧烈悲哀和死亡恐惧所折磨之时,他们的内心便深受各种幻念击打之苦,饱偿内心恐惧之乱;他们失去了那茫然的内在永逸,深陷绝望之中,故此任何人都不能慰藉他们得平息,他们就像染病之狂犬一样死去。他们的虚空没有带给他们任何回报。如我们的信仰所教导的那样,那些行恶并死于恶行的人要受永恒炼火之苦。②

我已经根据善为你们指明那恶,这样,你们可以更好地领会

---

① [译按]关于神的光照和灵魂的昏暗,参《以弗所书》5 章 8—9 节。(以前你们是暗昧的,但如今在主里面是光明的,行事为人就当像光明的子女。光明所结的果子,就是一切良善、公义、诚实。)
② [译按]《马太福音》13 章 41—42 节。(人子要差遣使者,把一切叫人跌倒的和作恶的,从他的国里挑出来,丢在火炉里。在那里必要哀哭切齿了。)

善并抵御那恶。你们应当躲避这些人,就像躲避你们灵魂的死敌一样,不管他们的举止、言语、衣着或外表看起来是多么地圣洁。① 他们是魔鬼的信使,是那至毒至恶者,至今仍活在单纯的、疏于世故而心本善良的人们之中。现在,我且将这一话题搁在一边,回到开始所谈的话题。

你们熟悉我已经对你们讲过的话,即所有圣徒和所有义人都通过一种介质与上帝联合。现在,我将进一步告诉你们,他们无需介质与上帝联合的来龙去脉。但是,在此生中,极少有人适此并得此福份,极少有人领受足够的光照而感受到并理解这种联合。因此,谁若想于自身之内感受并体验我所说的这三种联合,他必须全心全意地为上帝而活②,从而可以对恩典和神之触动有所回应,恭顺听奉于所有德性和整个内在活动。他必须通过爱被举高,必须让自己及其一切活动都寂灭在上帝里面,以便交出他自己,交出整个心智官能,并承受那不可理解的真理所锻造的变形,那真理就是上帝。因此之故,他必须要活着,走出去实践德性;同时他要死灭,进到上帝里面去。此两者构成其完满的生命。两者在他里面联合,就像质料与形式的联合,就像肉体与灵魂的联合。正因为如此践行,所以他清楚明了地领悟到并且丰盈不竭地感受到,他与上帝联合在一起,此时,心智官能举高,心思洁净无瑕,望求殷切热烈,渴念永无厌足,其灵性和自然不停歇地敬

---

① [译按]《马太福音》7章15—21节。(你们要防备假先知。他们到你们这里来,外面披着羊皮,里面却是残暴的狼。凭着他们的果子,就可以认出他们来。荆棘上岂能摘葡萄呢。蒺藜里又岂能摘无花果呢。这样,凡好树都结好果子,唯独坏树结坏果子。好树不能结坏果子,坏树不能结好果子。凡不结好果子的树,就砍下来,丢在火里。所以凭着他们的果子,就可以认出他们来。凡称呼我主阿主阿的人,不能都进天国。唯独遵行我天父旨意的人,才能进去。)

② [译按]关于为上帝而活,参《罗马书》14章7—9节。(我们没有一个人为自己活,也没有一个人为自己死。我们若活着,是为主而活。若死了,是为主而死。所以我们或活或死,总是主的人。因此基督死了,又活了,为要作死人并活人的主。)

拜。因为他如此在上帝的临在里面持守和锻炼自己,所以爱便在每一条道路上都是他的主宰。无论爱带领他来到何方,他将永远在爱和一切德性里面成长。爱的脉动总是令每一个人都得着好处,且与每一个人的能力相应相称。

天堂般的福乐和地狱般的煎熬是人在此种境遇下可以感受到及其力所能及的最最有益的脉动,与此两种脉动相应和的乃是谐然相切的事工。天堂般的福乐把人举高,高过万物所有而入自由的力量,从而以一切方式颂爱他的心并他的灵魂所望求的上帝。(天堂般的福乐)之后,来临的是地狱般的煎熬,这煎熬令人沦于凄苦之中,并夺走了他此前感受到的所有美味和慰藉。在此凄苦里面,福乐有时显露自身而给予无人可以赶走的盼望,而后他又再度陷入无人可以抚慰的绝望。当人在他里面感受到上帝,满是丰盈的恩典,如此我称之为天堂般的福乐。感受到此福乐,于是人头脑清晰明智,流行于外并满承上主的教诲,温心而慷慨地泽施他人,喜乐外溢并在欢悦里醉倒,在他所知道可令上帝欣悦的一切事情上果敢利落、毫不迟疑,以及其他无可计数的如此这般,所有这些,只有亲身体验到的人才可以明白。然而,当爱的量斗湮没不见,当上帝及其所有恩典隐身退去,人便再度陷入无助和折磨,沦入昏暗的凄苦之中,就好像他再也不可能从中得恢复;于是他感到自己什么也不是,只不过一个对上帝知之甚少和毫无所知的可怜罪人。造物可以给予他的一切抚慰都淡然无味。上帝的滋味和抚慰又没有临到他身上。此外,自己的理性还在他里面说:"你的上帝现在在哪里?你对上帝的所有体验又躲到哪里去了?"于是,他的眼泪便是他日日夜夜的食粮,如先知所说的那样。① 人若要此凄惨得痊愈,他必须考虑并感受到,他属于上

---

① [译按]参《诗篇》42章3节。(我昼夜以眼泪当饮食。人不住地对我说,你的上帝在哪里呢。)吕斯布鲁克文中所提之先知即指大卫王,据传诗篇乃大卫王所作。)

帝，而不是属于他自己。他必须因此让自己的自我意志完全听从于上帝那自由的意志，并让上帝行在他的意志里面，直到永远。①如果他能做到这一点，因灵性自由所致而毫无担负在心，就在此时他便重得其福乐，带天堂入地狱，携地狱入天堂。因为爱的量斗起起落落不管有多大，他总是安坐其间，平平稳稳。因为无论爱想赏赐或者收取什么②，那否弃自己而爱上帝的人总于此找到平安。谁若在生活里受苦而毫无怨恨，其灵性仍旧自由且无所动摇，他便有能力触及无需介质地与上帝联合为一。至于通过介质的合一，他因其德性的富有已经赢得。这就是为什么，当人与上帝同心同意的时候，人在他里面感受到了上帝及其富足的恩典，他的整个存在和所有活动好似都在活力充沛的福乐之中。

但是你们也许会问，为什么不是所有义人都可以体验到此种（联合）。现在注意了，我就告诉你们为什么。他们并不否弃自我以响应神的脉动，因此他们没有心甘情愿地活在上帝的临在里面。他们不够仔细于内省反察自己，所以他们总是多驻于外而疏于内，执于繁多而忽于纯一，他们所作的一举一动远非依照内在体验而是沿袭好的习俗。他们甚多留意引人注目、与众不同和繁复多样的好事工，但甚少体察对上帝的向往和爱。这就是为什么他们的心仍然驻于外且执于多，没有体悟到上帝是多么满富恩典地活在他们里面。内在的人于所有凄苦之中体会到福乐，但是他们究竟如何体味到自己无有中介地与上帝合一，现在我将道明其前因后果。

处在此种生活中的人全身心倾其力提升自己，并带着活泼主

---

① ［译按］《马可福音》14 章 36 节。他说，阿爸，父阿，在你凡事都能。求你将这杯撤去。然而不要从我的意思，只要从你的意思。类似的句子参《马太福音》26 章 39 节和《路加福音》22 章 42 节。
② ［译按］关于赏赐和收取，参《约伯记》1 章 21 节。赏赐的是耶和华，收取的也是耶和华。耶和华的名是应当称颂的。

动的爱朝向上帝,此时他体味到其爱的深层,此处是其爱的源头和归宿,此处为欢悦胜地且无可测度。如果他还想以其主动的爱进一步沉浸于这欢悦无比的爱,那么其灵魂的所有力量都必须退而顺服,必须历练忍受那凛然锋利的真理和善,也就是上帝。如同空气沐浴着太阳的光和热,如同那铁完全被火浸透以致它与火一道起着火的作用,因为它像火一样燃烧并产生光亮。① 我要说,空气也是如此。空气如果有理性的话,它会说:"我给光和热予全地所有。"尽管如此,各自还是保持着各自的本然,因为火没有变成铁,铁也没有变成火。不过,那联合无需介质,因为那铁在火里面,那火在铁里面。同样地,空气在阳光里面,阳光也在空气里面。上帝也总是以类似的方式在灵魂的本质里面。当较高心智

---

① [译按]关于火与铁的譬喻,并非吕斯布鲁克自创。圣维克多的理查德(Richard of St. Victor)曾在其著作 *Of the Four Degrees of Passionate Charity* 中用此譬喻,以指人的灵魂被神的爱火点燃继而液化相融的情况。Cf. Richard of St. Victor, *Seleted Writings on Contemplation*, tr. Clare Kirchberger (London: Faber and Faber, 1957), 228—229. Consider the difference between iron and iron: between cold and hot iron, such is th difference between souls, between the tepid soul and that kindled by divine fire. When the iron is first cast into the fire it certainly appears to be as dark as it is cold. But after having been a time in the flame of the fire it grows warm and gradually changes it dark colour. Visibly it begins to glow, and little by little draws the likeness of fire into itself until at last it liquefies entirely and cease altogether to be itself, changing into another kind of thing. So also, the soul absorbed in the consuming fire in the furnace of the divine love, surrounded by the glowing body of eternal desires, first kindles then grows ret hot, at last liquefies completely and is altogether changed from its first state. ... Hear, now the soul enkindled and melted by the fire of the divine woed! 'My soul melted when my beloved spake.' As soon as she is admitted to that inner secret of the divine mystery, through the greatness of her wonder and the abundance of joy, she is wholly dissolved in herself or rather into Him who speaks, when she begins to hear words that it is not lawful for man to utter and to understand the strange and hidden things of God. In this state she who cleaves to the Lord is one spirit with him. In this state, as we have said, the soul is altogether melted into him whom she loves and is herself fainting away.

官能带着主动的爱转而向内，于是它们在对全部真理的纯然之知和对所有善的本质体验和品偿里面，无有介质地与上帝联合。这种对上帝的纯知和体验在本质之爱里面被拥有，通过主动的爱被实现和持守。因此，这种纯知和体验对心智官能来说是偶然性的，心智官能因内转寂灭在爱里面才偶有遇到它；但是对（灵魂的）本质来说却是本质性的，它总是停留在本质里面。因此，如果我们想以爱迎爱，我们必须不断地内转并在爱里面使我们自己为新。圣约翰如此教导我们说："住在爱里面的，也就是住在上帝里面，上帝也住在他里面。"① 不过，尽管爱着的灵性和上帝之间的联合是没有介质的，一个巨大的区分仍在，因为造物没有成为上帝，上帝也没有变成造物，如我在前面以铁与空气解释过的那样。但是，既然连上帝所造的实物都能够如此联合，无需介质，那么他想要多么密切地联合他所爱的，就有多密切，只要他们因他的恩典对此作出响应和准备。如此，上帝以德性装扮内在的人，并令他们高出自己而入静观生活；故内在的人在其内转的顶峰处感到在他和上帝之间别无介质，唯有他那被照亮了的理性和主动的爱。

---

① ［译按］《约翰一书》4 章 16 节。《约翰一书》这一章大段讨论上帝之爱和对上帝和邻人的爱。不妨录之如下：亲爱的弟兄啊，我们应当彼此相爱。因为爱是从上帝来的。凡有爱心的，都是由上帝而生，并且认识上帝。没有爱心的，就不认识上帝。因为上帝就是爱。上帝差他独生子到世间来，使我们借着他得生，上帝爱我们的心，在此就显明了。不是我们爱上帝，乃是上帝爱我们，差他的儿子，为我们的罪作了挽回祭，这就是爱了。亲爱的弟兄阿，上帝既是这样爱我们，我们也当彼此相爱。从来没有人见过上帝。我们若彼此相爱，上帝就住在我们里面，爱他的心在我们里面得以完全了。上帝将他的灵赐给我们，从此就知道我们是住在他里面，他也住在我们里面。父差子作世人的救主，这就是我们所看见且作见证的。凡认耶稣为上帝儿子的，上帝就住在他里面，他也住在上帝里面。上帝爱我们的心，我们也知道也信。上帝就是爱。住在爱里面的，就是住在上帝里面，上帝也住在他里面。(7—16)。我们爱，因为上帝先爱我们。人若说，我爱上帝，却恨他弟兄，就是说谎话的。不爱他所看见的弟兄，就不能爱没有看见的上帝。爱上帝的，也当爱弟兄，这就是我们从上帝所受的命令。(19—21)。

他以此两者紧随上帝,这就是圣贝尔纳所说的"与上帝联成一体。"①但是,在理性和主动的爱之上,他又举高而入纯然异景,在本质之爱中无所作为。在那里,他与上帝成为一灵,成为一爱,如我前文所说。在此本质之爱里面,他与上帝本质地联成一体,从而无限地超越了自己的理智;这正是静观者的普同生活,因为在这提升里面,只要上帝想在一个异景中向他显明这一点,人便有能力认识天上和地上的一切造物,生命和报偿各有分别。但是,他必须笃信并在其本质处永远跟随上帝的无限,因为没有任何造物能够(自己)领悟或者赢得这能力,即便是我主耶稣基督的灵魂也不能如是,尽管他已领有最高的联合,高出一切造物。

看哪,这永恒的爱活在灵性里面,灵性与之无有介质地联合;这永恒的爱在灵魂的所有能力里面给予光和恩典,这正是一切德性的源泉。上帝的恩典触动较高能力,从这触动里面诞生了:慈

---

① [译按] Cf. St. Bernard, *On the Song of Songs 1*, vol. 2, tr. Kilian Walsch (Kalamazoo: Cisterccian Publications, 1981), Sermon 19: 5, (and 57: 7ff.) Then there are those multitudes of spirits called Cherubim. If we understand them in terms of their title, it seems to me that they posses nothing received from or by means of the others; for they are free to drink their fill from the very fountainhead, under the benign patronage of the Lord Jesus himself, who leads them on to the very fullness of truth and eagerly unfolds before their gaze the treasures of wisdom and knowledge hoarded in the depths of his being. Neither do the spirits we call Seraphim depend on them for anything, for God, who is love, has so drawn and assimilated them to himself, so filled them with the ardor of affection that burns in himself, that they seem to be one spirit with God, just as fire that flames into the air imparts its own heat and color to it and the enkindled air becomes part of the very fire. The Cherubim's bent is to contemplate God's infinite knowledge, the Seraphim adhere to the love that never ends. Hence they derive their names from that occupation in which each is preeminent: the name Cherub denotes one filled with knowledge, the name Seraph one inflamed with or inciting to love.

爱和真知、对全部公义的爱、慎重践行上帝的劝喻①、无象之自由、轻松自如地克服所有事情、满心欢喜地因爱进入合一体。只要人持守这些（因上帝触动而发的）活动，他就能够静观和体验到无有介质的联合。他在自己里面体味到了上帝的触动，这触动令其所受的恩典及其所有德性为新。你们一定知道，上帝的恩典下溢而至较低能力，触动人的心，由此产生了对上帝的挚诚热爱和灵敏渴求。热爱和渴求浸透心和感觉、血和肉、以及整个身躯之本性，并在他的身体里面引致了焦躁与不安，故此他常常不知道该拿自己怎么办才好。如同一个醉汉，他是如此地醉醺醺，故控制不了自己。因此，便出现了这些初临此境者不能游意自如的古怪举动，也即，他们常常由于焦躁不安的渴求而睁大双眼仰望上天；时而欢悦时而悲伤，时而歌唱时而哭喊，时而狂喜时而极悲，且常常两者并发；或跳跃，或奔跑，或拍击双手，或屈膝跪倒，以许多方式做出如此这般的古怪举动。如果谁栖身在此状态中，心扉开敞——他的心被举入上帝的丰盈里面而上帝活在他的灵里面，他就会体验到来自上帝的新触动，体验到新的爱之焦躁不安。于是，所有这些情况都焕然一新。因此，人必须不时地从其肉身体味转而进入合其理智的灵性体味，从灵性体味转而进入在理性之上的神圣体味，在此神圣体味中湮没自己转而进入对静谧至福的体验。

　　这体验是我们的超本质至福，此至福是上帝与其一切所爱者

---

① ［译按］劝喻（counsels），估意为上帝的善意劝导与邀请之意。可与诫命（command）相对应来理解。吕斯布鲁克用劝喻，或指上帝的爱对人之灵魂的触动是对人的一种劝喻和邀请，邀请人进入与上帝的爱的联合。在吕斯布鲁克的语汇中，顺从诫命往往与行为生活相关，即实践良好的德性和善工，顺从道德诫命。服从上帝的劝喻则往往与内在生活和静观生活相关，指义人转而向内，聆听并回应上帝的爱，并在爱里面和他联合一体。圣经文本可参《马太福音》19 章 16—22 节，《马可福音》10 章 17—22 节，《路加福音》18 章 18—23 节。吕斯布鲁克在其《闪光石》(*Sparkling Stone*) 里面对劝喻有大段的解释，参其考订版英译文第 264—294 行。

的欢悦。这至福乃是总在无为状态里的隐然无声。它对上帝来说是本质的,对一切造物来说则是超本质的。

在那至福里,你一定接受如此情况,即三神位忘我地陶然于本质之爱,也即陶然于欣悦的联合;不过,他们在三一体的活动里面总是保有各自的本己特性。如此,你们便可明白,根据三神位的样态神性永远是活动的;而根据其本质的纯然它则是安憩且无有样态。这就是为什么上帝选中所有人,以永恒的本己之爱拥抱他们,在三位一体中于本质上欣悦地拥有他们,带着本质之爱。三神位在永恒的喜悦里面相拥相抱①,带着对合一体的无限而主动的爱。这活动在三一体的活泼生命里面不断为新。伴随着永恒之爱的新湍流,在新的拥抱里面,不断重新诞生着新知、新的喜悦、和圣灵的新气息。所有被拣选的,无论天使还是人,从最小的到最大的,都在这喜悦的怀抱里。正是这喜悦,悬牵着天地万有,悬牵着万物的存在、生命、活动和延存,唯因罪厌弃上帝的除外,这罪的源头乃是造物自己的盲目自大。从上帝的这个喜悦里面涌现出恩典、荣耀并一切赏赐,行在天上也行在地上,并且根据个人需要及其领受能力流入每一个人。因为上帝的恩典为所有人准备,并期待着每一个罪人的响应。当人由于上帝的触动决定要顾惜怜爱自己,真心诚意地祈求上帝的看顾,他总是可以得宽恕。② 所以,无论是谁,只要因着满是爱之喜悦的恩典被领回到上

---

① [译按]喜悦原文为 complacency(behaghen),意为极深的喜悦,但这喜悦不是独己之乐,而是对他者的喜悦和爱感,吕斯布鲁克在此著作中多次用到这个词。
② [译按]关于罪人的回心转意得宽恕,可参耶稣所讲浪子回头的故事。见《路加福音》15 章 11—32 节。讲一个浪子带着父亲分给他的财产,出外胡天胡地,耗尽一切所有。于是醒悟到自己的罪。心想:我要起来,到我父亲那里去,向他说,父亲,我得罪了天,又得罪了你。从今以后,我不配称为你的儿子,把我当作一个雇工罢。于是起来往他父亲那里去,相离甚远,他父亲看见,就动了慈心,跑去抱着他的颈项,连连与他亲嘴。那做儿子的对他父亲说了他想说的话之后,父亲吩咐仆人说,把那上好的袍子快拿出来给他穿。把戒指带在他指头上。把鞋 (转下页)

帝的永恒喜悦，他将被深不可测的爱——上帝就是这爱——擒获并拥抱，他的爱和德性便不断地得以为新。因为当我们令上帝欢喜并且上帝令我们欢喜的时候，爱和永生也就成了。但是上帝永远爱着我们，并以他的喜悦拥抱我们，我们当认真切当地思想；如此我们的爱和喜悦应觉得更新，因为在整个三一体中三神位的相互关系里面，每一次相拥为一总有新的喜悦，伴随着新爱的溢出。这是无时间性的，也就是说，在一个永恒的现在里面没有从前和往后，因为在（三神位的）相拥为一里面，一切事情都完满了。在爱的外溢中，所有事情都得以成就。在活泼的能产自然中，所有事情都有成为现实的潜能，因为在活泼的能产自然中，圣子在圣父里面，圣父在圣子里面，圣灵既在圣父也在圣子里面。它是活泼而能产的合一体，这合一体是所有生命的源头，是一切开端的开端。正是因此，所有造物在那合一体里面全然无我，如同在他们的永恒源头里面，与上帝共成一个本质同为一个生命。但是当三神位分别汹涌外溢，那么显然圣子从圣父出，圣灵既从圣父也从圣子出。在那里上帝造就和安排好所有造物在他们自己的本质里面。他以其恩典和死重新造人为新，因为这是在他能力之内的。他以爱和德性装扮那属他的，并带他们同他一道回到源头。在源头处，圣父与圣子以及一切所爱的，都相拥相抱在爱的纽带里面，也就是说，在圣灵的合一体里面。正是这合一体因三神位和外涌和回涌而丰富能产，这是一个爱的永恒纽带，这纽带的联合已臻极至、无可复加。

所有那些知道自己粘于那联合中的人肯定永远都得至福极乐。他们全都富有德性、澄明于静观、纯然安憩于欢悦，因为在他们的内转之中，上帝的爱显明出来，在永恒安憩里面连同所有善

（接上页注②）穿在他脚上。把那肥牛犊宰了，我们可以吃喝快乐。因为我这儿子是死而复活、失而又得的。他们就快乐起来。

外溢而出并内敛而入合一体,显现为超本质且无分样态。如此,他们通过介质、无有介质以及无差别地与上帝联合。

他们在其内在异景里面看到上帝的爱,这爱作为共同的善外溢而入天地,他们体味到圣灵向他们行来,他们的内心充满恩典,因此,他们里里外外都得梳妆打扮,有一切德性、圣工和善行。故此他们通过神的恩典以及圣洁生活作为中介,与上帝联合。无论在行为、弃绝还是忍受里面,他们都把自己交给了上帝,所以他们总是得平安和内心欢喜,得抚慰和美味;这些(福份)世人和伪善者是无福收受的,还有那些在脑子里寻求和拥有他自己更甚于上帝荣光的人,也是如此。

其次,这些得着光明的内在的人,只要他们想得着,无论何时,他们都可以在其内在异景里面看到上帝的爱,如同被牵向或召向联合。① 因为他们因圣灵而看到并体味到,圣父和圣子与所有得拣选的同在一起,他们带着永恒的爱被领回到神性的联合里面。这联合不断地牵回或召回因自然或因恩典从它而来的所有人。② 因此,这些得着光明的人带着高出理性的自由心灵被举入纯然无象的异景。在那里,有上帝之联合体的永恒召请,在那里,他们带着无象的纯然领悟超出了所有事工和所有实践,到达其灵性的顶点。在那里,他们的纯然领悟浸透着永恒澄明,就好像空气浸透着阳光。得举高的纯然意志也得以转变,浸透着深不可测的爱,就好像铁浸透着火。得举高的纯然记忆则发现自己陷于且立于全然无象之境。所以,被造之象在理性之上与其永恒之象有

---

① [译按]参《路加福音》11章9—10节。我又告诉你们,你们祈求,就给你们。寻找就寻见。叩门就给你们开门。因为凡祈求的就得着。寻找的就寻见。叩门的就给他开门。
② [译按]因自然,意指人之自然被造而生属三一神;因恩典,意指人得洗礼重生而心属三一神。

三重联合,这永恒之象是其存在和生命的源泉。① 由于入无象之空无的纯然静观,这源泉在那联合里面本质性地被持守和拥有。如此人得以举高而超出理性,一中有三,三中有一。② 尽管如此,人并没有变成上帝,因为联合之所以得发生乃由于恩典以及回报上帝(恩典)的爱。因此之故,造物在其内在异景里面体悟到自己与上帝之间的分别和差异。尽管那联合无有介质,但是上帝行在天上和行在地上的诸多事情对灵性来讲是隐秘的。不过,上帝虽显明自己如其自己所是,③截然分别(于造物),他还是在灵魂的本质里面显明了自己;在其本质里面,灵魂的各种能力④得联合而超出理性,并在纯然状态里面领受上帝的转变。在那里,一切得完全并且外涌,因为灵性感受到,自己如同与上帝同为一个真理,同享丰盈,联合一体。但是,那里仍有一种本质性的前趋意向,这正是灵魂本质和上帝本质的本质分别;这分别是可被感受到的最大分别。

再次,随后而来的是无差别的合一,因为上帝的爱不仅被认作所有善的外涌和内敛而入联合,它还在本质欢悦里面依照神性的纯然本质超越了一切分别。因此之故,得着光明的人在他们自身里面发现了一种本质性的内敛凝视,这凝视超越了理性而且无需理性,还发现了一种欢悦的意向,这意向超越了一切样态和整

---

① [译按]被造之象,人也;永恒之象,耶稣基督也。
② [译按]所谓一中有三,三中有一,讲的是人与基督的联合以及三重联合。根据吕斯布鲁克的看法,人的较高心智官能包括有领悟、意志和记忆这三种能力,所谓人与基督的三重联合,也即领悟、意志和记忆与其永恒之象耶稣基督的联合。联合乃是三重联合,故曰一中有三;这三种能力又因与基督联合而成为一体,故曰三中有一。此处切勿因吕斯布鲁克用了三一体这个词而误解为对三一神的讨论。
③ [译按]参《出埃及记》3章14节。(上帝对摩西说,我是自有永有的。)所谓自有永有的,乃是 I am what I am 之译。此处所译上帝显明自己如其自己所是,吕斯布鲁克的原文为 God gives Himself as He is。
④ [译按]灵魂的各种能力,即是指领悟、意志和记忆。

个本质；他们离弃了自己沉入一种无尽至福的无形深渊，在那里，三神位的三一体在本质合一里面拥有他们的性质。看哪，此种至福如此纯然、如此无形无状，以致造物的所有本质凝视、意向和分殊于此间皆消而散去。所有如此被举高的灵性皆因（得着）上帝本质里面的欢悦而消融寂灭，那本质是所有本质的超本质。在那里，他们离弃了自己，沉浸于一种不可测度的无知之中。在那里，全部明晰回转进入昏暗，三神位服从于本质联合，无差别地悦享本质至福。唯在上帝，此至福是本质的，在所有灵性，则是超本质的。因为没有任何被造的本质能够与上帝的本质成为一体，耗散掉自己，否则造物就变成了上帝，而这是不可能的。上帝的本质既不可能有所增亦无可能有所减；不可能从他那里取走什么，也不可能给他加点什么。① 尽管如此，所有爱（上帝）的灵性都与上帝无差别地同为一个欢悦和共有一个至福。因为作为上帝自己及其一切所爱者的欢悦，蒙福的本质如此至朴至纯，以致不再可分别其身份为圣父、圣子和圣灵，以及任何造物。在那里，所有得着光明的灵性皆得提升，超出自己而进入无有形状的欢悦，这外溢的欢悦胜过任何造物已经领受或者可以领受的所有满足感；在那里，所有被举高而入其超本质的领性与上帝无差别地同为一个欢悦和共有一个至福。那至福是如此纯然以致任何差别都永远不可能进驻其间。基督渴求的正是这至福，他祈求其天父说，他所爱的也应由圣灵引入完完全全的合一，就像他在天父里面与圣父合而为一。② 如此他祈祷和渴求，他在我们里面以及我们在他

---

① ［译按］参《约伯记》1 章 21 节。（赏赐的是耶和华，收取的也是耶和华。人不能反客为主，从上帝那里收取什么，或者给予上帝什么。）
② ［译按］《约翰福音》17 章 20—24 节。（我不但为这些人祈求，也为那些因他们的话信我的人祈求。使他们都合而为一。正如你父在我里面，使他们也在我们里面。叫世人可以信你差了我来。你所赐给我的荣耀，我也赐给他们，使他们合而为一。我在他们里面，你在我里面，使他们完完全全的合而为一。叫世人知道 （转下页）

并其天父里面,应当因着圣灵在欢悦里面合而为一。在我看来,这是基督为我们的至福所做的最充满爱意的祈祷。

但是,你们也应该注意,他的祈求是三重祈求,如圣约翰在同一福音书里面向我们表明一样。他祈求我们可以与他一起,我们可以看到他的父所赐给他的荣耀。因此之故,我在一开始就说,所有义人都通过上帝的恩典和他们的德性生活与上帝联合。因为上帝的爱总是贯入我们里面,且赐予新的。体悟到这一点的人,他们得以充满新的德性、圣事和一切善工,如我前面所说。这种联合,充满恩典和荣耀于身体和灵魂,始于此间(世界),直到永远。

其次,基督祈求他将在我们里面,我们也在他里面。这样的祈求,我们在福音书的许多段落中都可以看到。这是无需介质的联合,因为上帝的爱不仅外溢而出而且也内敛而入联合。那些感受并体悟到这一点的人成为内在的、得着光明的人。他们的较高心智官能①得举高,超出所有实践行为,进入他们本质的纯然。在那里,他们的心智官能得以纯化,超出理性而入其本质,因此他们被充满并且外溢。在这种纯然之中,灵性发现自己与上帝无有介质地联合。这个联合,连同与之相宜的活动,将持续到永远,如我前面所说。

然后,基督还作了最高程度的祈求:所有他所爱的应被引入完完全全的合而为一,如同他与圣父是一体;不是象他那样与圣父是三一体的同一实体,这对我们来说是不可能的,而是与他同在那个联合里面,与圣父在本质之爱里面无差别地同为一个欢悦

(接上页注②)你差了我来,也知道你爱他们如同爱我一样。父阿,我在哪里,愿你所赐给我的人,也同我在哪里,叫他们看见你所赐给我的荣耀。因为创立世界以前,你已经爱我了。)

① [译按]较高心智官能即是指领悟、意志和记忆。

共享一个至福。

在以如此三种方式与上帝联合的人那里,基督的祈求得以完全。与上帝一起,他们将涨涨落落,总是在安憩里面,总是富足和欢悦。他们将活动、持守并安憩在超本质里面,无所惧怕。他们将流行而出并收敛而入,无论内外都能得滋养。① 他们因爱而醉,已经寂灭于上帝里面,进入无明之明。

关于这些,我可以说更多,但是对那些已有此体悟的人毫无必要,那些被显明这联合并以爱迎爱的人,爱肯定将教导真理给他们。至于那些转而出外,从外在事物那里得慰藉的人,他们也不会失去他们本就无所有的东西。就算我说得再多,他们也还是不会明白。因为那些完全沉迷于外间事务以及那些在内在空无里面完全无所行为的,都不能明白我的话。尽管理性和所有身体感受必须服从并让道给信仰、灵性的内在凝视和超理性的一切所有,然而理性仍然蛰伏在潜能里面,感官生命同样也是如此;理性和感官生命不可能散灭,如同人之本性不可能散灭。尽管灵性在上帝里面的内在凝视和意向确实必须服从纯然欢悦,然而凝视和意向仍在它们的潜能里面。此乃灵性最深层的生活。在得着光明而升高的人那里,感官生命黏附于灵性,所以他的感官功能皆随热烈之爱被纳入上帝,全身心都被一切好事物充满。② 他感受到其灵性生活无有介质地黏附于上帝,他的较高能力于此间随永恒之爱被举至上帝(面前),被神圣真理所浸透,坚固在无象自由里面。如此,他被上帝充满,并无穷尤尽地外溢。此外溢乃是在超本质合一里面的本质流溢或曰湮灭。这便是无差别地合一,正

---

① [译按]参《约翰福音》10章9节。我就是门。凡从我进来的,必然得救,并且出入得草吃。
② [译按]所谓全身心,原文为 his nature,若直译为他的本性,恐致误解。因为此处所指乃是得着光明者的所有层次的心智官能,包括较高心智官能,即领悟、意志和记忆,也包括较低心智官能,即感官层次的生活。

如我经常对你们讲的那样。在超本质里面,我们的所有道路于此止步。如果我们想同上帝一起走在那爱的高贵小路,①那么我们就要与他安憩在一起,直到永远永远。如此,我们将总是趋向、进入并安憩在上帝里面。

此时,我不能更清楚地向你们表明我的观点。至于我所体悟、体味和著作的全部所有,我听从圣徒和神圣教会的裁判。我希望作为基督的仆人,无论生死,都在基督教信仰里面;我渴望因上帝的恩典成为神圣教会的一个积极分子。②

因此,如我前面对你们所说,要留心那些傲慢的人,他们通过其茫然空虚的无象之境,因他们完全纯然的异景,已经自然而然地在他们自己里面找到了上帝的内住,无有上帝的恩典,无有德性实践,也不从上帝和神圣教会,却假装与上帝联合一体。过着这种我在前面已然描述的悖逆生活,他们希望因自然(被造)之故而成为上帝的子民。天使中的最大者被赶出了天堂,因为他拔高自己想和上帝一样;亚当被逐出了伊甸园,因为他想和上帝一样;那么,罪人中的最次者也即不信的基督徒,在恩典和德性方面与上帝全无相似之处却渴望自己成为上帝,他们又如何能够从地上升入天堂呢? 因为除人子耶稣基督之外,无人因自己的能力升入天堂。③

因此我们必须因恩典、德性和基督教信仰令我们自己与他联

---

① [译按]参《马太福音》7章13—14节。你们要进窄门,因为引到灭亡,那门是宽的,路是大的,进去的人也多。引到永生,那门是窄的,路是小的,找着的人也少。
② [译按]吕斯布鲁克此番话乃有感而发,因为此文乃是对他自己思想的解释和辩护,因为他的思想可能也被认为有异端的嫌疑,被认为与自由之灵关系密切,故吕斯布鲁克在文中强调了自己与自由之灵的大不同,也表明了自己服从和遵行教会之教导。故此,拉丁文译者在此文的终了处,用大写的字母注明 FINIS APOLOGIAE,也即申辩到此结束。
③ [译按]参《约翰福音》3章13节。我对你们说地上的事,你们尚且不信,若说天上的事,如何能信呢。除了从天降下仍旧在天的人子,没有人升过天。

合，如此我们才可以与他一起升入他已经去那里的地方。在最后审判的日子里，我们全都复活，每一个都和他自己的身体复活。锻造善行的人将进入永生，造恶的人将进入永火。这是两种永不相逢的不同归宿，因为它们永远背对背，各行各的路。为曾如此著文些作的人祈求祷告吧，祈求上帝可以怜悯他，祈求他以及我们所有人的可怜开端和凄惨此生可以因神圣结局而得完满。愿永活的上帝之子耶稣基督，赐此福给我们所有人。阿门。

（陈建洪　译）

七 道 围 墙

亲爱的姐妹,最要紧的
是要让神成为你的所思、所爱。
从最低的地方开始
攀援通向顶峰的最高的道路。
你曾应许或发誓,
若你谨遵无违,你将被神拣选。
若你在内心有任何不悦,
你要厌恶之,如厌恶秽物。
你要痛恨你心灵中的所有罪恶;
尽你所能地将它们驱赶。
为了服侍我主神而热爱自己,
这样神就会教给你真理。
现在我将结束歌谣,
而写下无装饰的真理。

亲爱的姐妹,你要记住,那神子基督贬低自己和毁灭自己,像一个奴隶一样出现在我们面前,为的是拯救我们。为了我们的缘故,他温顺,仁慈,一直到死都顺从他的天父。他和他的门徒一样行服侍。他亲口告诉我们,他不是来被服侍而是来服侍的。他的人性因此被提高了,神给他以一个万名之上的名字,如圣保罗所说:"耶稣之名,令天上、地上和地下的一切屈膝。"因此,既然神的永恒智慧都决定服侍穷苦的奴隶和罪人,你也当愉快地服侍和服从神和你的上级。如果你服侍了,不要将这当作一件了不得的事;神竟然屈尊让你服侍他,这才是值得你崇敬的大事。哪怕你是罗马皇帝的女儿和整个世界的王后,放弃这些而成为一个服侍人的贫穷的使女,在基督的会众中服侍神,你的心灵也会充满喜悦,因为巨大的善和荣耀临到你身上了。我们将会认识到,在这世界上,最荣耀和最高贵的只能是服侍神。因为聪明地服侍神就是拥有和统治一个永恒的王国。虽然这王国现在还隐藏在我们的内心,但它会在我们的今生之后出现,那时基督会说:"善良和忠诚的仆人,投入你主的喜乐中吧。"因此,所有那些想要做主人主妇,不想服侍任何人,而只想被服侍的人,不属于神的国。罗马教皇称自己为"神的仆人们的仆人";谁成了基督的追随者和与基督一起统治,他就会觉得自己活在对神圣基督教世界的属灵的服侍中。

不用说,你当然知道,圣芳济各,你的精神之父,用言辞和行动追随基督和福音书。只要有可能,他就选择贫穷,被斥责和服从,自愿做全世界的仆人。在他的所有兄弟姐妹中,他谦卑而顺从,是他们所有人中间最卑微的。他给你留下了道路和榜样,要你跟随他。正因为如此,你的上级修道院长才被称为 ministers,也就是说,仆人,因为他们同时从肉体上和精神上,通过劳作、教导、惩戒和圣洁生活,来服侍整个教会。

人们现在按照解释遵守规则,而不是像他们开始所做的那样按照经文遵守规则。人们尽可能去获得的是更多的权势,财富和财产,而不是贫穷。他们口头上赞美贫穷,但并不真去过贫穷生活。忏悔和劳作已经在很大程度上被忽视了,因为大多数弟兄自怜自怨,认为自己需要的是安慰和舒适。教导已经变成诡辩,争论和猎奇,无论是给神的荣耀还是给灵魂都几乎很少或干脆没有带来任何好处。惩戒已经变得非常松弛,因为爱与怕都已经被削弱了。惩戒更多是因为考虑到名声,而不是因为考虑到神的荣耀或灵魂的拯救。因此,圣徒式的生活已经在极大程度上被人们忘记了,在所有教阶中和在宗教生活的所有层次上都已经堕落了。因此,亲爱的姐妹,如果你要成为我主耶稣基督所钟爱的真正的神的女儿,你必须追随他的榜样和他的教导,以及追随那些曾经生活在神圣教会开始时期的圣徒;正是他们,用内在的以及外在的可敬的行为,用神圣的修行,在神面前和在世界面前,通过他们的言辞和他们的行动确定了规则,建立了秩序。你必须如是开始。

你必须知道,所有神圣状态的根基是良心的清纯。所以,你要从你的儿童时代起考验和检查你自己。假如你在自己身上看到任何你认为是致命性的罪,那么,你要在你的牧师面前,以及在神的永恒真理面前,用悔悟、忏悔和赎罪来纯洁你自己,使自己摆脱这种罪。然后,希望并毫无疑问地信赖主的慈恩,相信你的罪已经被赦免。但是,尽管神已经宽恕了你的罪,你还是要永远期待他的仁慈并在内心里大声呼喊,用你的全部心灵充满渴望地呼喊:"主,怜悯我这个可怜的罪人!"你要用永恒的赞美引导你的心灵向神上升。你要依靠神的善意,广泛扩展你的渴望,将所有的圣徒和所有的人都包括在永恒之爱中。让你的心谦卑而恭顺,满怀对至上之神和对我主耶稣基督的敬畏之情。让这成为你的功课;使其成为一种风俗和习惯,在你生命的所有日子里都信守如一。

每一天，当你清早起身，你要跪下祈祷，谦卑地祈祷我主，让你能够在一天里服侍他，荣耀他，奉献自己，获得完全的修道的平静和安宁。

如果你的服侍以及你的上级允许，你要听弥撒。在弥撒的开始，你要对神忏悔，忏悔你的罪、疏忽和失误，请求他的怜悯和仁慈。然后，祈祷神向你显示并教导你真理的道路，美德的道路，和公义的道路。当你聆听布道或任何好的教导，你要细细听，但不是为了获得知识，而是为了实际生活；因为那知道很多但不照着去做的其实是在浪费时间。在弥撒中，你要记住我主耶稣基督的受难和死亡；你要带着爱的同情思考这件事，谦卑而热情地感谢他：他自愿成为一个人，为了你和你的罪的缘故来到世上，并在丢脸的痛苦中死去。你要将这奉献给他天上的父。同时，你要为了神圣的全体基督徒的利益奉献你自己，献出你的所有需要，献出你能献出的一切，正如主耶稣自己通过自己的死亡所做的，以及他在他的父面前在永恒的生命中所一直做的。这是基督自己所完成的无与伦比的奉献，也是全体牧师在弥撒中仍然在做的奉献；在弥撒中，凭借神的权能，他们奉献基督的肉和血，以纪念他的受难和死亡，还有他那在时间中已经表明并且在永恒中还将继续表明的对我们的爱。与此同时，你要向尊贵的圣母玛利亚和所有使徒奉献殉道者的全部苦难，忏悔者的不变的可敬的见证，处女的完美的纯洁，对天使的赞美，以及神圣教会的全部礼拜。通过所有这些奉献，利用你的各种官能和所有能力，你拜倒在神的眼前。你要满怀感激、赞美以及挚爱之情。以此方式，你得以进入我主的受难和死亡，进入在天上以及在地上所有曾经做过或将要做的善事中。因为这样人们就在自己的灵魂中从精神上接受了圣餐礼的全部果实。

你要与你的姐妹一起，以发自内心的热情和极度的渴望行神圣的圣餐礼，但不是你想多么经常就多么经常，而是按照教会的规定和习惯。当你行圣餐礼，以及在这之前和之后，你要尽量练习精神上的饥渴，渴望那永恒的食物，这样你就会带着你内心的全部力量和感情渴望得到食物和满足。因为神通过神恩和我们的活动让我们的感官感到饥饿，又通过他自己特有的在我们内心中的存在给我们的灵魂以根本的满足。因此，要让你自己极度渴望于神，然后你就会在你的本质中感到和找到满足。因为如果你带着殷殷渴望吃和消化基督，那么最后你就会被他吃掉和消化。因为主自己说："那吃我的肉和喝我的血的人住在我之中，我也住在他之中。"这就是永恒的生命。而且："除非你吃和喝这种精神食物，你身上没有让神喜悦的生命。"正因为如此，你才应该如此深深热爱神的永恒之爱，热爱这永恒之爱对你的包围；这样你就会变得与神的精神和爱同在。

在圣餐礼中，你要练习发自内心的热情和渴望之情，因为你接受了基督的肉和血，也接受了你自己的自然。在你的理性灵魂中，你要练习爱和正义，因为你接受了我主基督耶稣的活的灵魂，及其全部美德和全部荣耀。在你的心里，也就是在你的精神里，你要训练一种具有融化作用的爱，因为你接受了基督，神和人，他可以照亮你，并使你得以进入与神性的合一。通过这种方式，你将以你的全部心灵、全部灵魂和全部心智爱神。这是神的第一个诫命和最伟大的诫命，也是所有圣洁状态的开端和终点。

然而，如果你想练习和拥有最高程度的爱和圣洁，你就必须使你的理解能力脱离一切形象，通过信仰使这种能力超越到理性之上。在那里闪耀着永恒的太阳的光辉。它将照亮你，教你以所有的真理，而真理将使你得到自由，在无形象状态中得到纯粹的见。那些这样看见的眼睛有福了，因为爱的本领总是随着这种带有赤裸之爱的见而来。在这一接踵而至中，神恩之河一直在流动，并将这一灵魂导入圣灵的活的源泉中，永恒甜美之水就从那一源泉涌出，浇灌灵魂，提升灵魂到理性之上，让灵魂在永恒福祉的海洋里漫游。这就是真正圣洁状态的实质和根基。

这一根基总是伴随有美德的内心练习；因为爱不可能无所事事。美德的内心练习具有四种方式，我将为你一一描述。

第一种方式是以内在的情感，永恒的热爱，以感谢、赞美和热烈的祈祷，以渴望和恳求，以完全的信心，以在神的爱和他的永恒之善面前黯然失色的我们的精神和我们的所有活动，朝着神上升。这是我们内心练习的第一种方式，这种方式将我们自己的生命向上提升进入神之中。

第二种方式使我们谦卑地轻视我们自己，这样就没有人可以用赞美来褒扬我们，因为在我们之中神已经做了我们的所有的善工；而且，没有人会通过斥责使我们沮丧或使我们哀伤，因为除了神没有谁可以判断我们的罪。因为我们是罪人，欠缺所有美德，所以我们应该让自己谦卑，无论在神面前，还是在我们的上级面前，以及在那些与我们相同或比我们低的人面前。我们不敢将我们自己与任何人比较，我们只能将我们自己看作所有人中最可鄙的和最无价值的。我们要同意，我们比所有生物和所有魔鬼还低，允许他们如神所许可的那样蹂躏和折磨我们，这样我们身上的罪就会得到惩罚，神就会有荣耀，而我们会得到羞耻。这就是让我们自己的生命屈辱的第二种方式，通过这种方式，我们置身于深深的谦卑中，轻视和消灭我们自己。

第三种方式要求我们在内心练习无边的圣爱，意思就是，我们敬爱所有圣者，为他们的美德欢呼，赞美他们，并渴望得到他们的帮助和他们的祈祷，这样我们就会与他们一起变成有美德的，一起得到神的永恒的赞美。我们应该通过美德和互爱将我们自己与所有善的人们结合在一起，这样我们就会一起去克服，战斗，并在我们生命结束时得到真正的胜利。我们还应该为我们自己和为所有罪人祈祷,渴望神怜悯我们,使我们离开罪,将我们与众多选民结合。这是内心生活的第三种方式,通过这种方式,我们带着已经用丰富恩典和美德充满天地的广泛的爱走向我们的邻人。

　　内心生命的第四种方式将我们的理性放在时间和永恒中间。往下看,我们看到这个世界成了一个我们被监禁在里面的流放之地;往上看,我们看到的是那召唤我们和选择我们的天国。只要我们的理性还处于两者之间,我们就会感到悲伤。因为在我们之上,我们看到神的荣耀,看到万物生活在安宁之中,而我们却到不了那里。在我们之下,我们看到的是动荡,罪,伤害和羞耻,看到万物都处于混乱之中,而这就是我们不得不置身其中的所在。因此,世界就变成了一个十字架,我们伤心的缘由,只要我们生活在这种放逐之中,我们就不能不流泪,痛哭,呻吟。因为我们和先知一样说:"呜呼,我们在这里停留的时间对我们来说是太过漫长了。我们何时才能立在我主跟前?"这个时候,在爱着的心里、从神的赠礼中涌现出了我所知道的最高级的美德,那就是长期忍耐受苦,我们听到:"主,让你的意志而不是我的意志得到成全;你的荣耀,你的赞美才是重要的,而不是我的舒适和我的愿望。主,我将我自己奉献于你,我将我自现在并永远地交付于你。"看,这就是内心训练的长度:它耐心地等待一切到来。如果你拥有这四种方式,以及这四种方式所自从出的本质基础,那么,你就会超越理性,在纯粹的空无中沉思,并且深思明辨,在理性中找出所有美德。

　　这种训练就像是一枚纯金硬币,人们可以用它来购买和获得永恒的生命。但是,每一个人都应该仔细看看他的硬币,看看他的硬币是否纯金,是否足量,是否两边都精心铸造。现在请记住:

如果我们因为神而爱神,而不是因为其他什么而爱神,那么我们的硬币就是纯金的。如果我们爱、使用和利用其他所有事物都是为了我们爱神的缘故,因此说明我们爱神超过爱一切,那么我们的硬币就足量无减损的。如果我们追随基督,背负我们的十字架,通过克制和苦修克服和摧毁我们的自然性,服从我们的长者,法律,诫命,我们的理性,以及我主耶稣基督的生命,那么基督就活在我们中而我们也活在基督中。我们的硬币的背面就是这样构成、形成和精雕细刻的。在追随基督的生命的过程中,我们还需要美德的更进一步的美化。我们的硬币的光的一面是我们的存在或我们的灵魂,而神在上面印下了他的形象。当我们通过信仰、希望和爱转向内心,并因此爱和拥有神,我们就在我们的硬币的光面上超自然地接受了他的形象。因为通过神圣三位一体(也就是神自身)的形象,我们的硬币的光面即我们的指向内心的生命,得以形成和美化,因为神活在我们中我们活在神中。因此,我们的硬币的光面由于神的居住而具内容,反面则由于我们的美德,也由于我主耶稣基督的生命和美德而具有内容。这就是可以买到永恒生命的金币,因为它本身就是永恒生命。因此,每个人都应该好自为之;谁使自己的硬币被神审判为不可靠的赝品,谁就会被罚入永恒之火。如果现在你的硬币品质不纯,分量不足,有所伪造,那么,你当祈祷,请求圣灵给你以纯金,这样在主和你之间,你就会打造一枚足以让神愉悦的硬币。关于这个题目我只讲这些,下面我将教我的姐妹,她应该如何谦卑而纯洁地侍奉,才能成为神的女儿,并接受处女的冠冕的百倍奖赏。

先知大卫如是说:"女儿,听,也要看,请侧起你的耳朵,忘记你的乡亲和你父亲的房子,因为王喜悦你的美丽。"因此,我将请求你,亲爱的姊妹:倾听神和你的长者;看并且记住他们吩咐你做的;侧耳倾听和无限服从。然后那王,也就是基督,喜悦你的美。

早晨,当你听到弥撒,你要着手你的劳作。如果有时你不巧太忙,既不能听也不能参加圣餐礼,那么,不要对此不满,因为神喜爱恭顺更甚于礼拜,而一个恭顺的意志的果实总是比自我意志的果实要更伟大,也更高贵。因此,总是做最可鄙和最卑微的服侍,无论是在厨房里还是在福利院里。既不要命令也不要指示任何人,除非你被安排在这样一个位置上,但对你自己能够去做的任何事情,都要愉快地去做。如果有人命令你去做甚至最卑微的服侍,那你应该高兴,并应感谢神让你适合去做这服侍。

　　如果有人命令你甚至去照顾病人和弱者,那你当愉快地、温柔地、谦卑地和没有怨言地服侍他们。假如他们不好相处,脾气暴躁,那么你要想到你是在服侍基督,而你的面容是如此温柔和和蔼,使他们在无论神面前还是在你面前都会觉得羞愧。他们越是贫穷和生病,他们就越少朋友,你也就更应该服侍他们。不要仅仅看到你服侍的这些人,而更要看到你为之而做出服侍的神。千万小心,不要用你的言辞,或行动,或你的神态,使病人感到难过和悲伤。假如你发现他们痛苦和焦急,你要用我主以及圣徒的苦难来安慰他们:他们如何愉快地受苦,他们的受苦如何成了现在的荣耀,成了永恒生命中的福祉。如果病人需要任何东西,你要尽快帮助他们满足他们。如果他们要的东西对他们不好,反而使他们生病——或至少你害怕会使他们生病——,那就做出不明白他们说什么的样子。如果他们不顾一切地坚持要这种东西,那就告诉他们这种东西对他们有害。如果他们仍然不肯安静,就照你的上司的意见去做,或照那些比你更有智慧的人的意见去做。无论你为他们准备什么吃的或喝的,都要尽你所能地使其洁净和可口,这样他们就会满意,你就会维持双方的安宁。整理他们的床铺,尽你所能地按照他们的虚弱程度和需要为他们提供舒适。呆在他们的身边,时刻注意他们的需要。你在他们中间要愉快,你的话语要有趣和快乐,这样每个病人都会喜欢你。如果他们愿意听的话,给他们讲我主及其圣徒的善的言辞和善的榜样,这样在你身边,他们的灵魂就会得到精神上的滋养。

但是,如果你自己也病了,你自己要像一个可怜的朝圣者,寄住在一间陌生的房子里,愉快地思念着他永恒的祖国。你要在所有事情上忍耐,快乐和有恒心,你要为神的赠礼而感谢神;除了神愿意给你的,既不选择也不渴望任何其他东西。不要强求,也不要汲汲于自己,而应该满意于为你所做的一切。将你自己交给神,不要抱怨疾病,不适,或人们的不忠。假如甚至没有一个人来看你,不要口出怨言或指责任何人,而要从神的手上接过神愿意送给你的一切。如果能够的话,吃人们让你这个病人吃的,喝人们让你这个病人喝的。哪怕你觉得太咸,或烤糊了,或无法下咽,那么请想一下,我们的伟大的主,在他最巨大的苦难中,只能喝醋和吃苦胆,而他保持沉默,并没有抱怨。所以,你也要像他一样对一切都满足。假如你渴望得到任何你所没有但又需要的东西,你可以对那些照料你的人说。当你得到时,你要感谢神;如果你没有得到,你要忍耐,愉快地为了神而生活,而神自己将是你的奖赏。约束你的欲望,不要要求你幻想或热衷的一切。因为娇生惯养的富人们才习惯这样做,而对穷人们来说这样做是恼人的。那些照料的人不允许这样要求,他们不愿意听到这样的话。如果他们忘记了你,当你认为自己有需要的时他们却不理你,你要耐心和平静,因为这时基督与你同在,还有圣徒和天使们。总是愉快,既不抱怨,也不唠叨。神在你的心中,善的言辞在你的口中:这样你就会总是增加你的美德,而所有接近你的人都会因为你而受到熏陶。

当你治好了病,痊愈了,你要谦卑地回到你的工作中。不要自己挑选,而要到安排你去的地方:无论是洗衣房,还是病房,或厨房。总是选择最卑贱的事做；如果别人让你做，你要高兴和快乐地答应。如果你被指定去做更高的工作，那么，你要对此感到遗憾，勉强地接受。这样你就会加强你的美德。你的服侍要简单，聪慧和可靠。不要说谎，赌咒发誓，或诅咒；因为谁有意地这样做，谁的灵魂就完了。在你的姊妹中要和平而宽容。不要任性，而要在所有好的事情上与你的姊妹同心。不要口出恶言；不要轻视任何人；不要让任何人难过或忧愁；不要羞辱或谴责任何人，不要论断任何人，不要诽谤别人。爱所有心向神的人。既不要嫉妒谁，也不要欺骗谁，无论是在言语上，还是在行为上。不要怨恨，不要报复。你要温柔而仁慈；不要与人争吵，而要总是用道理说服人。要一心保持美德，不要骄傲，争吵和任性。不要伪善地行事，卖弄炫耀，或装圣洁的样子。说话和做事都要真诚，要痛恨自己身上的所有的恶；要仔细查看和尽你所能加以驱逐它们。用善的话语教你的同伴，特别是要用善的行为教他们。如果有谁伤害到你，或说了你的坏话，你要用你的心立即原谅他们，哪怕那人并没有想或要求被原谅。要对他和颜悦色，这样他也许就会在神面前和在你面前感到羞愧，或者他的心灵会平静下来。若你有时对别人说了什么不好的话，那么，立刻请求他原谅你，或者拜倒在他面前，如果只有这样才能平息他的怒气和获得他的好感的话。你要总是亲切、快乐和温和地出现在你的集体中，不要特殊而要普通，要时刻准备帮助那些需要你帮助的人。注意，你现在听到的这些就是神所喜悦你去做的。

还有，当你与你的姊妹们来到餐厅，你要按照你们的习惯祷告感恩。即使你非常饥饿，很想吃东西，也不要吃的过多。因为贪吃是所有罪恶的根源；从贪吃产生出懒惰，放荡之心，以及有时还会产生放荡行为，并导致无数的罪恶。我们的始祖亚当当时并无饥饿；但他受到贪吃的诱惑。他违反我主的诫命，堕入有死的罪中,而我们也和他一起堕落了。但是基督,神之子,他当时确实处于饥饿中,并且他也受到诱惑,但他战胜了敌人,他还这样说和教导我们:"人不只靠面包活着,而且靠神所说的每一句话活着。"

你知道,人当然是由两种自然条件组成的:精神的和物质的,也就是说,是由灵魂和身体组成的。物质自然从物质食物获得营养,精神自然从精神食物获得营养。物质的饥饿是暂时的,物质的食物是不充分的,物质的生命是要死亡的。但是精神的饥饿,即贞洁和神圣的爱却是永恒的。精神的食物就是生命;这一生命是被祝福的和荣耀的:与神合一。物质的食物是我们自己或别人准备的。但是说到精神的食物,那是神亲自在永恒中为我们准备的。哪里精神感到饥饿,哪里永恒的食物就总是做好了。在存在物质饥饿的地方,我们经常看到的是贫穷和巨大的匮乏;那些精神上饥饿和焦渴的人却总是从神那里得到吃的,他在神恩中为神而生。那些只感到物质饥饿的人在神面前却是死了,因为他的生命与动物无异。因此,当你满足你的物质需要,你要将你的心提高到我主的面前,要与你的姊妹们一起,与基督、天使和圣徒一起坐在餐桌边。你要从神的手中领受礼物和饭菜;这样你就作为内心人,从永恒的事物吸取了营养。这样,你就为神而生了。从俗世说是死了,对神来说却是生了,你追求和品尝那来自天上的东西,也就是基督为你准备好的永恒的食物。

不要以你自己为念,神分给什么食物,就让你的身体吃什么食物。不要追求美味,享乐,舒适,而要满足于粗茶淡饭和别人吃不下去的东西,只要你的身体条件允许就好。你要敏锐而聪慧,你要意识到你自己的体质和身体条件,知道你自己需要什么和不需要什么;因为如果你的身体摄取太多,超过其需要,你就是在援助你的敌人;如果你的身体得到的过少,你就会毁掉你的仆人,而这仆人是你本来应该用来服侍神的。

看看那些通常生活在荒漠中的古代教父。他们是如此热爱禁欲,匮乏,简朴,以至于他们吃的面包都是称过的,他们喝的水都是量好的。然而,他们却慷慨地对待他们的同伴和所有求助于他们的客人。在那些创造教会,订下规则并按照生活的人——诸如奥古斯丁,芳济各,本尼迪克特——中间,我们看到了同样的情形。他们对自己是严厉的,审慎的,节制的,吝啬的;但是,对待他们的同胞和同伴,他们却温柔,仁慈,随时慷慨地满足他们的所有需要。

时至今日,我们仍然可以在书上找到这种生活和这种规则,但在内心里和在行动中,它们却几乎荡然无存了。对修士和修女来说,对于圣教会的高级教士来说,无论他们在宗教中的位阶如何,相当多的人似乎都像贵族一样生活,极力满足肉体的欲望,离不开很多东西,开销也很大,就好像他们是一些俗人一样。在所有宗教组织中,以及在非常多的修道院里,人们可以看到穷人和富人,与俗世并无二致。高级教士,僧侣,修女,姊妹和兄弟,所有精神国里富有的人们,关起门来吃喝享乐。到了晚上,人们就要问他们,他们明天想吃什么,喝什么,做成什么样才好。我这样说,不是要批评那些有病的、虚弱的、年老的人,或那些体质不允许他们吃的太差的人。我说的是那些为肉体生活的人,他们以一种乱七八糟的方式爱他们自己和他们的舒适。他们全都是一些冷酷、吝啬之辈,不愿意与别人分享他们自己、他们自己的所有、以及他们自己可能获得的东西。他们真像我主在《路加福音》中所说的财主。他锦衣华服,饱食终日,不向任何人施舍,甚至对躺在他门前的可怜的拉撒路也一毛不拔。教会中的那些贫穷的人,现在就这样坐在食堂里,坐在富人的门前,但给他们的仅够维持他们的需要。即使他们开始大声抱怨,以至天上都可以听到他们的声音,他们也不会比他们通常所得到的多一个鸡蛋或半块青鱼。可是,很多时候,他们必须斋戒,日夜担负唱诗和读经的担子。但也正因为如此,如果他们恭顺,忍耐,到死遵守教规,他们将与拉撒路一起在天使的引导下进入亚伯拉罕的胸膛,而那为了满足他们的身体的欲望和享乐而为他们自己积攒所有世俗财物的守财奴,将会被与圣经中说的那个财主一起被埋葬在地狱深处。在熊熊烈火中,他们渴望能有一滴水落到他们的舌头上,却永不可得。

因此,你要淡然,有序,节制,沉默和节制饮食。每当你摄取食物的时候,都要使你的心灵朝向神上升。然后,按照你们的习俗与你的姊妹们一起祷告感恩;为了所有善的事物感谢和赞美神。为那些带来这些食物的人向神祈祷。假如你吃的太多或太少,你也要祈祷神宽恕你的错误,并请求他在这事上怜悯你。

如果人们要你去酒吧,而你感到兴奋而快乐,那么你的命运就会蒙上阴影,因为你更多是在为肉体而不是为精神生活,更多是在为俗世而不是为神生活。你缺了构成你的围墙的最根本的东西。你不能像你通常那样穿的花枝招展地去酒吧,或者不修边幅地去酒吧,而应该采取一种折衷办法。当你到达那里,你要直视前方,眼帘低垂,不要盯着任何一个人的脸。还有,在可能避免的情况下,不要让任何人盯着你的眼睛看你,特别是要小心男人们的注视。简单地向你遇到的人问候。如果他们是有灵性的人,那就请他们给你讲一些好的事情,从而使你自己得到提高,而你将保守好你的誓言和你的围墙,直到生命的结束。如果他们是一些世俗之人,那么你要注意你的言辞,不说任何可能让他们指责你或冒犯他们的话。坐的距离要合适,要让那些陪你的人听见你们的对话。你不要询问家庭、朋友或任何属于俗世的事情。如果有人问你任何你知道的事情,那么,就用你能想到的最简短和最清楚的语言回答他。相反,如果有人问你什么,而你恰好不知道,那么，不要羞于承认你的无知。如果他们也渴望从你这里听到一些好的事情让自己受益，那么，尽你所能为他们批评罪恶，以及为他们赞美美德和公义。你要描述地狱的威胁，以及神的怜悯的安慰。你要指出魔鬼以及地狱痛苦多么难以忍受和恐怖，而天使、圣徒和神在永恒至福中是多么荣耀和欢喜。因此，你应该将与这些话相称的好的榜样讲给他们听，这样，他们就会在所有对他们来说必要的事情上，受到责骂，训导，惊吓和安慰。不要向任何人乞求和要求任何东西。没有你的长老的许可，不要给与或接受任何东西。尽你所能，使你自己摆脱所有男人、所有言辞和和所有这方面的关注，而投入你与神的合一。因为如果你快乐地前去酒吧，更愿意进入外表而不是转向内心，如果你听到和说起俗世的闲话来满心欢喜，那么，你将不能被灵明照亮，而只会越来越黑暗，越来越粗糙，日甚一日。即使你曾经在神恩或在美德中接受过一些好的东西，你也还是会失去它们。你的内心将变得贫乏，美德将会消失不见，你的心灵将会不稳定和分裂。你将不会从神得到美味和安慰，从你的祈祷得到热情和动力，你将会充满形象和世俗的思想，同样也充满无数的罪恶。

　　正因为如此，我才会注意到圣克拉里，你们修会的创立者，闭于七道围墙之中。她因此得到了清明，启示，丰富的美德，圣洁，和神荣耀的祝福。现在，你要仔细记住这些围墙：如果你愿意接受，我将告诉你它们各自的名字，并将它们教给你。除了圣灵，没有谁能给与这七道围墙；除了爱神的人，没有谁能够接受这七道围墙。

　　在第一道围墙，身体被神的恩典包围在意志的自由中。当你出于爱向神发誓，应许在你的一生中，在你所处的位置上坚定不变地侍奉主，你就在这道围墙中了。这是第一道围墙，在这道围墙中，人的身体被神恩包围在爱和他自己的意志自由中。自由给

七道围墙

与的爱乃是你的身体被包围在其中的围墙。

随之而来的是第二道围墙,在这第二道围墙中,你要将你最外在的感官自我包围在你最内在的理性自我之中,以便感官自我总是服从理性,正如一个使女总是服从主妇。理性将会成为你的围墙和你居住的密室,而你应该用贞洁,神圣修行,以及身体上和精神上的所有美德,来加固和丰富它。这个密室有五个门口,即我们的五官,神赋予它们理性,以监视和防卫各种敌人。尽管五官属于外在人的自然权利,外在人却没有能力掌管它们,因为他自己也是愚笨的,和他的感官完全一样。因此,他自己以及所有相关者,都必须听命于内在人。因为每当他未经过理性的许可和警觉擅自走出任何一扇门,追随他的自然的情欲和本能倾向,他就总是会犯罪。因此,理性必须将他拉回来,按照他的错误程度而斥责他,惩罚他,折磨他和约束他。否则,他就会一直在外面游荡,在情爱或情欲中不能自拔,并因此将内在人一起拖入同样的牢房。这样,两者都会遭到背叛,陷入疯狂,迷失他们的围墙和住所;而敌人就会长驱直入,将这个地方据为己有。这样一来,神和所有美德都会被从灵魂王国驱逐出来。因此,要看好你的围墙,练习美德,愉快地盘桓其中,这样你就能总是处变不惊,化险为夷。

接下来就是我们的第三道围墙,这道围墙总是敞开的,随时准备接纳任何渴望进入的人。因为这道围墙就是我主基督耶稣的恩典和圣爱。除非用同样的爱回报,没有人能够获得或拥有这道围墙。正因为如此,我们必须挣脱所有束缚,穿过重重陷阱,超越一切地从我们的心灵中驱走种种焦虑和担忧,以及所有混乱的情感。这样我们就会脱下旧的衣服,丢掉旧人及其事工,而穿上新的衣服,也就是耶稣基督。他用他自己,他的生命,他的恩典和他的圣爱覆盖我们的身体。当他这样用渴望和爱的法衣覆盖我们,我们就活在他之中,而他也活在我们之中。这是我们的第三道围墙,通过这第三道围墙,我们的欲望的最高部分得到了丰富。因为我主的诫命盼咐我们,我们应该用我们的整个心灵,我们的整个灵魂,以及用我们的全部情感能力去爱。当那爱的与被爱的在一种爱的围墙中合一,爱就达到了极点。

当我们通过爱而在神的自由意志中,以一种我们不会再意愿任何与神意愿的东西不同的东西的方式,放弃了我们的意志和全部自私,对于神的这样一种挚爱就给我们带来了第四道围墙。这时,我们的意志就会义无反顾地置身于神之爱的包围中。我们就是这样按照真正圣洁的要求向神忏悔的,无论我们穿的是什么教服,或处在什么样的状态下。但是,只要我们还更喜欢在神中获得安全,而不是完全信赖神,只要我们还更愿意他服从我们的意志,而不是我们追随他和他的意志,我们就是还没有做出彻底的忏悔,我们就仍然还是新人和生手。因为神之爱的火焰还没有融化黄金,将其中的黄铜分离出来,也就是还没有从我们的爱中清除自私,我们仍然在追求自我和汲汲于自我。因此,当我们内心的爱是如此强烈,如此炽热,以至于我们对于我们自己的损害以及重新获得的所有欢乐、悲伤和恐惧都被融化了,不复存在了,那时我们的爱就是纯粹的,干净的,和完美的,正如一枚金戒指,比天地万物都宽广。

看,这就是爱引导她所选定的人进入的酒窖,正如我们在她的书中了解到的。在这里,圣爱和所有美德都各就各位。在这里,在可敬的行为和在所有善工中,可以看到所有美德的根基,生命,增长,营养和维持,秩序井然,条理分明。然而,爱仍然超越理性、超越各种方式、以及超越各种美德实践地与那被她爱的停留在这一孤立的小屋中。爱只被她自己所占据;她自身就是充足的,就是她自己所愿望的一切,因为她既不追求也不渴望任何在她之外的东西。在她通往神的攀登中,她是沉醉而飘然的,没有固定模式和方式的。正因为如此,她使我们在无知的无底深渊中超越理性地漫游。

我们一直滞留于彼,没有返回,这就是我们的第五道围墙。在那里,我们发现我们的单纯的知性得到了提高和加强,在神圣的光中以质朴的目光凝视和沉思。所有被爱带到那里的人都是神的选民。因为在那里,他们找到了一种被提高到永恒之爱中的沉思生命;他们在其中得到了一种充满恩典、贞洁和神圣修行的理性的生命;他们在其下还得到了一种符合神之诫命的感性的生命,有可敬的行为,外在的好的事工,对万物的关心。当这三种生命被作为一种生命拥有,而每一种生命本身又分别得到实行,人就是完美的。因为,在他之上,他与神合一,带着纯粹的爱沐浴在神圣的光中;在他之中,他通过神恩和美德的一种良好秩序而与神具有一种相似性;在他之下,通过苦修和对他的肉体和所有错误本能的轻视,他与我主耶稣的人性相似。我们今天看到有人幻想自己是完美的,这些人实际上完全是另外一回事。这些人由于内心纯粹的空虚和无形象,体验到混乱,并在没有神的爱的情况下拥有这种混乱。他们因此认为他们自己是神。因为他们发现他们自己无爱,无形式,无形象,无知识,以及没有一丁点美德。神圣教会的所有圣礼和修行,诸如斋戒、警醒、祈祷、唱经和诵经,节令和律令,所有圣经,圣徒自古以来奉行的一切,他们都认为是很少和完全没有价值的。因为他们被提高到无知识和无模式状态之中,并满足于此,而他们就将这种无模式状态认作神。因为他们不爱神,并在无模式状态下拥有空虚,他们想象生命或奖赏或名分的所有秩序都消失于永恒之中,什么都不会留下来,除了一种无论是在神之中还是在造物之中都没有任何个人区别的的一种永恒的纯粹生存性存在。这显然是所有异教徒,犹太教徒,或基督徒中曾经听到过的最愚蠢和最邪恶的无信仰。

正是因为这个理由,我才希望你什么时候都能一直在你的第五道围墙中提高自己,沉思、热爱、凝视和向往你的神,以便你的精神在爱中消失和融化,自身变成爱中之爱,与神的精神和生命合一。这就是我们的第六道围墙。人是在第六天才被造出来的,他的本质肖似神的形象,因此,他也在他的第六道围墙中被再造出来,在他的本质状态之上,在爱的合一中,接受神的形象和外表,与神在精神上和生命上同一。因此,圣约翰说:"被创造和作成的一切都活在神之中。"因为我们不外显和未出生地活在我们的起源中,也就是活在我们的天父的丰富的本质中;而在圣子身上,我们被生出来,得到昭明,并永恒地被选定了;在圣灵的涌动中,我们被永恒地热爱;我们应该因为听到这样说而感到高兴。我们在圣子中不断出生,由于圣子而不停地被生出来,同时又永恒地在天父中一直没有出生。在圣父和圣子之间的爱的联结和合一一直保持不变。然而,圣灵的诞生和涌动却在神的高贵本质中不断更新,因为这种本质是丰饶的,是三位一体中的一种纯粹的活动。因此,超越于我们的被造性之上,在精神的合一中,神在我们中进行统治并活在我们中。正是在这里,我们总是永远在爱的纽带中与神联系在一起。但是,我们必须不停地在美德方面更新我们自己,努力更多模仿神的相似物,因为我们不仅是按照神的形象创造出来的,而且是按照神的相似物创造出来的。哪里我们与神合一,哪里就会有一种隐蔽的感动或运动,这种感动或运动是神的慈恩的源泉,它照亮了我们的理解力,让我们清楚分明地认识到真理,并在爱中点燃我们渴望全部公义的意志。只要爱和渴望仍然是受被启示的理性管辖的,我们就可以做出伟大的工作,用美德和神圣的修行丰富我们的所有的围墙。但是,每当爱和渴望由于神在爱的合一中的感动而变得急不可耐,焦躁不安,理性就必须让位，让爱做主，只要这种爱的急躁仍然存在，就是如此。通过这种方式，我们必然由于我们自己内部的恩典和美德而近似神，并通过沉思和凝视而与神合一，我们的精神也在神之中得到了提升。我以此结束第六道围墙，在这道围墙内，我们的精神在一种与神共同的沉思生活中，一种共同的生命中，一种共同的精神和爱中，被提高了。

接下来是第七道围墙，它超过了所有其他围墙，也就是说，超越了我们的所有活动：在静止中的一种沉静的休息；超越了所有神圣修行和美德练习：简单的福祉状态；超越了对神的饥饿和焦渴，爱和想念：永恒的满足。在第六天，我主创造了天和地，天使和人，装点布置好了万物；在第七天，神停了所有这一切。在那六天里我们要工作；而在第七天头上，我们必须休息和庆祝。从创造世界开始，现在是第六个时期；如果我们工作做的好，当我们死时，永恒休息的时候就到来了。

在善人身上有三种生活。其中两种是不完善、有欠缺的；第三种生活则是完善的。最低的生活是肉体的和感官的，人通过吃喝来满足饥饿和焦渴的生命，获得营养。只要饥饿和焦渴与美味和胃口存在，身体就可以得到强化和营养。但是，一旦餍足赶走了饥饿和焦渴，美味和食欲，而人仍然希望在食物消化之前吃下更多的东西，那么人就会毁了他的身体。因为饥饿和餍足在健康的肉体中是不可能共存的。正因为如此，人身上最低级的部分是无知的，短缺的，和有死的。我们的中等生活是精神性的，在每个善人身上也是合理性的。该生命渴望知识和智慧，热情和内在性，仁慈和公义，渴望所有美德。我们渴望的越多，我们获得的越多；我们拥有的越多，我们继续渴望的越多。这种生命本身也是不完善的，因为它总是缺少点什么，并且它所缺少的只有神自身才能够满足。

现在，神又给我们以一种超越我们自己之上的生命，这是一种神圣的生命。这种生命完全在于在纯粹的爱中沉思、凝视和忠于神，品尝、享受爱的美味以及融化在爱中，并且总是不断重新开始这一过程。因为每当我们在纯粹的见中被提升到理性和我们的全部活动之上，我主的圣灵就对我们做了工。在那里，我们也经历了神的做工的过程，并在神圣的光明中得到启示，正如空气被阳光所照亮，铁被火的力和热所穿透。所以，按照神圣三位一体的形象，我们被改变和改造，从辉煌走向辉煌。因为凭借神之慈恩的被创造的光，我们被提升和被启示，能够在作为神本身的非被造的光中沉思。因此我们是在内部被诞生出来，并且通过爱而在我们的永恒的形象即神中得到反映。在那里，神发现了我们，并在圣子中爱我们，而圣子发现我们并在圣父的自我同一的爱中爱我们。圣父，以及还有圣子，在圣灵的合一中拥抱我们，而通过圣子从圣父的永恒诞生，以及圣灵从这二者的涌动，一种受到祝福的欢乐永恒不停地更新自己的知识和爱。

假如知识和爱泯灭于神中，那么，圣子的永恒诞生和圣灵的涌流，以及还有三位一体，也同样会泯灭；那样，将既不会有神，也不会有任何造物。这是完全不可能的，纯粹是一种不可理喻的愚蠢。因为神在天上和地下做的最低级和最高级的事就是所有事物的排列和分别。即使我们全都在神的同一个爱中，同一个胸怀中，同一个欢乐中汇聚在一起，然而每个人还是有他自己的生命，以及他自己的恩典和美德的程度；每个人都按照他自己的尊严，以及按照他在美德上与神的相似性，从神接受恩典和赠礼。因此，每个人都按照他对神的饥饿、焦渴和热望而在更大程度上或在较小程度上向神奉献并忠于神。也正是按照同样的程度，他体会、品尝和享受神。因为神是一种共有食物，是一种共有的善，每个人都按照他的生命的高贵程度、他的欲望的高贵程度，以及他的精神健康的高贵程度,加以品尝。正如在天上的群星中,每一个星星的亮度、高度、大小、还有它们对地球上的万物的积极影响,都各不相同一样,在所有爱神的人中间也存在一种分别,每个人的理解的清晰程度,生命的高贵程度,爱的伟大程度,以及从它们流出的工作的力量的程度,都是不一样的。

你肯定注意过,夏天到来的时候,当两股强烈的相反的风在空中互相磨砺激荡,在地面上就听到雷声,看到闪电,冰雹或雨水就落到人们头上,有时还有飓风和瘟疫。在一种咆哮和急切之爱中你可以看到同样的景象:人的精神被提高到与我主的精神的合一中,每一种精神都带着爱意接触对方,每一种精神都向另一种精神发出邀请,献上他的全部存在和他所能做的一切。理性因此就被照亮了,变得清晰了,并且想要不计代价地了解爱是什么,那种在他的精神中运动和涌现的感动是什么。情感的官能试图体验和完全品尝所有被照亮的理性可能了解的一切,从此一种爱和巨大躁动的风暴就进入了精神。然而,爱着的精神,清楚地知道,它获得的越多,它缺少的就越多。但是在其中燃烧和涌起的跳跃的爱的风暴和急躁却不能被平息。每一次新的接触都产生了新的爱的风暴。这些风暴就像雷电一样产生爱火,像烧红的金属进出火星,像闪电降下的天火。这道闪电降落到感官能力之上,所有在人身上活的东西都希望能够上升到爱的接触在其中发生的合一中。在这一接触中,感官能力既不能活动也不能静止,它们退回到自身。但是,即使它们退回到自身中,它们也还是不能休息,因为凡是有精神风暴和飓风汹涌的地方,就必然存在着上下往复。因此,它们必须进进出出,来来往往。

先知以利亚看到了所有这些,他说:"他们像划破夜空的闪电一样去而复返。"关于他所看到的四种动物出去和回来的相似性代表了一种有四种方式的精神生活,在这种精神生活中全部爱和全部美德得到练习。

第一种方式是精神的强力；它消灭和征服反对神和美德的一切。因此，它具有一张狮子的脸，而狮子是各种野生动物的王。一种精神生活中的第二种方式是一颗敞开的、慷慨的、总是准备去做荣耀神的任何事情的心灵。这种方式献给神以灵魂和身体，心灵和感官，以及进行消灭和征服的强力，并带着敬畏的奉献之情毫无保留地使用这种强力。因此，它具有一个公牛的脸，而按照犹太律法，为了赞美神，公牛被献给神和被完全用光。一种精神生活的第三种方式是聪明地进行区分，在永恒的真理面前通过聪明的自由裁断安排所有事物，无论是行动还是疏忽，是给与还是接受，是外还是内。因此，这种方式具有一个人的面孔，而人是一个理性的动物。第四种方式是正确的意向和对神的爱。这种方式可以比之为鹰，因为鹰只有很少的肌肉，却有很多的羽毛。同样，在那将心目和爱固定于神之人看来，血肉之躯和一切终将消亡的东西都是不重要的。但是，他有很多羽毛，也就是说，他可以凌空翱翔，飞向神。正如鹰高飞于众鸟之上，对于人们所爱和关注之人来说，意向和爱也呼啸于所有美德之上。鹰还有敏锐、明察秋毫的视力，可以毫不退缩地凝视明亮的太阳。一个以神为关注和爱的中心的人也是这样；他毫不退缩地凝视永恒太阳的光线，因为他爱神，爱所有丰富灵魂、可以将灵魂引导到神的一切美德。因此，他总是公正的，他飞向他所爱的地方，又总是回落到他锻炼自己的美德和善工的地方。他的生命和他的营养在于上升和下降的运动。鹰也是这样。在他最高的飞行中，他看到作为他借以维持生命的海里的小鱼。因此他飞腾和俯冲，在这双重运动中他得到了食物和营养。因此，你有四种动物的形象，它们代表了神进行统治和所有美德在其中得到练习的四种方式。

如果你希望以更大的内心热情练习这四种方式，你将在你的爱的能力的深处,体验到圣灵的感动,因为圣灵是一个永恒甜蜜之水汩汩涌流的活泉。在你的理解力的能力中,你将体验到我主基督耶稣的永恒太阳的耀眼的光芒和神圣的真理。天父将清理你的记忆,使其不再具有形象,并将催促你,吸引你,邀请你走向他的高贵的合一。看,神为爱的灵魂开启的通往他的宝库的三扇门。灵魂打开她的所有官能,将自己的存在完整献于他之前,并完整接受神之存在。但是对灵魂来说,这是不可能的,因为她给出和接受的越多,她就越是渴望给出和接受。她既不能完整地给出她自己,也不能完整地接受神。因为灵魂接受的一切,与灵魂仍然没有接受的一切相比,总是微不足道的,被灵魂体验为一无所有的。因此,灵魂变得动荡,陷入爱的冲动的急躁和暴烈中,因为她既不能没有神又不能拥有神,既不能探测他的深度也不能到达他的顶点,既不能拥抱神又不能放弃神。这就是我前面说过的狂乱和精神磨难。从双方的爱所生发出来的重重风暴和运动是任何语言都无法表达的。因为有时爱使人心发热,有时发冷;有时羞怯有时大胆;有时愉快有时忧伤。爱使人无限地恐惧、希望、绝望、哭泣、抱怨、歌唱、赞美,等等,等等:那些生活在爱的冲动中的人会经历这一切。但是,这却是人按照对他适合的方式所能过的最内在的和最有益的生活。

另一方面,当人的方式因为缺陷不能上升到更高的地方的时候,神的方式就开始了。也就是说,当人忠于神,专注于神,爱神,无尽渴望神,但却仍然不能达到与神合一时,我主的灵就会像一团烈火一样到来,在他自己内部燃烧、融化和吞噬一切,这时人就会忘记他自己,忘记所有修行,觉得他自己仿佛与神处于同一个精神和同一个爱中。这时,感官和所有官能都无声无息,安静而平和。因为神之善和富有的泉已经淹没了一切:每一个人都接受到了比他所渴望的更多的东西。这是第一种神圣方式,这种方式提高人的精神，使之进入到自己之中。第二种神圣方式属于圣子，在这种方式中，神将理解力提高到理性之上，提高到考虑和区分之上。纯粹的理解力被神圣的光所照亮和渗透，这样就可以在神圣的光中以简单的视力凝视和沉思神圣的光芒，永恒的真理及其自性。由此产生了我们归之于天父的第三种方式；在这种方式中，神从记忆中除去形式和形象，将纯粹的心智提高到其起源中，也就是提高到神自身中。在那里，人在他的开端中得到确立，与他的开端也就是神合二为一。人被赐予了力量和自由，以便他带着全部美德外在和内在地做工。他在与理性一致的所有修行中接受知识和区分；他还学会如何经历和允许神对他的内部做工，以及经历和允许你刚才所听到的神圣方式所造成的理性的改变。

在所有神圣方式之外，以同样无方式的洞见，他将会认识到作为一种无方存在的神的无方式的本质，因为它既不能用语言也不能用行动来证明，既不能用形式，也不能用符号或外表来证明。但它对无形象心智的洞见启示自己。我们也可以暂时罗列符号和外表，为的是使人最终能够看到神的国。请这样想象：你好像看到无比巨大的熊熊烈火，其中所有事物都在平静的、灼热的和不动的火中融化了。应该这样看平静的、根本的爱，这种爱是对于神和所有圣徒的一种欢乐，它超越了一切方式，并且超越了一切活动和美德修行。这是丰富和欢乐的一种平静的无底的河流，其中所有圣徒与神一起都被卷入了一种静止的欢乐中。这种欢乐的漫游是狂野和消耗性的，因为没有方式，没有踪迹，没有道路，没有住地，没有尺度，没有结束，没有开始，也没有可以付诸语言或证明的任何东西。这是我们全体的一种单纯的极乐之境，是神圣的本质和超越的本质，超越理性，无需理性。如果我们要如此经历，则我们的精神必须被转移到同一种本质中，超越于我们的被创造状态之上，进入永恒之点，在那里我们的各线条开始同时终结,在那里它们丧失了它们的名字和所有分别,与那点以及那点本身所是的自我同一成为一体。然而,就它们自身来说,它们仍然总是汇聚的线条。这样,你看,我们将总是一直是我们在我们的被造本质上所是的东西;然而,当我们失去我们自己特有的精神,我们就会进入我们的超越本质。在那里,我们将会在一种没有返回的永恒"失去"中变得更高,更深,更广阔,更远,非我们自己所能比。这就是先知以西结谈到四种动物时为我们所见证的,他看到他们去而不返。义人以及圣徒的处境也是这样,他们超越他们自己处于一种无形式的欢乐和休息中;在那里,不再有回顾或返回。这就是我们的第七道围墙,所有圣洁和福祉在其中都达到了顶点。在这里,我们将超越我们的受造性纯粹地和不动地一直居住下去。

然而,我们必须按照前面提过的四种方式,通过神圣修行走向外部和转回内心,有秩序地用我们的美德占据我们的所有围墙。在此存在着许多具体分别。每个人都根据神的赠礼和启示,以及根据他的爱和他的智慧的程度,而致力于他的神,致力于他自己,以及他的美德。这也就是说,每个人在他自己的内部,按照他的圣洁程度和受到祝福的程度,按照他的价值和尊严,而或多或少地思慕、渴望着神和所有美德。但是,最高本质的至福是我们超越我们自己之上在激动情绪中与之同一的神自身;这种至福对我们所有人来说都是共同的,它是无限充溢的和对我们的能力来说是不可理解的。每个人都各不相同地按照他自己的圣洁和有福程度,在他自己的内部在或大或小的程度上认识、爱和品尝这一点。这是存在于天使和圣徒中的秩序,神在永恒中已经预见到和命定了的天上和地上的秩序,将一直存在和永远存在的秩序。因此,我们要敞开心灵呼喊:

没有任何嘴巴的

强大的咽喉,
将我们引向你的深渊
并使我们认识你的爱,
因为虽然我们受了致命伤害
但当爱降临我们,我们却是强壮的

因此,你要检查自己,看是否你在自己身上经历这七道围墙,以及是否你已经用合适的美德装点了你的内心,为你的内心穿上了衣服。因为我担心,人们在宗教团体里和在修道院里却更习惯于渴望装饰他们的身体的外表而不是他们的内心。因此,我对你说,不要挑三拣四,而要对你穿什么宗教服装不在意才是。新也罢,旧也罢,无论是多么破烂或让人轻视,人们给你穿什么,你就满足于穿什么:只要可以为你的身体遮风挡雨,御寒保暖,就可以了。如果你希望守道和忠于神,那就不要口出怨言。因为一开始,那创立了宗教团体和教会的所有圣徒都选择了他们在他们所生活的行省所能找到的最粗糙和最破烂的衣服,没有经过任何染色的衣服。现在魔鬼和傲慢之人发明了各种新奇的玩意。本来的黑色被染成黑红;灰色被染成棕色的混合色:蓝、绿和红被混合在一起。他们不能对白色作假,所以只能让白色自行其是,保持原样。但是无论什么颜色,他们都希望使用他们所能够得到的最好的毛料,无论他们可能处于什么生活境况。在一开始,当衣服做好了,没有谁知道如何使其看起来时兴或足够漂亮地制作它,以取悦世俗和魔鬼。有人把它做的如此宽大,以至于用这一件衣服的料可以做出两或三件衣服来。有人把它做的如此瘦小,看上去就像是紧绷在他们的皮肤上,内衣截短到膝,在腹部系住,看上去就像一个傻瓜。有人做的太长,以至不得不将衣服卷起来,有人的衣服拖在身后的泥浆里。牢牢记住:因此,这并不是从一开始就规定下来的。正因为这个原因,使用羊毛,加以染色,精工裁剪,乃是反常,也就是说对宗教生活来说是不合适的。愿神将他的智慧送给那些这样做和穿衣服的人。除了现在在修道院里盛行的这种愚蠢,还有另一种装饰,人们还用银,特殊的闪光的饰品,以及悬挂在上面的装饰,来装饰皮带,这样女士,修女们走起来就会叮当作响,就像带铃铛的母鸡。僧侣们则武装自己,佩戴长剑,好像他们是骑士;但是,面对魔鬼,俗世,以及他们自己的邪恶的、不洁的快乐和欲望,他们却手无寸铁,并因此经常被征服。有些如此打扮外出的女士或修女更渴望取悦于世俗而不是神;他们的外出就是一副毒药一种永恒的毒液,让魔鬼欢喜万分,他可以和这些人一起在地狱的恶臭的牢房里永恒地喝这些东西了。现在请看:在教的女士必须用长榻,椅垫,精美的床单和床垫装点他们的居室,就好像她们是俗人一样。关于这一点,你应该意识到圣徒们在教会最开始时所确立的生活,那种那些人现在正在摧毁的生活。孩子们现在走进修道院,他们看到的却是这样坏的榜样。因此,宗教的圣洁生活一天天败坏下去了。

我所以写信给你,告诉你一天应该怎样度过,就是这个原因;你也应该以同样的方式度过你的所有日子。每天都从内在的方面和外在的方面检查你自己,比如说是否挣到了你每天的面包,因为你既不能误导也不能欺骗神的智慧。神的公义将在你生命的尽头所处的生命状态下公义地裁判你,所以我劝你:

仔细查看自己,小心,警惕。

时间匆匆;死亡如风。

当最后时刻来临,

肉体死去,灵魂仍存,

你将接受神给你的工作的报酬。

无路可以回程。

每天晚上入睡之前,如果条件允许,你就应该通读三本小书,并且应该一直随身携带这三本小书。第一本小书破旧，难看，脏兮兮的，用黑墨水写成。第二本小书是白色的，看上去是可爱的，用红色的血写成。第三本书是是蓝和绿色的，完全用纯金写成。

首先，通读你的那本旧书，也就是你过去的生活。因为无论你自己的过去生活，还是全部人类的过去的生活，都是有罪的和不完善的。为此，你要返回自身，打开你的良知之书，这本书将要摊开在神和整个世界面前，被神所裁判。因此，你现在就要检查、测试和审查你自己，以便你在那时不会受到责罚。你应该查看你的良知，看看自己是如何生活的，以及自己究竟都做了些什么：语言，行动，欲望，反思，思考；放荡，虚假的恐惧和虚假希望，虚假欢喜和虚假悲伤；不稳定和缺乏自我禁欲；口是心非和伪善；放荡的行为或疏忽；追随外在感官，以及顺从内心的感性；享乐和舒适；所有非理性地和与慈善相反地做过的一切事情；违反诫命，违反劝告，或违反神的最高意志。诸如此类的事情是如此数不胜数，以至于除了神没有人能知道它们。它们玷污，扭曲，弄脏灵魂的面容，因为它们是用黑墨水写成的，也就是说，在混乱的世俗本能的驱使下用肉体的情欲写成的。因此，你要对你自己感到不悦，你要与众人一起匍匐在你的天父和他的永恒仁慈面前，学先知那样说："主，我是有罪的。请宽恕我，一个可怜的罪人。主，赐我以泪水和真心的悔悟，让我在最终站在你面前之前，从我的灵魂的脸上洗去罪的痕迹。主，赐我以你的恩典和喜爱，让我可以用它们来装点和美化我的面容，这样我就能够取悦于你。主，赐我以意志和热情，这样我就能不断更新自己，永远服侍你和赞美你。"如果你希望获得这种赐予，那么，你要一直躺在地上，捶打你的胸膛，哭泣，呼喊；不要张开你的眼睛，而要轻视和消灭你自己，让你自己变得谦卑，要求神怜悯于你。在神回答你，对你的心灵说出真正的安宁和真正的欢喜之前，不要停下来。最后，神就会解除你的焦虑和恐惧,怀疑和害怕,以及你身上让神不悦的一切,他将给你以信念,希望,和确信:神会给你在时间中和在永恒中所需要的一切。然后,你就会渴望为神而生活,至死都忠于神。现在你可以放下你的这本旧书了。

现在,请带着感激和赞美坐起来,用双膝跪倒。从你的记忆中,找出用红字写成的白书,也就是我主耶稣的纯洁生活。他的灵魂是纯洁的,满是神恩,爱的烈焰火红;他的身体是一种光辉灿烂的白色,比太阳还要明亮,一切都被他宝贵的鲜血镶上了边和沐浴在他宝贵的鲜血中,他的鲜血就是一些红字母,是神的公义之爱的符号和文件。而他身上的五处大伤口,则是这本书每章开头的大写字母。你要极大的激情阅读写在他那可敬的身体上的字母。但是,关于活在神的灵魂中的爱,你应该带着内心的热情去回忆。关闭虚假的世界,从虚假的世界中逃出,因为神已经张开了他的臂膀,愿意接纳和拥抱你。你要在他的伤口的山洞里住下来,正如鸽子在悬崖洞中住下来。将你的口放在神敞开的伤口上;呼吸和品尝从神的心灵流出的神圣的甜美。想一想,你的捍卫者如何为你殊死战斗,最后战胜你的敌人;他如何通过他的死带来你的罪的死;他如何用他的血偿还你的债,购买和获得他的父的财产。他在你之前升起,为你打开大门,并为你准备了永恒荣耀之地。在此,你应该正当地感到高兴,将你的亲爱的主的爱和激情铭记于心,这样他就会活在你中,而你也活在他之中;这样俗世就会成为你的十字架和大悲伤。但是,你应该渴望死亡,追随你所爱戴的进入他的国。到这,白书就读完了。

然后,站起来,抬头仰望天空。向神开启你的心灵,进入用纯金写成的深绿之书,从而领略一种永恒的天堂的生活。天堂的生活是亮的,天蓝的,好像是蓝宝石。这种亮度是三重的,并且在亮度中显出一种绿色,从而以各种不同方式装饰了亮度。第一种天堂的亮度是可感知的。神用这种亮度充满和照亮了最高的天堂，正如整个世界都太阳的亮度充满和照亮一样。在这一天堂中，我们将与基督、众天使和众圣徒一起永恒生活和统治，无论在灵魂上还是在肉体上；每一身体都按照其价值的高贵性而闪闪发光。即使最不明亮的也比太阳要明亮七倍，是不能受到伤害的，比思想更迅捷，比空气更轻，比阳光更微妙。在天堂的亮度中和在发光的身体的亮度中，绿色清晰可见，就像我们通常所谓的碧玉。我们将会用我们的身体的眼睛看到绿色，即直到世界末日我们以无论什么可能方式曾经做过或将要做的所有善工：死亡，生活，牺牲，谦卑，纯洁，慷慨，仁慈，禁欲，警醒，祈祷，诵读，歌唱，各种苦修，以及还有无数的美德行为。看，这就是可爱的绿色，这种绿色将丰富那荣耀的身体，而每个人都会按照他努力、价值和尊严在或大或小的程度上获得这种绿色。第二种永恒生活的亮度是精神性的。这种亮度用知识和智慧充满和照亮了天上的所有理智之眼，使它们能够认出所有内在的美德；在这种亮度中，一种绿色的色调呈现出来，好像是一种被称为祖母绿的宝石，也就是一种绿色的翡翠，在有理智者的眼中显得比任何人们所能记起的东西都更美丽，更青翠，和更可爱。通过这种绿色，我们了解到美德的丰富，果实和所有特殊形式。这就是天国的最美丽和最可爱的色调。我们越是更切近地检查美德及其果实，我们挖掘的越深，它们在我们的眼中就越是显得可爱和美丽。它们就是这样被与人们所谓碧玉的宝石相提并论的：人们越是切磋琢磨它，它越是发出让人迷醉的光芒。因此，每个圣徒都像是翡翠，按照其各自的高贵性和价值，明亮而碧绿，美丽，优雅而光辉。正因为如此，神才对圣徒们用珍贵的碧玉的颜色显示天国的荣耀。第三种天堂的亮度是神圣，仅仅是作为神自身的永恒智慧和亮度，而不是其他任何东西。这种亮度包括和超越所有被造的亮度。与神的明亮智慧相比,天上和地上所有造物的知识都犹如夏日正午灿烂阳光下的烛光。因此,所有智力都必须屈服于神那种不可理解的亮度和真理。在神圣的亮度中,一抹绿色出现了,这种绿色是无比的,因为它是如此美丽,如此壮观,以至于所有视力凝视着它都会忘记自己,变得盲目,失去所有判断。因此,你的第三本书是一种有着三重亮度和绿色的天堂的生活:第一种是感官的,第二种是精神的,第三种则是神圣的。这本书完全是用纯金写成的,因为每次向内心神的爱的回转都是一首用金子写下的诗歌。我们的书的亮度乃是关于神、关于我们自己和关于美德的真正知识。美德的多重模式、分化形式和修行则组成了其中的绿的色调。但是内心的渴望,对于神的爱的追随和神圣的合一,乃是我们的天堂之书中用金子写成的永恒的诗歌。正是因为这个原因,在《启示录》中,我主将天堂生活比之为蓝色宝石,或比之为彩虹,因为二者都由许多色调组成。蓝宝石由黄色和红色,紫色和绿色,与金粉色混合而成。同样,彩虹也由许多色彩组成,正如圣徒的美德各种各样,千差万别,但却都与金粉色混合,也就是被对神的爱和与神合一所渗透。每一个爱着的人都带着他的明亮的、青翠的、可爱的和光辉的书站在神面前。因此,将你的心提高到所有天层之上,诵读这些书吧。他们全都充满了荣耀:由于他们的伟大的行动而表现出来的外在的荣耀;以及由于他们的多种美德方式和修行而具有的内在的精神上的荣耀;特别是,他们在一种爱的喜乐中被提升到神之中。如果你希望你的自我和所有事物在基督中死去,并与他一起在一种永恒的生命中复活,那么你就应该追求和品尝那些在上面的和永恒的东西。看护你的七道围墙,留意你的三本书,哪怕你并没有通读它们直到第三本书,因为荣耀是无限的,并且也是深不可测的,所以人们不能彻底看完,就像人们同样不能看透碧玉。啜饮,品尝和变得沉醉;俯身于你的要塞之上，在永恒的安宁中休息和睡眠。
　　那么，当你醒来，
　　你所爱的就会来到你面前。
　　还有那活在你心中的，
　　还有那你最熟悉的。

　　你要坚定侍奉神，
　　一直祈祷他的喜爱。
　　让你的容器里有燃油；
　　充分警醒和祈祷。
　　你的新郎很快就会到来。
　　要使自己在聪明的处女中被发现，
　　这样神，还有他的家庭，
　　就会接纳你。
　　在那里将有无尽的欢乐，
　　我们都能够经历的欢乐。
　　愿神降福我们。
　　阿门。

(田汉平　译)

永恒祝福之镜

　　这本书会是一面很好的镜子,人在其中准能读到上帝、诸美德和永生;所以就赋予它这样的书名:永恒祝福之镜。在其中映照自己的人是在践行着智慧。这是我们救主的荣耀圣名,众天使和圣徒们都以极大的尊敬来荣耀它,在永恒的祝福里,它以自己的力量触摸死人并使他复活,它流出爱的油膏并以自己的甜蜜使得众精灵失去他们自己的感觉能力:此时,它在永恒里就受到了赞美、尊敬和祝福。

　　我们救主里的至爱们,我毫不怀疑地希望和相信他在永恒里已经预见、召唤、拣选和爱着你们。不仅是你们,还包括所有在上帝的女修院里当着他的荣耀面容真心宣誓的人。他们都自愿和无伪地选择永远去事奉、赞美和爱他。而且这对他们来说是一个真实的见证和确切的征兆:上帝已经在永恒里预见、拣选和召唤他们,他以丰富的仁慈将他们和自己心爱的人一道带入女修院里。但是,如果你们还是新手的话,那么就请你们接受宗教情形并在爱里和真正的神圣里宣誓。以一颗自由的心灵无伪地抉择,然后你们就会感觉到自己已经被上帝在永恒之中拣选了。因为对他所拣选的至爱之人来说,他已经送来了自己的圣子,圣子在实质上与他是合一的,在本性上也是与我们合一的;而且他已为我们而活、教导我们并爱我们至死,他也已经把我们赎回,并把我们从自己的一切罪恶和敌人中解救出来。这就是他公平地为我们做下的事情,他也把自己的一切圣礼公平地赐予和留给我们。因此,如果你们想要在爱里做出抉择的话,就让它成为一个你们已经在永恒里得到拣选的标记吧!结果,你们就在这事上相信他并且真心地信赖他,他已经在食物和饮料里把自己的肉和血给与和留给你们了,通过品尝他穿越了你们的本性。而且那种品尝会喂养和滋润你们直到永生。因为他想要在你们里面生活和居住;他自己也想要成为你们的生命、神人以及你们的一切所有,如果你们想要一起成为他的所有,并像天堂里的神性之人一样生活和居住在他里面。这是永恒之爱的命令和方式,即你们是他的,不再属于自己了;你们也是为他而活,不再是为自己而活了。因此,他也就为你们而活并在永恒里保存你们。因此之故,你们就为了他的永恒荣誉而生活、赞美、打算、爱和事奉,不是为了回报、舒适、品味和慰藉,也不是为了由它而临到你们头上的任何事物。因为真正的爱并不寻求属她所有的一切;因此她就拥有上帝和一切事物,因为她以恩典胜过了自然。所以就请把你所是、所有和所能的一切都交给基督——你的新郎吧,并且怀着一颗大度而又自由的心灵来做这事;然后,他将会交还给你他所是和所能的一切:你也许从未看到过那么快乐的日子。因为他将为你展示他的荣耀般的亲爱心灵和他灵魂的最深处,它们都充满了荣耀、恩典、快乐和信实。在那里你会变得喜悦,并在衷心的爱里成长和增大。在他身上的公开伤口会是你们近入永生的门槛,也会是你们通向他自身就是的活生生的天堂。你们在那里将会品尝到永生的果实,那是在十字架的木头上为我们增加的果实;我们在亚当的骄傲里所失去的,现在在我们的救主耶稣基督的谦卑之死里获得了,他是我们活生生的天堂;因为在他里面和从他那里流出了永恒健康的喷泉。从他的伤口里流出了治愈一切痛苦的香液和药品;它的香味是如此强烈,以致它驱散了魔鬼的一切大毒蛇,唤醒了在罪里死去的那些人,并赐予恩典和永生。在我们救主耶稣基督的最内在的(存在)里滥觞着蜂蜜般的洪水,超过了人所能想象到一切味道和甜蜜。如果你进入到这里面,品尝和感知他,你将轻易地胜过世界、你们自己和所有事物。因为他将给你出示通向他天父的爱的途径,这是他亲自走过和他自身就是的途径。在它里面他将向你显示自己的人性是怎样配奉献给他的天父的。他以自己所经历到的一切给与你这种人性,为的是你可以放心地携着它来到法庭前,面对他在天上的父。因为他已经实现了和平,我们也是自由的人了。因此你要怀着一颗谦卑和慷慨的心,把你的牺牲赠送和给与基督,以作为你被救赎和赎回所付出的珍宝。而他会与你一道去他天上的父那里,以作为他死去而获得的至爱果实。天父将会在亲爱的拥抱里接纳你们和自己的圣子。注意,一切罪恶都得到了宽恕,一切债务都得到了偿付,所有的美德都得以完成,爱里拥有爱者和被爱者。在这种拥有里,你会发现并感知到自己正生活在爱里,也深爱着你自己。这就是真正神圣的起源。因为除了通过圣子以及它的受难和死亡,以及那些实行在爱里的人,没有人能走到天父那里去。那些想要往上爬和走到别的地方的人受骗了,他们是窃贼和谋杀者:他们全都要进入地狱之火。但是,如果圣子已经以自身和自己的死把你交付给他的天父,那么你就被拥抱在爱里;爱是作为一种抵押品给与你们的,藉此你就被赎回来事奉上帝,爱也是作为一种权证,藉此你就已经成为了上帝之国的后嗣;上帝不可能赎回他的抵押品,因为那种抵押品就是上帝自身和他所能做的一切。就把这种抵押品和权证看作是圣灵吧:那是你新娘的珍宝和嫁妆,藉此,你的新郎基督已经使你成为了他天父国度里的后嗣。所以要以极大的热忱来注意,在与你的至爱新郎耶稣的爱的合一里,你掌握和拥有了你的抵押品和嫁妆。因为在爱的合一里,他们总是得到重生,活着是为了上帝的荣誉而事奉。那些人有三群,其中囊括了所有事奉上帝的依赖者。

第一群人是那些在善良意志上具有美德的人们,他们总是克服了罪恶并为它而死。第二群人是那些在内心深处富有和生活的人们,他们达到了诸美德的高度。第三群人是那些升华和被照亮了的人们,他们总是在爱里死去,并在与上帝的合一里归于空无。这是三种状态和境界,在其中所有神圣的途径都得到了践行。而当这三种状态一起汇入一个位格的时候,他就依据上帝最亲爱的意志而生活了。现在以他们之间的差异来观察这些状态和生命;我要显示他们并向你解释,以便你可以更好地了解自己,而不是认为自己比本来的样子更好和神圣。

第 一 群 人

最先和最低的生活由上帝而诞生,由圣灵给与和催促,它被称为是一种德行的生活,在罪恶里面死去,在美德上增长。那种生活就像这样开始。

圣灵在人心里显示他的恩典:如果当时人想要接受上帝的恩典,他就向上帝开放自己的心灵和意志,以快乐的心情接受上帝的恩典和在人心内里的工作。而且,对上帝的情感就立即超过和克服了对一切受造物的混乱情感,但并不是说超过和克服了所有混乱的意向或者本性里的渴望。因为圣洁的生活是人必须通过斗争来捍卫的一种骑士身份。因此,如果你想要开始过一种好的生活并且永远呆在里面,那么你就必须真心无伪地希求和热爱上帝,超过一切事物之上。意愿总是会把你领到你喜欢去的地方去;藉着爱你就会去践行、拥抱和拥有你所爱的一切。在爱里你将为你的整个生活奠定基础,并且一直高高兴兴地与你所爱的人保持亲密的关系;结果,你就会在每一次向内转折里品味和感觉到上帝的仁慈,你也将完全出于上帝的永恒荣誉而爱他,以便你可以爱到永久。这是神圣生活的根基,真正的爱是不可摧毁的,你将一直在遗忘和否定自己的活动中践行它。所以,注意要超越于一切事情之上,不要在爱里寻求你自己的益处:不求美味,也不求慰藉,更不求上帝会为你的舒适而在时间或永恒里给与你的任何事物;因为那就与上帝的仁爱相忤逆,那是使真爱凋谢的自然秩序,那也是对于懦弱和愚蠢的人们来说很难克服的弱点,他们认为自己比别人聪明,总是为了自己的利益而折腰。然而,你应该知道:无需你的行动,爱会给与你所能期求的一切,甚至除此之外更多的东西。因为如果你有真实的神性之爱,那么你会拥有你能期望到的一切。那不过是经常和永远地去爱上帝而已,永远不要停顿。所以你将在自己的一切事情上死去,爱会成为你的整个生命。因为爱超越了你的理解能力,它是我们救主的圣灵。在那里,你们将被高举并栖止和居住在与上帝的合一里,这远远超出了你们理性的理解能力。但是,在你们里面的爱是上帝的恩典和你们自己的善良意志。在那里,你们变得富有,充满了一切美德,上帝也因此携着自己的恩典和恩赐生活并居住在你们中间,你们在那里也总是会更多地被他悦纳。而且,上帝和你们之间的爱是一种神圣渴望,它携着感恩、赞美和一切爱的践行,在上帝的荣誉里向上爬升。通过圣灵、善良意志和你们内心情感的激活,那种爱及其践行总会得到更新。那种在你们之下的爱是一种仁爱的流溢,它以仁慈的工作,用你们的基督徒伙伴所需要和你们所知道的每一种方式流向他。在这种爱里,在遵守上帝的诫命和圣教会的训示之后,你们将会保持自己的良好习性就规则,具有良好的品行和善功,并享有外面的一切宁静。如果你们拥有爱的知识并通过这四种途径去践行爱,那么你们就管理好了自己,你们也因此能够胜过这个世界,更多地向罪恶死去并实行这一种美德的生活。所以,请抛弃一切幻想,控制住你们自己并掌握住你们的灵魂:于是,无论你们在何时希求,都能够将自己的眼睛和心灵提升到你们财富和至爱之人所在的天堂里,你们也因此可以与他成为同一个生命。请不要让上帝的恩典在你们里面闲着,而要使你们献身于正确的情感,抬头赞美上帝,低头实行一切美德和善功。请不要挂念所有外在的工作并让心灵保持虚空状态,为的是一旦你们有所希求,你们就能看到你们在一切之中和一切之上热爱着的那一位。这对那些爱者来说是很容易做到的事情,因为在至爱者所在的地方里,有着(他们)的目光,在人的财宝所藏的地方里,有着他的心灵在诉说着他就是我们的救主。因此,怀着巨大的热忱和衷心的情感,你们将会在我们救主的面前践行爱。因为那是上帝的劝诫,也是你们一生中将践行和首选的最美好的部分。尽管这是最高级和最美好的部分,你们仍然得要保守你们的秩序和规则,保持良好的品行和习惯,坚持一切善功和外在的践行。这是上帝要求你们和所有人在神圣生活里要具备的最低和最少的部分;那也是通过他的诫命和正义,你们所应感谢他的东西。这样的话,你们将会毫无顾虑,无需内心的操劳,总是在上帝的眼前践行和培养。因为外在的工作在圣经里得到高度赞扬,但是顾虑却是可耻的。

而且,当你们阅读、歌唱或祷告的时候,如果你们能够理解这些话语,那么就遵守这些话语的意义和含义,因为你是在上帝的面前来遵守。如果你们不能够理解这些话语,或者你们被高举到一个更高的状态里,那么就请呆在那里并尽可能地瞥一瞥上帝一眼,总要留心和热爱上帝的荣誉。如果在你们工作和践行的时间里,心里生起了生疏的思想和形象,无论它们是什么,对付的办法都是一样的:当你们注意到这一点的时候,你们自己要保持清醒,不要害怕,因为我们是不牢固的,但是你们要有意识地迅速转回头来,并去热爱上帝。因为即使魔王向你们出示了他的商品和陶器,如果你们没有购买的心情的话,它也不会与你们呆在一起。因此,如果你们想要轻易克敌制胜,那么就请选择一个被高举的心灵,转向内心以便你们可以在内里践行爱,而不只是在外在善功里践行爱。即使你们拥有内心实践的知识并且转向上帝,如果你们的本性根据舒适和感官快乐的意愿,倾向于在外里谈论和聆听,如果你们根据本性的满意来跟从它,你们就将在爱里和诸美德上变少和平静下来;所以你们就将背离上帝的恩典,上帝也将会蔑视你们并把你们抛弃,你们就会变得比任何一个从未经历过上帝的世俗之人更糟糕。但是,如果你们要奋力与本性的满足和欲乐抗争的话,你们肯定会克敌制胜,恩典、爱和上帝的赞美会日渐增加和丰盈。

而且,一个单纯而又未受教育的人宁愿根据上帝最亲爱的意志而生活,他将怀着谦卑的心渴望并祈求上帝,求上帝会给他智慧的灵,使他按照上帝的喜悦和亲爱的意志来生活。然后他就能够具有知识和智慧,不会变得傲慢和自大,上帝肯定会把它给与他。如果这不是事实的话,就让他根据自己的理智保持在自己的单纯里并天真无邪地事奉上帝;那对他来说是最好的选择。

而且,如果你们必须要和任何一个人说话,他要么是虔诚的信徒,要么是俗人,你们的话语和方法要周到、有所保留和前后一致,这样就没有人被你们伤害。你们应该经常保持沉默,多听少说。在言语、工作和你们所做未做的一切事情上,要保持公正、信实和真心无伪;也总要上帝的眼前向内里前行。如果通过争论,在你们和上帝间产生了样式和障碍物,你们也认识和感觉到了这一点,你们就应该感到羞耻,在上帝的面前,要迅速地以纯一的沉思再次转向内里。无论何时,当你们有所需要的时候,只要你们克制住自己并转向内里,你们将会保持平静,不用生活在对致死的罪恶的恐惧里。因此,我要劝告你们逃避和离开内心的顾虑和操劳,以及逃避和离开人们的不可靠性和多样性,特别是逃避和离开那些尘世之中毫无经验的人们的不可靠性和多样性。对你们来说,寻找和渴求一种诚实和转向内心的生活,并在转向内里和用理智的眼睛向内察看之前践行它,这就和转向外里并用肉眼向外察看一般容易和简单。如果万一在你们或者你们的基督徒伙伴有需要的时候,你们必须使用自己的五官,小心提防你们的耳朵和眼睛,不要以满意、欲乐或情感的方式来对待任何事物,以免你们的内心承载太多的形象,变成了你们和上帝之间的障碍物。因为狂乱的快乐和情感会抓住你们,以致你们恐怕会失去了自我控制,并失去转向内心直至上帝的自由,你们的一切幸福都有赖于此。行动上仅关注食品、饮料以及身体所需的一切,以便你们不是根据肉体的需要和自然的欲求而生活;因为如果你们在自己或任何受造物里寻求满足和快乐的话,你们就背离了正道,不可能会为上帝而活,向罪恶而死。

而且,如果在你们睡觉时的梦里,或者在你们清醒时的所视、所闻和所思里,有不纯洁的形象浮现在你们的脑海里,或者它们是被魔王引介的缘故,以致你们受到驱使,倾向于不洁的爱好和自然的欲望,那么就请把十字架的标记置于你们内心之上,向玛丽大声欢呼,并且祈求上帝宽恕你们。要渴求众圣徒和一切善良人民的帮助和祈祷。要把这样的图景展现在眼前:失去了上帝的荣耀,收获了地狱的痛苦,惹恼了上帝并且与他及其所有的爱者相分离。你们对此会有所惧怕,并勇敢地奋斗和坚信我们救主的死亡以及他的帮助和恩典,他不会抛弃你们不管,但是你们肯定会得胜,并且会在恩典和更多的美德里得到增长。

当你们在牧师面前开始告白的时候,你们没有必要讲述梦里或者想象中出现的一切事物,因为那有时是不恰当的,并且会混淆言谈和听闻;而且,一场梦和一个突如其来的观念并不是罪恶,因为没有任何人能都抵御它,它也不是由我们引起的。但是快乐和满足是从那里产生的,这都是可宽恕的罪恶。如果你们感觉到满足并有所认识、欣然与它同在而又丝毫不做抵抗,于是,罪恶就变得更加巨大。但是,如果你们通过思想不纯洁的形象来渴求满足和寻找它,罪恶就会变得更重。还有,如果人在和别人打交道时,在言谈或工作里,在征兆里,或者在任何方式中毫无戒备之心,人想要照此而行,那么人就会受到形象的攻击并且失去了自我控制。不贞洁的欲望和渴望就愈发在他里面增多,所以他的理性就变得盲目了,他对上帝的爱也枯萎了,尽管他没有在外在的工作里犯罪,他也坠入到一种禽兽般的生活里。无论是谁,只要他感知到那种情形,如果他想要和上帝和好的话,他就应该在上帝和牧师的面前,怀着一颗深感懊悔和谦卑的心灵来忏悔,他肯定会发现恩典。

此外,如果你们将感觉到你们本性中的怠惰、压抑和懊恼,感觉到你们活得没有滋味和快乐,也不追求灵性事物;感觉到穷困、悲惨、被弃和失去了上帝的所有安慰;感觉到内外的不一致,在任何实践活动里,都没有滋味和快乐,沉重得好像你们要坠入到大地底部;不用害怕,只要将你们自己交付给上帝手里,期望他的意志和荣誉得以实现。悲伤的黑暗乌云将很快散去,在比你们从前感受到的更多的慰藉和恩典里,我们救主耶稣基督的明丽阳光将照耀着你们。而这是在所有受难和压迫里,你们通过谦卑的交托来否定自己而活得的。因此,上帝的恩典将会充满和照亮你们整个的隐秘存在,然后你们就会感知到上帝爱你们,你们也蒙他悦纳。在那里,心灵和感官都会在你们里面感到高兴;你们的整个本性都会被神圣的慰藉所唤醒,你们能够感受到身体和灵魂里的康乐状态,你们血管里的所有血液都会变热并流遍你们的四肢。在对一种新生活的巨大渴望里,你们的心灵会向上帝的新礼物开放自己;在伴有感谢和赞美的奉献里,你们的欲望会像火焰的光芒一样上升到上帝那里。你们的心灵会降到对你们自己的蔑视和粗鄙的嘲弄中;理性会向你们揭示你们的罪恶和缺失的一切,以及你们的诸多过失。在那里,你们将会使自己不快乐,为自己感到忧伤,认为自己不配上帝的所有慰藉和荣誉,但是他做这一切是出于永恒的信实,出于他为你们而自愿准备的慷慨仁慈和怜悯。这将会使你们的欲望求在谢恩和赞美里变得更加炽热。

因此,如果你们有自知之明的话,你们将要始终降卑、轻蔑和嘲弄自己,又再次在崇拜上帝的巨大敬重里升起,他已经在你们的罪恶上宽恕了你们,他也已经使你们充满了他的慰藉和神圣恩赐礼物,因为就你们这方面来说是这是免费的,无须任何善功。所以,你们要渴望上升到上帝里,谦卑地降卑自己,你们也将一直会在两方面里得到增加和丰盈,上帝的恩典也将流入你们心里。纵观健康的本性,你们将会有时笑,有时哭,就像喝醉了的人一样。你们将会品尝和感觉到践行那种爱的人所经验到的许多杰出方式。因为快乐和情感将展现在你们心里,然后你们就会热爱上帝,感谢和赞扬他;在这一切上,你们将会是不足和失败的,因为与你们将渴求去做的一切和爱所要求你们的一切相比,以及与上帝配享的一切相比,你们所能做的一切就会显得渺小甚至一文不值。在这里,欲望会以一种觉察得到的悲哀治愈你们的心灵。那种悲哀总会再次产生伤害,并通过渴望上帝的爱的实践而得到更新,然后你们将会在爱里苦苦思念。有时,你们似乎会在心灵和感觉上显得破碎和失败的样子,你们的本性将在欲望的躁动不安中死去和腐烂,而且只要你还活着,这种躁动不安就不可能也不会消失。但是,当你们很少期望和想象它的时候,上帝就会把自己隐藏起来,将自己的手抽缩回来,他也会在你们和他之间安置一片黑暗,使你们不会看穿一切。然后你们就会抱怨、呜咽和哀嚎,像一个贫穷又被弃的不幸之人:"现在,贫穷人都留给了上帝。"先知如是说道。那么就让他拥有他所是的一切吧,在他的家里宁可遭到抛弃和嘲笑,而不是行走在骄傲的帐幕里。如果上帝已经从你们面前隐身而去,你们也仍然是向他敞开的。因为他活在你们里面,并把自己的明镜和形象交付和留给了你们,那就是他的儿子耶稣基督,也是你们的新郎;你们将在手上、眼前和心里来承受他。因为圣保罗这样说道:"上帝的儿子已经降卑自己,从天上来到世间,并取了奴仆的样式,因为他想要在这里服侍我们。"从伟大的谦卑里,他说尽了先知的话:"我只是一只蠕虫,不是一个人。"当他在三十三年的时间里亲切而又虔诚地事奉了他在天上的父和我们的时候,就迎来了他想要完成自己的服务的时机,为了他天父的荣誉和我们的缘故,他要在真实的爱里死去。在可怕的需求里,他被上帝、自己被拣选的朋友和整个世界抛弃了,没有对他自我里的低级部分的慰藉。从世间敌人那里,他接受了蔑视、嘲笑、耻辱、羞耻以及多种伤痛。他至死都顺服自己的天父,随意和亲切地忍受着魔鬼指导下、他的敌人们所能想象和设想的一切邪恶。他为我们和他们祈祷并赦免了(他们的)罪恶,他说道:"天父,就请宽恕他们吧,因为他们不知道自己所做的一切。"由于他的威望,也因为那些曾经为自己的罪恶而痛悔和忏悔的人们的缘故,他的话就被听受了。她从起初就非常了解他的心灵是被创造的,他必须为整个世界的罪恶而受难和死去。还有,当他要死的时候来临了,他的温柔本性就变得哀伤并害怕折磨,他向他天上的父祈求,如果有可能的话,他就应该从他面前取走盛满自己宝血的圣杯,以便他不用再喝它。他的话没有被听受,因为他的天父不会因此而宽恕(他),但是他会鞭策他并把他交付给了死亡。在本性的较高级部分里,他总是与他的天父成为同一个意志:即使他的本性里有哀伤和恐惧,他也是顺服的并胜过了自己感官的意志,他说道:"不是我的,而是你的意志做成一切。"我们在这里受到了教导:当我们为自己或者他人的罪恶而祈祷的时候,在我们的祷告被听受之前,我们不应该放弃和停止祈祷。但是,如果我们祈求或者渴望免除因为我们或者他人的罪恶而要承受的折磨或受难,在那里我们就应该否定自己并且在顺服里受难,即使那种受难要到死才会方休。

关于第二群人

因此,如果我们没有任何偏爱地生活在受难里,我们将总会得胜,永远不会失落。用这种方式来观察这一点。当基督交出自己并听任上帝的意志的时候,爱在那种交托里是如此的强大,在他的灵里是如此的热烈,恐惧在他的本性里也是如此的巨大,以致血腥的汗水从他的身上流淌到地上。在他的自愿交托里,他以自己的爱赎买我们去事奉他和自己的天父,以自己的受难和死亡为我们偿还了债务并赎回了它。就凭这一点,我们必然属于他,也必然会在天堂里受到祝福,或者必然在地狱里受到诅咒。天上的父从无里创造了我们:我们将有权属于他。上帝的儿子以自己的死救赎了我们:我们将有权向罪恶而死,事奉他并为他而活。天父和儿子与圣灵一道永远爱着我们并在爱里拥有我们:作为回报,我们就应该有权热爱他们。三个位格都是一个上帝、一个实体和本质。因此,我们就向他们提供了一种共同的服务:无论谁,只要服务了其中的一位,也就服务了其余的两位;无论谁,只要嘲笑了其中的一位,也就嘲笑了其余的两位。如今,基督在圣马太所记录下来的福音书里这样说道:"饥渴慕义的人有福了。"我们给与欠上帝的一切,这是公正的。当基督把自己的意志交托给他天父的意志时,他以之赎回了我们,并以自己死为我们偿还了债务。如果我们想要跟随他,就必须否定自己的意志并为他的意志而活。所以他的购买行为就在我们身上得到了证实。我们也必须控制住自己的感官,克服自己的本性,背负自己的十字架并跟随基督;所以我们也要偿还他为我们还清的债务。通过他的死亡和我们自愿的苦修,我们就与他联合在一起,变成了他的忠实仆人,并且属于他的国度。但是,我们自己的意志在他的意志里死去的地方里,他的意志会变成我们的意志,在那里,我们就是他的弟子和他所拣选的朋友。而且,在我们通过爱被高举的地方里,我们的心灵赤裸而立,毫无遮蔽,没有一个意象,因为它曾经为上帝所造,在那里,我们被上帝的圣灵所锻造,我们都是上帝的儿女。注意这些话语和他们的感觉,并因此而生活。当上帝的儿子基督为我们的缘故出于爱去受死时,他至死都把自己的生命交到了他的敌人手里。所以,他就是他的天父和整个世界的一个顺服的仆人。他也把自己的意志交托给了他的天父的意志。所以他铸造了最高的正义,教给我们一切真理。他在一种永恒祝福的快乐里高举起自己的灵,然后说道:"一切都达成了。天父啊,我把自己的灵荐送到您的手里。"先知大卫王代表了任何一个以这种方式跟从基督的善良人,他对这同一诗句做出了回应,他说道:"救主啊,真理的上帝,您已经把我救赎出来了。"因为我们不能够拯救自己。但是,如果我们以我先前表明的方式并尽我们所能做的一切来跟从基督,那么我们的工作就与他的工作合而为一,而且会通过他的恩典变得高贵。所以他不是通过我们的工作,而是通过自己的工作来救赎我们的；通过他的善功，他使我们获得了自由和救赎。但是，如果我们想要感受和拥有这种自由的话，那么他的圣灵就不得不在爱里使我们的灵燃烧起来，并使它坠入到他的恩典和自由仁慈的无底深渊里。我们的灵在那里就接受了洗礼，变成了自由的灵并与他的圣灵联合在一起。注意，在那里，我们意志的自我在上帝的意志里死去了，所以我们就不能也不会去做上帝意愿之外的事情。因为上帝的意志已经变成了我们的意志。这是真正仁爱的根基。

在我们由上帝的圣灵得到新生的地方，有着我们的自由意志，因为它与上帝的自由意志是同一个意志。那里也有着我们的灵，通过爱，它被升华和吸纳到与上帝同样的一个灵、意志和自由里。在这种神圣的自由里，人的灵被提升到高过他自己本性的爱里，它超越了折磨、劳作、悲伤、恐惧和顾虑，超越了对死亡、地狱和炼狱的惧怕，也超越了时间和永恒里面发生在身体和灵魂上的一切不幸。因为慰藉与忧伤，给与取，死与生，以及所有发生在快乐与悲痛中的一切都处于亲爱的自由之下，在这种自由里人的灵与上帝的圣灵是联合在一起的。注意，这些人在灵里是清贫的，他们没有保留丝毫属于自己的东西，因此他们受到了祝福，因为上帝的爱是他们的生命。因为他们的温柔和谦卑，他们甚至会得到更多的祝福。因此，无论本性受到了多大的压迫和麻烦，他们总是保持着心和灵里的平安。他们受到了第三次的祝福，因为他们为自己每天所犯下的过失哀叹，为它和众人的罪恶而哭泣，而依照上帝的高贵尊严，他是如此地不被承认、不被爱和不受尊敬。由此第四种至福就得到了增加，即上帝一种饥渴和永恒燃烧着的渴望——上帝应该受到天上和地上一切受造物的热爱和赞美。由此产生了第五种至福，即一种衷心、谦卑和慷慨的渴望——上帝应该让他的恩典和仁慈遍流天上和大地，以便他们会被他的恩赐充满并永远感谢和赞美他。由此产生了第六种受祝福的方式，即那些以一颗纯洁的心灵、不带任何意象地接受了上帝的恩典和恩赐礼物的人们，他们随后也笔直地站立在感激的赞美里：他们都是些沉思上帝的人们。从这种沉思，第七种幸福的方式随后就得到了增加，即一种亲爱的向着上帝和神圣平安的内转，依顺着心灵和感官、身体和灵魂，和着人的所有力量并与那些受到或者想要接受祝福的人们一道：这一切都是要执著和跟随向着上帝的内转和神圣平安的瞥见。那些再自己里面发现这种方式的人是受祝福的，他们是平安的缔造者：因为他们与上帝、自己和所有受造物平安相处；他们也因此被称为上帝的儿子。先知这样谈论他们道："你们是诸神和至高者的儿子。"但是，他接下来又立刻这样说道："你们将像人那样死去，像诸王子中的一个那样跪拜。"在此，你就懂得了使我们的幸福得以完成的最后一种方式。因为根据我们是上帝儿子所在的神圣平安来看，我们以同样的方式在我们的救主耶稣基督的力量里上升，所以我们也要与他一道在贫困、悲惨和诱惑里下降；在与我们的肉体、魔鬼和世界的斗争中下降；在斗争中，我们应该像贫穷人那样生活和死去，亲爱的上帝之子基督是超越一切受造物的王子，他也以同样的方式行事。是的，他已经降临，在贫穷、悲惨、饥饿、口渴、诱惑、嘲笑、斗争和需要里跪拜在所有罪人的脚下；在困惑、羞耻和所有压迫里他能够忍受内外的一切苦难。他像一头羔羊一样，顺服而又温柔地呆在这里。他像一个可怜的不幸者那样死去，为的是在将我们拯救到他的国度里。

然而，如果我们想要得到祝福并永远与他呆在一起，我们就必须保持在他的恩典中：那就是说，通过抵抗罪恶、诱惑和可能会在我们内里出现并与上帝荣誉相悖逆的罪恶意志和欲望，我们折磨并把自己的肉体和本性钉上了十字架，以便我们能一直作为自由的儿子，与我们的救主耶稣基督一道上升到他天上的父那里去，同时也作为他的忠实仆人，与他一道下降到受难、诱惑和一切压迫里。尽管我们拥有如此丰富的经验并操守在美德里，以致无论何时，只要我们希望，我们都能和基督一起转向内里，但是我们仍然还要承受迫害，因为只要我们还活在此世此地，我们就没有定力，思绪纷飞，意念乍生乍灭。因此，基督说道："为义受迫害的人是有福的，因为大国是他们的。"天上的国度就是基督以他的恩典活在我们里面。天上的国度是服从于力量的。在基督的力量里，他活在我们里面并为我们而奋争，我们就赢得并掌握了这个国度。如果人们诅咒、谴责和迫害我们，带着谎言，不公正地谈论我们的缺点，因为我们是事奉上帝的，所以我们在那日子里会很高兴，正如基督所说，因为在天上我们的报酬时丰富多样的。除了以合法的方式努力奋斗的人之外，没有人会被加冕。因此，在忧患和苦难里与基督同在，要比在享乐和福佑里没有他要好得多，因为他通过先知这样说道："在苦难里的人啊，因为他在我里面有着盼望，所以我将释放和保护他，因为他已经宣认了我的名，他大声向我呼叫，我会听受他的呼声；我与他在受难中同在。我将释放他，使他得荣耀。"在另外的地方里，同一个先知大卫王说道："主啊，你已经在那些给我们施加了忧患和苦难的人们面前为我们预备了桌台。"

那桌台就是上帝的祭坛，我们在那里接受到日用的食物，它使我们在一切苦难里活着并变得强大，使我们胜过自己的所有敌人和所有能伤害我们的一切。因此，基督亲自对每一个人这样说道："除非你们吃我的肉和饮我的血，否则我的生命就不再你们里面。"他进一步说道："吃我肉喝我血的人必有永生，因为他住在我里面，我也在他里面。"那种相互的住居就是永生。因为在灵性的斗争里，我们必须活在此世上，我们就需要食物来增强自己的体质,以便我们能在斗争里得胜,在得胜中斗争。那是属天的隐秘面包,只给与在斗争中得胜的那种人;没有人比品尝过和接受到它的人懂得更多。

现在请听听我的话语,注意它的意义和意图。在圣礼里,如果你们想要以一种荣耀上帝和自身蒙福的方式来接受我们救主的奥体,那么你们必须具备四点,上帝的母亲马利亚就曾具备这四点并在孕育我们救主的时候践行它们。因此,你们将要成为他的"徒弟(discipula)"和侍女,坐在她的脚前,这样她方可以通过自己的范例来教导你们该怎样生活;因为她是诸美德和神圣的最高主妇。马利亚拥有的你们也应该具有的第一点是纯洁。第二点是对上帝的真知识。第三点是谦卑。第四点是自觉的渴求。

那么现在就以你们的马利亚之镜来看看第一点即纯洁。从她受孕之初,她就没有一切的过失,也没有任何对过失的倾向,不论这些过失是可宽恕的还是致死的过失。因此,上帝的使者天使迦百列这样向他说道:"上帝祝福你,主与你同在,充满了恩典。"充满了恩典的一切就是纯洁。纯洁的一切总是充满了恩典。所以,如果你们想要充满恩典并接受救主,你们就必须和马利亚一样纯洁。那么就请当着你们良心的面检查和评价吧;你们在那里所发现的使上帝不悦的一切事物,请当着上帝和你们牧师的面为它哀叹和忏悔吧。你们所想到的一切要比最重大的重要,你们为此感到非常的苦恼和惭愧,不要忘记那一点,不要忘记了(忏悔它),而要像你们的致命敌人那样来控诉自己;结果,你们就将变得毫无污点和纯洁不染。在其他可以宽恕和共通的过失里,没有人能够防止自己避免过失,少谈论它们,也不要为此担忧。但是要为你们的所有罪过而做出沉痛的悔悟,在内心里品尝到罪的辛酸,并拥有善良的意志,总想尽善尽美,避免犯下一切可原谅和致死的罪过;在一切事情之上:要坚信和亲切地信赖上帝,因为那些是赦免罪过的事情,正如我们的救主在福音书里多处所说:"你们的信治愈了你们。"这就是第一点:为了接受我们的救主,你们要怎样和马利亚一样纯洁。但是在一切事情之上,你们应该避免以许多话语来做长时间的忏悔,因为那会吓坏你们,并使你们容易犯错和小心谨慎。因为如果你在没有必要的忏悔里说了许多话,就好比在可以原谅的罪过上一样,如果你想要以超过信赖上帝的行动来抚慰自己,你们将不会被上帝照亮和教导,结果你们就不可能认识到你们的过失在大小多少之上的差异。如果有些事情使你们忘记了自己习惯上按照惯例来忏悔,然而也没有必要为此担心,那么你们就会受到意象的攻击,感到压抑和伤心,就好比你们一直没有得到公开承认似的,甚至可能会比这还要严重得多;因为在你们的良心里,刚好应该是信仰、希望和上帝的爱,但却有了恐慌和惧怕以及对你们自己的自然之爱。如果你们想要纯洁并和马利亚呆在她的屋里,你们就应该对此有所防范。

从此之后,就要跟从第二点,除了良心上纯洁的人,没有任何人能够拥有它,那就是对上帝的真知识。马利亚超过了所有生活过了的人们,仅次于她那自身就是上帝智慧的儿子。不过,当天使把这条信息报告给马利亚的时候,她开始有些惊慌,反复思想这样的问安会是什么意思。于是,天使就说道:"马利亚,不要怕!你在神面前已经蒙恩了。你要怀孕生子,可以给他起名叫耶稣。他要为大,称为至高者的儿子,主(神就是天上的父)要把他祖(那是大卫的力量)大卫的位给他。他要做雅各家的王,直到永远,他的国也没有穷尽。"(路 1:30—33)然后马利亚对天使说:"我没有出嫁,怎么有这事呢?"(路 1:34)然后天使回答说:"圣灵要临到你身上,至高者的能力要荫庇你,因此所要生的圣者,必称为神的儿子。况且你的亲戚伊利莎白,在年老的时候也怀了男胎,就是那素来称为不生育的,现在有孕六个月了。因为出于神的话,

没有一句不带能力的。"(路1:35—37)

那时,马利亚听到了这些话语,也听明白了,于是他就受到了天使的教导,更多的还是受到了圣灵的教导。然后她说道:"我是主的使女。"(路1:38)当上帝将她提升到至高处时,她把自己置于最低处。是上帝的智慧告诉她那样做的。因为只有低微而非高位才能持存,由天堂坠下的天使们的堕落对此做出了很好的见证。因为,在整个世界上,难道不是基督比上帝的儿子要高,也比上帝的仆人要低的吗?在整个世界上,难道不是马利亚比上帝的母亲要高,也比上帝的使女要低的吗?

她也以极大的愿望将自己的意志交付给上帝的自由,并继续对天使说道:"情愿照你的话成就在我身上。"(路1:38)当圣灵听到这话的时候,那就使上帝的爱如此喜悦,以致于它将基督送入马利亚的室内,他救我们脱离了一切的痛苦。所以请注意,是马利亚和天使教导我们如何在自己的本性里接纳上帝的儿子。

你们还要进一步知道我们将怎样在圣礼、身体和灵魂里来接纳同一个上帝之子的。这是犹太人的律法用数字告诉我们的,基督徒的律法和圣经也告诉了我们。基督教的信仰把我们提升到本性和圣经之上,超越了一切疑虑,并使我们确信上帝的恩典。圣教会的圣传和实践也告诉我们,它们从神圣基督教创始之时就确立了,永远不会错误。许多事例也这样告诉我们,众圣徒也为我们作出了描述。

因此,关于这项圣礼,我想要告诉你有助于所有基督徒理解的五个要点。第一点将与我们的救主在圣礼里把自己给与门徒的时间有关。第二点将与圣礼的质料和形式相关。第三点将与他给出自己的方式和途径有关。第四点将与他隐蔽和藏身于圣礼中,而非公开地给出自己的原因有关,他采取了当时的样式,现在却在天堂里。第五点将与那些去参加圣礼的人们间的差异有关,他们中的有些人将进入永恒的拯救中,其余的将承受对自己的诅咒。

第一点

　　现在要了解我们圣礼举行的时间和喻象。当上帝通过摩西把以色列的子民领出埃及地的时候(那是在犹太历法四月里的第十四天,通常点是从三月开始,就是犹太人的第一个逾越节。),当时摩西代表上帝命令每一户的人们都要吃一只烤熟了的羔羊;并且应该把那只羔羊的血涂抹在每户的门柱和门楣上。通过那种做法,他们就避免了突然而至的死亡和一切痛苦。因为在同一个夜里,我们的主绝灭了全埃及的所有头生的人和畜牲。摩西带领我们救主的子民出了埃及地,经过红海进入荒漠,我们的救主在那里以天上的面包喂养它们四十年。因此,我们的圣礼就变得意味深长。犹太人的所有征兆和喻象都得以实现。我们的圣礼将保存到世界的末了,那时他们也会自行消亡;但是隐藏在那里面的真理是永生,它将保存到永恒之中。现在这样来理解。当一位伟大的君王或者一个聪明的领主想要在一个遥远的国家里去朝圣,他把自己的伙伴一起唤来,将自己的土地、人民、子女和属民都委托给他们,让他们平安地管理和保护这一切并等到他回到自己土地上的那一刻。同样地,作为上帝的永恒智慧、王中王、主中主的基督,在他完成了在这个被放逐的世界里的朝圣之后,想要到他父的土地上并在末日时复临并审判一切。所以,在他要死的日子之前,他制定了一场伟大的筵席,那是一次晚餐;他邀请了这个世上最高贵的王子即他的使徒们来赴宴;因为他想要想要把他的圣礼、子民和国度委付和遗留给他们。晚餐上备好了逾越节的羔羊(pascal lamb),他们根据犹太律法的方式共同分享了晚餐。这只逾越节的羔羊是我们圣礼的预象;藉此,从摩西带领犹太人出埃及地的时代起,已经存在了一千四百八十六年之久的喻象就得到了实现。在这次晚餐上,基督终结了犹太人的律法,因为这是它的最后一次逾越节,我们在这里开始有了自己的律法和第一个逾越节。他是无法测度的大能、明智、富裕和慷慨。尽管他在本性上受压抑,然而在灵里他是一位慷慨和快乐的主人,他也信任亲爱的客人即他的使徒们。因为他将要在明天死去并与他们分离,他想立下自己的约;他想把它留给自己的使徒们,并且通过他们传给末日前的一切信徒。他以自己的死牢固地封存这个约,和他之后的使徒们的做法一样。他所留给我们的这个约就是圣礼里的他自身,以及他所能完成的一切,他同时是神和人。因此这次晚餐是伟大的,因为它受到了祝福,是永恒的。由马利亚所生,天地之王的耶稣基督已经创立了这次晚餐,他也被他在天上的父选为基督教世界里的第一位主教。所以他也讲说了曾被提及的第一场弥撒,当时他任命了自己的牧师们并给自己的主教们祝圣,先知摩西以同样的方式完成了犹太律法中的第一次献祭,当时他祝圣和任命了亚伦及其儿子们作牧师和主教,给与了他们能力和权力来统治上帝的子民,一直到基督来临的时刻。因此,基督来临的时候,作为上帝和人,他已经为我们服务了三十三年,然后他废除了犹太人的律法,因为它只是个喻象;于是他就亲自成为了基督教律法的第一次献祭,因为他是第一位主教;他在那里给自己的牧师和主教祝圣,给与他们及其后继者自己的力量,为的在末日他复临审判的日子之前,他们将要统治自己的子民并使灵性事物秩序井然。他开启了我们晚祷弥撒的工作。

第二点:关于圣礼的质料和形式

麦基洗德(Melchisedech),亚伯拉罕时代里的最高祭司以同样的方式提供了面包和酒,作为我们圣礼里的一种正确形式和资料,所以在我们最高的祭司基督自己的献祭中,他用自己神圣而又庄严的手拿起了面包;他举目向上,看着他在天上的大能的父并感谢他,祝谢了面包并把它撕成碎片,他说道:"你们拿着吃,这是我的身体。"(太 26:26)随后,他以同样的方式,用自己神圣而庄严的手举起了盛有葡萄汁的杯子,再一次感谢他的父,祝谢了葡萄汁并把它给了自己的门徒,他说道:"你们都喝这个,因为这是我立约的血,为多人流出来,使罪得赦。"(太 26:27—28)注意,这样你们就有了我们圣礼的质料和形式。质料是面包和葡萄酒。形式是我们救主所说的话语,他在其中说道:"这是我的身体,这是我的血"。因为当他说"这是我的身体"的时候,他就把面包的实体转化成自己身体的实体;并不是面包化为了虚无;而是它的未成形式成为了我们救主的身体;并不是变成了一个新的身体,而是和那个坐在桌旁与自己的门徒同吃同喝的身体一样,在圣礼里,他们也在它们面前看到了他,因为他们坐在桌旁,用自己外在的眼睛来看他。那对他们来说是无比的喜悦。但是在圣礼里,他们用信仰的内在眼睛来看同一个身体,那会使他们更加喜悦。他们中的人不止一个向他问道:"夫子,这是怎么一回事?"因为他们相当了解:他从虚无中创造了天地及万物,在他需要的时候,他也能轻易地把一种物质转化成另一种物质;因为他能够在顷刻间使埃及地的水变成血,使罗德的妻子变成石头,使汹涌的水流从干燥的岩石中流出,还能做出许多记录在《旧约》和《新约》圣经里的其它奇迹;因为对他来说,一切皆有可能,一切都随其心意。现在就请注意到这一点。在他的献祭仪式上,(他)面前的面包,与祭司面前整个世界里的所有地方和祭坛上的面包具有同样的本质,它们都作为同样的质料一起进入到献祭仪式里,通过正确的意图和献祭仪式中的用语,它们都作为我们救主身体的单一实体进入圣礼之中。尽管主人们被尘世上的一切目标分开,但圣礼只有一个，我们救主活生生的身体是一个，在所有圣礼中未被分开。于是，你们应该相信（有关）葡萄酒变成我们救主的血液的献祭仪式，（他的血液）整个地盛在无论什么样的杯子里，而且盛在全世界的所有杯子里，不止是盛在一个杯子里；因为它不能被划分，即不能增加也不能减少。在质料和话语的方式上，在外表和含义上，尽管我们救主的身体和血液的献祭仪式被划分和区别：它们都要汇入同一个真理，都是一个圣礼和基督。因为我们救主活生生的身体在主人不能没有他自己的血液；盛在杯中的他的血液也不能离开它所赖以生存的他的身体。因此基督是不可划分的，在圣礼的每一部份里都是完整的。没有发酵的小麦面包，以及哪怕是一点水和葡萄酒都可以为我们的圣礼（所用）。这都向我们表明了基督在所有人当中是无辜、温顺和卑微的。他是已经死去并落到地上的高贵的小麦种子，为我们带来了许多果实，那就是：我们在基督教信仰里的所有生命。他也是他的天父种植在在我们的葡萄园里真葡萄树。他从伤口里为我们流出了香液和葡萄酒；高贵的香味和滋味成就了亲爱的醉饮。

第三点：基督在圣礼里给出自己的方式和途径

无论谁想要在爱里醉饮，他都应该注意、重视和钦佩基督已经在神圣圣礼中向我们揭示的两点爱；它们是如此的伟大和深邃，以致没有人能完全地掌握或理解它们。基督教导我们的第一点是他把自己的肉体当作食物，把他的血液当作饮料给与了我们。那么一个爱的奇迹是闻所未闻的。现在，爱的本质就总是：去与和取，去爱和被爱。这两点都存在于去践行爱的任何一个人里。基督的爱是贪婪和慷慨的：即使他给与了我们他的一切所有和所是，他也接受了我们的一切说有和所是。他所要求于我们的是我们无法去完成的。他的饥渴巨大无比：他把我们全都吃了，因为他是一个饕餮之徒,患上了易饿病:他吸光了我们骨头里的骨髓。然而,我们都自愿地把它给了他。我们越是多多地给与他,我们就会更好地品尝到他。不管他吃了我们多少东西,他都不会满足,因为他患上了易恶病,而且他的饥渴是巨大无边的。尽管我们都是穷人,他也没有注意到这一点,因为他不想为我们留下任何东西。首先他预备好了自己的食物,在爱里燃尽了我们的罪恶和过失。然后,当我们在爱里洁净和烤熟的时候,他就像秃鹰般的人一样把它一口吞下去。因为他想改变我们的罪恶生命,在他充满了恩典和荣耀的生命里吃掉它,如果我们想要否定自己和抛弃罪恶的话,他的生命就一直是为我们准备的。如果我们能够明白基督为我们而有的贪婪欲望,我们就会情不自禁地飞向他的喉咙。尽管我的话听起来有些令人吃惊,但是那些有爱的人会真心懂得我。耶稣的爱是那么高贵的本性,(所以)当它吃喝的时候,需要喂养。尽管耶稣在自己里面把我们全吃掉了,他为此把自己给了我们。他给与我们属灵的饥饿和口渴,让我们带着永恒的快乐去品尝他。他把自己的身体当作食物,给与我们的灵性饥渴和衷心的情感。如果我们在自己里面,以内心的热忱去吃和消灭它,那么他的荣耀热血就从他的身体流入我们的本性和所有血管里。结果,我们就被点燃了,对他生起了忠诚的感情,一切都伴着快乐和灵性的味道,流遍在身体和灵魂里。所以他给与我们他的充满了智慧、真理和教导的生命,在一切美德上去跟从他。然后,他就活在我们里面,我们也活在他里面。他也把他充满了恩典的灵魂给与了我们,以便我们总能在爱、美德和他天父的赞美里跟他站在一起。在这一切之上,他在永恒的快乐里向我们显示和应许了自己的神性。它是多么令人感到惊奇的事情啊,品尝和经历过这点的人都会欢呼,这是什么样的奇迹呢?

当东部地区的女王注意到了所罗门王的财富、荣誉和荣耀时,她在巨大的惊愕中变得精疲力尽,晕倒在地,失去了知觉。现在请注意当时的所罗门王、他的财富和荣耀,与基督相比,他的财富和荣耀是多么的渺小,基督早已在圣礼里面为我们预备好了;因为即使我们能够属于他的人性里的一切并保持内心的平静,当我们注意到在圣礼里我们拥有的他的神性时,我们就非常惊奇,我们必须在灵里和超本质的爱里超越自己,否则我们将会在我们救主的桌子前面,因惊愕而失去知觉。

但是,怀着热忱和衷心的情感,我们把我们救主的人性吃到了我们的本性里;因为情感把它所爱的一切都吸入到自身之内了。我们的救主也怀着那样一种情感把我们的本性吃光并吸入到他里面,给我们充满了他的恩典。然后,我们就变得伟大,在一种超过理性之上的神圣情感里超越了自己。在我们以自己的灵吃光和消灭的地方,我们以对他神性的赤忱之爱立下宏愿,在那里我们就会遇见他的灵,那是他无与伦比的伟大之爱;它燃烧和消灭了我们的精神和它的所有工作,与它一道把它们吸入到合一里,我们在那里经历到安息和幸福。注意,这样我们就将总是在吃和被吃之中,在爱里上下来回颠簸。这就是我们在永恒里的生命。这就是基督说给自己门徒的话所要表达的意思,他说道:"真心地说,我渴望在受难之前与你们一同吃了这头逾越节的羔羊。"

对我们来说,逾越节的羔羊意味着我们在圣礼里吃到的基督,同样地,使徒们和基督一道在晚餐上接受了神圣的圣礼,就好像喂养身体的其它食物似的。在圣礼里,通过信、爱和渴望,每个人都接受了作为我们救主的永恒食物的身体;因为信和爱是灵魂的口,他们藉此接受和吃了我们救主带有全部肢体的身体。当他坐在桌旁时,不是按照身体的粗劣。他早把那种粗劣隐藏在自己身体的实质里了,也藏在了圣礼里面;因为他的身体在那时还是易朽的。如果他们用牙齿来咬他,那将会使他感到悲哀。但是他给与他们本性之上的可爱生命,是出自于他的血肉、灵魂和神性的生命。那是他们的灵性食物,也是他和我们所有人的灵性食物。然而,在他自己里面,他把所有他所是、不可分割和变化的一切都保存在他的本性里。他把所有受之于他母亲童贞女马利亚的一切实体都给了他们,那就是他的人性。他以两种方式把自己全部和不可分割地给与了人,即外表上是面包的身体,和外表上是葡萄酒的血液。在每一种方式里他是整全和不可分割的。因为他的身体是自己血液的生活支柱。他的血液是自己身体的生活支柱。灵魂则是它们两者的生命。那三者全都是一个不可分割的生命,那是基督给与他的门徒的,也是在圣礼里留给我们所有人的。因为同样地,在献祭仪式上,所有祭司在它们面前拥有的一切主人都是同一个未分割的实体和面包质。献祭仪式结束之后,他们就是我们救主身体的一个实体,它是不可分割的。我也说过,通过献祭仪式变成了我们救主血液的葡萄酒是同样的实体。因此,哪怕是杯中的一滴,或者是神圣主人的一小粒,无论它是多么的微小,哪里有面包的形状,哪里就有完完整整的基督,像天上的基督一样。因为即使这些颗粒和主人被以多种方式分割在众多国家里,整个世上,圣礼是一个,基督是一个且在所有圣礼中不可分割。因为人的灵魂也以同样的方式生活在所有人中间,无论何人,无论何地,它都是完整不可分的,所以在整个世上,我们救主的荣耀身体也活在一切圣礼里。无论何处都是不可分的,因此他对于自己的所有成员才会是共同的:他们就是那些在基督教信仰里渴望他的人。从一种特殊的方式上来看,他是一切人的一切事物,因为他需要和渴望它。这个东西就叫做"共同"(communio),即共性。因为在圣礼里,我们都共同地接受了我们救主的身体,我们每个人单独地接受到它,其它人在共性里接受了一切。尽管祭司们在弥撒礼仪里以两种方式接受神圣的圣礼,但是他们不会比在俗信徒得到的更多;因为即使献祭仪式被分为杯和饼,基督都是完全的,在任何一个里都是不可分割的。

现在,有些不信的愚蠢人恐怕会这样想,反映如下:基督献祭的圣礼,使徒们和他一同吃光了它,那么现在祭司们正在做的会是什么呢?对于这个问题,基督亲自在献祭仪式结束之后立即做出了回答,他对使徒们说道:"你们也应当经常如此行,为的是记念我"(路22:19),也就是记念我的爱、受难和死亡,我是真正的上帝和人,我的大能胜过了天上和地上的一切。当我们的救主晓谕使徒们的时候,他们从他的口里听到了这些话语,那就是:作为他的预言、命令和神圣力量,他给与了他们及其后继者末日前去完成这项职责。因此,在基督升天之后,当时他们接受到了告诉自己一切真理的圣灵,然后他们就立即开始履行代表我们救主耶稣基督的弥撒职责;在献祭仪式里,他的圣灵通过他们的口说道:"这是我的身体,"和"这是我的血"。他们以他的权威和圣名任命了主教和牧师,并把自己从上帝那里接受的力量给与了他们,让他们去履行一个祭司在整个世上的职责。因此,圣教会就建基于基督里,基督也活在里面并从一开始就与它成为一体。它也将在末日来临之前持存以尽自己的义务。在神圣圣礼的献祭仪式上,所有的祭司都自愿成为我们救主耶稣基督的器具;他他们每一个人的口和他们所有人的口说道:"这是我的身体,"和"这是我的血"。每一个祭司都真心地向我们救主的身体献祭。所有的祭司在真理里都只有同一个身体。明白这一点之后,我就不再谈论基督曾经向我们显示并在圣礼里教导我们的第一点爱了。

自此以后,我们将谈论第二点爱,我们注意到当他在献祭仪式上说道:"这是我立约的血,为多人流出来,使罪得赦。"(太26:28)当他奉献了自己的血液给自己的门徒和我们所有人喝的时候,他说了这席话,在此之后,他将立刻流出宝血,出于爱为我们所有人的罪恶而死去。除了上帝的儿子把自己的生命给了死亡之外,除了与他的天父以他的死来赎买我们的正义相比,我们从未听说过还有比这更大的爱,所以我们应该永远地和他生活在一起。他以自己谦卑的死,把自己和我们交给了他天父的高尚。在自己儿子天上的遗产中,天父已经一道接受了我们和他。因此,基督已经把自己的献祭仪式分割开来了,结果我们将记住盛满了他的受难的杯子,出于爱他喝光了它,以此仪式,他把我们从永恒死亡中解救出来,并背着他的天父为我们赎买了一种恩典和荣耀的生命。他的神圣宝血的献祭仪式也告诉了我们这一点。但是在这里,我们救主身体的献祭仪式向我们显示出他的爱的伟大之处:他想要在灵性上以自己来滋养和哺育我们,他可以以说过的同样方式在我们里面活,我们也可以活在他里面。他出于爱,为我们的生命而死。他活在我们里面,以便我们将会永远地活在他里面。注意,这是爱的两个要点,它们是如此的伟大,以致没有人能够完全理解他们。当我们听弥撒或者去参加圣礼的时候,我们要自己去想象并记住他的爱,以致我们忘记了自己并在他的荣誉里拒绝所有与之不同的爱。如果受难和折磨临到我们头上,我们就要记住他的受难,在顺服和自弃中跟从他,直至死亡。所以我们将品尝到他的爱,他拣选了我们并在无始之永恒里爱着我们。

  现在,我发现了上帝永恒之爱的四个要点,它们是如此地高贵和伟大,以致所有的神圣经典从一开始就植根于其中。第一个要点是:上帝出于爱,按照自己的形象和样式创造了人类。第二个要点是:上帝的儿子即永恒的智慧出于爱,取了人性并将自己的位格印在其上。第三个要点是:上帝的同一个儿子即耶稣基督为爱而死,并以他珍贵的宝血救赎了我们,在洗礼里洗净了我们所有的罪恶。所以他已经与我们联合起来,在他爱的圣灵里超越了我们的本性。他的爱的第四个要点是:在食物和饮料里,他已经把自己的肉和血,把他曾经从我们的本性里接受到的一切,以及他作为神和人所是的一切给了我们;以致他可以活在我们里面,我们也可以永远地活在即神即人的他里面。现在请以极大的热情注意这四点,我还会更好地解释他们。上帝是这么永恒地爱着世界,以致他用这四种方式把他的独生子给与了我们。

　　在第一点里,圣经告诉我们上帝,在天上的父曾经按照他的形象和样式创造了人类。他的形象是他的儿子,其自身就是永恒的智慧。圣约翰说道:"万物都住在他里面,凡被造的都活在他里面。"那生命就赤色上帝的形象,上帝在其中永远知晓万事万物,那也是一切受造物的始因。所以,这种上帝之子的形象在一切创造之先,是永恒的。我们全都是按照这个永恒形象而造的;因为按照我们灵魂里的最高贵部分来说,那是我们较高级天赋的根基,我们在那里是作为一面活泼和永恒上帝之镜而造的,上帝已经把他的永恒形象印在其上,任何别的形象都不可能进入其中。这面镜子总是竖立在上帝的面容之前。因此它就被自己接受到的形象永恒化了。在这种形象里,上帝在我们受造之先就在他里面知道了我们,并在时间里把我们造成他的样子。这种形象本来就临在所有人中,每一个人都完整和不可分割地拥有他;所有人在他们中间所拥有的和每一个人拥有的是一样的。因此,我们都是一个,联合在我们的永恒形象之中,那是上帝的形象和我们所有人的始因:是我们生命和形成的始因;在其中,我们的受造存在和生命直接终止了,好像是在永恒的始因里一样。然而,我们的创造不会变成上帝,上帝的形象也不会变成受造物;因为我们是按照他的形象而造的,那就是:去接受上帝的形象。在上帝的本质里,这种形象就是本质和要点;在上帝的本性里,它就是本性自身。那种本性是果实累累的:是父亲的身份和父亲。在这种果实累累的本性里,父亲在儿子里,儿子也在父亲里。但是在父亲里,儿子如子嗣般,是未受生的,像是他本性中的一种内在的果实。在那里,本性以一种慈父般的方式来行动:总是去给于生命,并以子嗣般的方式来行动:不停地受生。但是在诞生中,儿子是另外一个位格,从父里永远地走了出来;而第三个位格圣灵是他们两者的爱,象一个燃烧着的发光体一样,从父里永远地流到为他而准备好了的一切受造物中。我们灵魂的最高(部分)总是预备好了,因为它是赤裸无遮蔽的,不会受到诸形象的侵袭,总是观看着它的起始处并趋向它。因此,它是一面永恒活泼的上帝之镜,总是永不止息地接受儿子的永恒诞生和圣三一的形象,上帝在其中亲自知道:他里面的一切都是出自于他的本质和诸位格;因为这种形象在他的本质里和每一位格中,位格里的一切都在本性中。我们都拥有作为一个永恒生命的形象,在我们的创造面前,它没有自己。而在我们的创造里面,那种形象是我们本质的超本质存在和永生。由此观之,我们灵魂的实体拥有三种在本性上是一的特性。灵魂里的第一种特性是不可想象的本质性的裸露。我们与之相像,也与天父和他的神圣本性联合在一起。第二种特性也被称为灵魂的较高理性,那就是:一种镜子似的明晰。我们在那里接受到上帝之子即永恒真理。在那种明晰里,我们像他,但在接受行为里,我们与他都是一。我们把第三个特性唤作灵魂的火花,那就是:灵魂趋向于它的起源的自然向内的倾向。在那里我们接受了圣灵即上帝的爱。在向内的倾向里,我们像圣灵;但是在接受行为里,我们与上帝一道变成了一个灵和一个爱。而且这三种特性是灵魂的一个未分实体,是一个活生生的根基即较高天赋的基础。这种样式和着这种合一,因本性在我们所有人里面。但是,通过粗劣的罪恶,它在罪人的根基里面向他们隐而不显。因此,如果我们想要触摸和经验隐藏在我们里面的上帝国度,那么我们必须在真正的仁爱里尽力追随基督,过一种内在的德行生活和外在秩序井然的生活，所以恩典、爱和美德才会把我们提升到我们自我的最高（部分）里，上帝生活和统治在其中。因为没有上帝的恩典，我们在自然之光的照耀下就没有知识和聪慧，既不能沉思也不能触摸到本身就是上帝的幸福。因此，上帝已经创造了我们灵魂中的较高级天赋来接受他的样式，那就是他顶恩典和恩赐礼物。在那里，我们被更新和提升到自然本性之上，在爱和美德上变得像他。通过我们在恩典和美德上和上帝一道拥有的超自然的样式，我们的记忆被提升到不可想象的裸露中，我们的理智进入到单纯的真理里，我们的意志进入到神圣的自由中。所以，通过恩典和美德我们像上帝，并与他联合在高于样式的幸福里。当上帝按照自己的形象和样式造我们的时候，这是他向人性显示的第一个爱的标记。

但是，当第一个人亚当不顺服的时候，他以那样一种方式违反了我们救主的诫命，于是，由于罪的缘故，由于失去了天堂和进入上帝国度的机会，也由于他不再与我们相伴相随，他就变得不再像上帝了。由此上帝向我们显示的第二个爱的标记就得到了彰显，那就是：他曾经把自己的独生子送入我们的本性中，所以他就是一个与我们同在的人，也是我们所有人的兄长。他曾经降低自己，高举我们，使自己贫困，使我们富裕。他曾经谦卑己身，使我们得荣誉。但是他降低自己时并没有使自己丧失高贵；因为他仍保持着他所是的一切，并披戴上不是他的一切。他仍旧是上帝并变成了人，为的是人可以变成上帝。他亲自穿戴上了我们所有人的本性，就像一个国王亲自穿戴上他的臣民和仆人的衣服一样，以致于我们和他一道穿戴人本性的外衣。但是在一切之上，他曾特别地给从童贞女马利亚而来的灵魂和身体穿上了一件高贵的外衣，那是他的神圣人格。那件外衣在本质上不属于别人，只属于他自己，因为在一个人格里他同时是上帝和人。但是如果想要在那里与他一道穿上那件衣服的话,就必须通过他的恩典:我们是如此地爱他,以致我们能够否弃自己并超越自己的受造人格;结果我们就与他的人格即永恒真理联合在一起。因为你们非常了解,由于第一人违背了上帝,失去了他曾接受到的恩典,这恩典是为我们所有这些在人性上从他而生的人预备的,所以我们在本质上都是天生的愤怒之子,在上帝的国度里犯下了杀人的罪恶和暴行。因为这种罪恶,上帝给我们送来了他自己的儿子;圣子接受了我们的人性;圣灵也就诞生在我们的人性里了。

但这并不足以宽恕我们的罪过,因为天父想要按照公义来报答罪恶。因此他派遣在自己的儿子为那种罪恶受死。而且圣子至死都顺服他。圣灵在爱里完成了那项工作。这就是第三点爱,即上帝的儿子以自己的死赎回了我们,以他的宝血当着他天父的面为买回我们并偿还了赎价,所以我们就通过他的死而得生。他在从自己这边涌出的源泉里洗净了我们的一切罪过,用他的宝血救赎了我们,并在爱里将我们与他的圣灵联合在一起。所以我们就永远呆在他里面;因为我们在他里面是一个灵性的生命。当他的血者被献祭的时候,这就是以葡萄酒的形式盛在圣杯中的水对我们所展示的意义。因为藉着水,我们领会到在献祭仪式中被葡萄酒联合在一起的基督子民也与他联合在一起,并生活在他的血液里。除了相信基督徒在基督的爱里与他联合在一起之外,没有人能够拥有或触摸到这种生命。

第四点爱也临到他们,即基督已经离开了活在其中并被他拣选的朋友们。我们在(这个事实)中看到了那一点,他用高贵的食品和饮料——他的身体和血液——来喂养和保存他们,那一直只属于他们。因为他亲自说过:"无论谁,凡吃我肉喝我血的必居住在我里面,我也在他里面,他就不会死去,而是一直活到永远。"这话只能从灵义上来理解,就像众天使和圣徒的生活那样,他们不用牙和口来吃喝基督。因为基督是天父送到这个世上的属天的活面包,我们以爱来吃它,在我们的灵里消费它,众天使和圣徒们在天上也这么做,基督在自己里面也以他的爱和同样的方式来消费我们。因此,那些消费和被消费的人们在基督里都拥有一种蒙受祝福的永恒生活,而且当他们在爱里想到自己的至爱者的时候,总能够去吃和喝。不过,他们更加渴望去参加圣礼,他们也比别人更适合和更配去那里。因为他们更爱神圣教会的方式和实践,因为那是基督为他的荣誉和子民的利益而吩咐和制定的。因此,他们总是在内里和外里,在恩典和诸美德上不断增进。尽管他们在灵里拥有内在的一切,他们也在外在的圣礼里接受到外在的一切。结果,他们在这种接受中就是神圣的,在这种拥有中就是比较神圣的,并且在拥有和接受中就是最神圣的。但是那些在致死罪恶里不配接受圣礼的人在谴责自己。那些在灵里和圣礼里都没有接受到它的人是在上帝面前死了,因为他们生活在没有恩典的赤裸本性里。关于我们怎样去接受、吃和被吃的问题,我就谈到这里为止。

第四点:关于基督为何隐匿在圣礼里,而不以他过去在世和现今在天的形式来显明自己的原因

现在有许多粗钝的愚人,他们想要比作为上帝智慧的基督还要聪明。这些人想要知道基督为何把自己隐藏在圣礼里,而不像他以前和现在那样显明自己的原因。关于这一点,《圣经》回应道:"上帝所造的一切都是好的。从上帝所出的一切都得到了很好的安排。"现在,有先知以赛亚这样说道:"对那些行走在阴间和死亡王国里的人们来说,光明诞生了。"那光明就是基督。圣约翰说道:"那光照在黑暗里,黑暗却不接受光"(约1:5)因为圣保罗也说过,我们现今好比是在镜子和形象中来观看一切。但是,在永

生里我们将要面对面地看到我们救主耶稣基督的荣耀。我们也将像现在知道自己一样,清楚明白地知道他。但在这里,我们只能够以他死前和复活后使徒们所用的方式,根据自己的信仰来了解他。他们看到的是一个人,他们相信他是上帝和神性就隐藏在人的本质里。所以我们就以外面的眼睛来看待圣礼,并且相信那里有为我们隐藏着的救主的身体。因为如果我们想要在自己救主的辉煌里看到他的荣耀,我们也不能承受它;因为我们的眼睛是易朽的,我们会看走了眼;我们的所有感官在我们救主的荣光身体里也只会变得失去作用。现在就请注意他灵魂和神性里的灵性荣光吧,那是多么的不可思议和伟大啊。因此你们将会知道我们救主耶稣基督的所有礼物,它们构成了我们的灵性生活,全都隐藏在圣礼和外在的感官符号里,例如作为我们永生入口的神圣洗礼:它是用水和专业的话语来施行的。基督赠与我们的别的多重圣礼都以一种特殊的形式隐藏着,那就是:隐藏在圣油仪式、膏油、话语、事工、标记和圣礼里,在出于任何人需要的合适秩序里。特别是一切礼物所出的救主耶稣基督,藉着圣礼里自己话语的力量,他已经为我们隐藏好自己的身体和血液,为的是我们必须怀着坚定的信仰行走在他的一切礼物里,而不是行走在清晰和荣耀的沉思里;因为我们以诚挚的信仰赚得了永恒的沉思。所以,那些想要把永生和上帝荣耀带入时间里,或者把时间带入永恒里的人们都是愚蠢的;因为那都是不可能的事情。因为如果我们将看到我们的救主,就像在天上的样子,那么对我们来说就是不可能的,我们要吃他的身体喝他的血也就是野蛮的行径。但是,现在我们用自己的牙齿来吃圣餐,在自己的灵魂里通过信和爱来吃他的肉喝他的血。所以我们也联合在他里面,他也在我们里面。上帝的智慧,基督在自己的灵里已经创造出这种亲爱的合一,而且在真理的工作里真切地去实行它,从世界的起初,它就在外形和样式之先，并以同样的方式得到了持续的践行。所以你们将要奉守基督想要和我们所有人一道享有的合一。因为在整个世上，所有躺在祭司前的主人们，在他们被献祭之前都是一个面包的实体。在献祭仪式里，通过上帝的力量，面包的实体转化成了我们救主身体的实体。那是同一个实体和天堂里的同一个身体。那就是我们根据实体的方式在圣礼里共同接受到的（一切）。在这个实体里我们接受到本质上与它同一的一切，那就是长度、广度和尺寸，以及所有属于身体的一切，就像它和这个实体是完全同一的一样——我们在圣礼里都接受到了这一切。这样看来，通过圣礼我们救主的身体就遍及所有乡村、地方和教会。因此我们就可以把它举起和放下，用圣体容器和圣血杯子来保存和移动它；以多种方式来取走、给与和接受它。但是就像他坐在天堂里一样，当着充满了荣耀的众圣徒和天使的面，有着手脚和他所有的肢体。所以他永远不会变换位置，但是他总是为他们而保持临在状态。所以以那种方式，我们也不能接受到他，现在不能，以前也不能。因为末日之后，当我们携着荣耀的身体进入天堂的时候，我们将完全与他同在并向他靠拢，我们将会用自己的肉眼来凝视他的荣耀面容。我们也将会用自己的外耳来聆听他甜蜜又可亲的声音。由此，我们的内心和所有感觉器官都被他的荣耀充满，结果我们就将在熔化他的爱和快乐里，他也相应地溶化在我们里面。尽管这是天堂里面最小的荣耀，因为它来自于外面并从属于感觉器官，然而只要我们还在这世上，我们就不能以那样一种清晰性来凝视我们救主的面容；因为我们的感觉器官无力承当此责。因此，我们必须现在就身怀爱心和敬畏，行走在基督教信仰里并以诚挚之情来接受圣礼，以便我们在此生之后可以品尝和经历到永恒的祝福。

第五点：接近圣礼的人们的区别：有人走向永恒救赎，有人受到了永恒诅咒

自此以后，那些将接受圣礼的人们都依从这种区分，都同时处于祭司的(宗教的)状态和世俗的状态。

我想从第一群人开始谈起，他们都是本性上心肠软弱的人。如果他们受到了恩典的触摸，如果他们真的跟从恩典并服从它，那么他们的情感和欲望就会变得如此炽热，情感上受到感动就会趋向于我们救主的人性，以致他们很容易就蔑视和拒绝世上的一切，结果他们就会与自己的至爱更加亲密，更能实现欲望的满足和快乐。既然他们在圣礼之外不能走进我们救主的身旁，通过他们因圣礼而起的内心情感和未得满足的欲望，他们就都落入了不安之中；结果，如果有时他们不能获得圣礼的话，他们似乎会丧失感知功能甚至毁灭。但是这样的人并不多见。他们主要是妇女或儿童，以及少数男人。因为他们面色憔悴，在灵里没有得到升华和照亮。因此，他们的践行是感性和欲望的，整个充满了我们救主的人性形象。他们不可能感知和理解到除却圣礼，人怎样能够在灵里接受我们的救主。这就是他们为何在为我们救主而有的内心渴求和欲望中衰退的原因。在他们接受圣礼之前，没有人能够劝告、抚慰、帮助或满足他们，那么他们就一起在安息和灵性的品尝中，以及在身体和灵魂的丰富甜蜜中获得满足并与自己的至爱者建立起亲密的关系；直到那时，恩典和践行才更新了他们的本性和灵魂里的所有天赋：于是他们就再一次落入到渴求、欲望和不安中，似乎他们以前从未接受到似的。他们的心都裂开并渴望着，似乎他们都脱离了自己的感官，将要重新接受圣礼似的。这些人都很像一位要求我们救主下到迦百农来医治他的儿子的高级官员，因为他的儿子就要死了。我们的救主回应道："除非你们看到奇迹和征兆，否则你们不会相信。"于是这位高级官员说到:"先生,请你在我儿子死前下来。"如果我们的救主没有来到他家里,没有把手按在他的头上,或者没有施行任何别的医治标记,他不会相信我们救主能够治愈他的儿子。如此,这些人也以同样的方式受到了情感的击打,因为圣礼是我们救主身体的一个真正标记,他临在于其中。所以,因着对圣礼的渴求和欲望,他们不得不再不安和忧虑中衰退。于是他们大声对祭司和我们的救主说道:"救主啊,在我为爱而死之先,请您下到我家里来吧。"只要这种方式持续着,这些人就都是大胆和勇敢的,在令人忧伤的罪恶上是清白的,并且因着上帝成为自由的人。所以他们在主日会接受到圣礼,如果有人愿意把它给与他们,他们也能在别的日子里接受到圣礼。但是如果有人不愿意把它给与他们,那就只能是上帝的意志。然后他们就会寻思和注意到我们救主对高级官员所说的话:"去吧,你的儿子活了。"因为相信、爱和渴望接受圣礼的灵魂充满了恩典,它活在上帝里面,上帝也在它里面。藉此,他们将尽自己的最大可能来慰藉自己。

而今这些人大多都外形虚弱,本性上都从属于嗜好。因此当他们祈求或者想要以欲望和情感去为我们救主的人性奉献自己的时候,他们有时总是过分敏感,悖逆自己的意志而受驱使并向着动物性的渴望,因为他们的践行仍旧是感官性的,他们仍旧活在肉体和血液里。于是,他们越多地观看自己和那种身体性的无序运动,它就会变得更大并促使本性进入无序和过失中。但是如果他们想要克服这一点,并在对我们救主的事奉中保持自己本性的纯粹,那么他们就必须忘记自己并把目光完全转向他们深爱着的他身上:他们在灵魂和身体上、在内心和感官上就与他相像了。因此他们就变得纯粹了,并且克服了可能阻碍他们的一切障碍。这就是配接受圣礼的第一群人。

至此之后,接下来的是比(先前的)这一群人要高级的第二群人。那些人都是灵里面狡诈和聪明的,除了服从嗜好之外,在本性上都是不贞洁的。当这些人接受到上帝的恩典并持守在它里面的时候,那么他们必须经常努力奋斗,因为肉体与灵是相互冲突的。所以他们选择过一种生活,在我们救主的面前转向内心并操守在灵里。因此他们离开了所有血肉里面的诱惑、运动和背叛。如果这是真实的事实,那么他们就会更多地相信、希望和信赖上帝,而非自己的践行和一切工作,他们被提升到超越自己理性理解力之上的神圣光芒里。而且,如果他们持守在那里并在神圣光芒里升华,想要并渴求更多超越于理性之上,以及他们用理性所能检测和理解到的还要不可思议的一切,那么他们的信仰就是完全的,他们的爱也就建立在真实的基础之上了。他们就是自由的了,知道上帝、真理和诸美德的根源。然而,本性仍然活在血肉、欲望、惯性、懒惰以及他们曾经有过的一切混乱意向里。当这些人亲身感受到这点并做出认真思考的时候,于是他们就会亲自抛弃和蔑视与上帝和自己的灵相悖逆的一切,以及阻碍他们依从最好选择的一切。然后,他们就当着我们救主的面,以信仰、挚爱和谦卑的祈祷抛弃了属于感官的一切,逃向灵里,圣保罗在他肉体受诱惑的时候也以同样的方式这样做过。因为那时我们救主的圣灵这样答复这位谦卑的祈祷者:上帝的恩典非常强大,足以抵挡一切诱惑。对所有那些在上帝的临在面前和自己的灵里以祈祷奋斗和逃避来说,"因为在软弱里,力量才得以完全。"这些人与一个叫做百夫长(Centurio)的人非常相似,他在灵里是信实的,但是个异教徒,在本性上还未受割礼。他在自己下面安置了一百个武装,他们都事奉他并在任何时候都服从他。但是他有一个仆人呆在自己家里,虚弱而又受嗜好令人忧伤的折磨。他为自己而祈求我们的救主来治愈他的疾病。我们的救主回应道:"我将到来,我将医治他。"然后百夫长回答道:"主啊,你竟然来到我家里,我一点都不配,唯求你说一句话,我的仆人就将得到医治。"于是我们的主赞扬了那人的信仰。在同一个钟头里他的仆人得到了治愈。因而以同样的方式,只要这些人在他们的本性里感觉到不贞洁的意愿,并且渴望犯罪,(他们)对我们救主的人性的欲望和情感就受到了阻碍和侵扰,他们的仆人即肉体本性与上帝和他们的灵相互悖逆,他(他们的)就受到魔王的悲惨折磨,因为它(肉体本性)在对我们救主的事奉里,并不想要欲望和情感来听从灵的指引。注意,只要这些人这样奋斗的时候,他们就不会渴望圣礼。但是他们以谦卑的心说道:"救主啊,我内心不够纯洁;我不配享受圣礼中您的圣体,它竟然会来到我不洁的身体之下。主啊,我不配拥有所有善良人们从你那里得到的荣誉、仁慈和安慰。因此,我必须总是哭泣和哀悼,怀着坚定的信仰行在您的面前。尽管我是贫穷的被弃之人,我不会背弃您;但是我将永不止息地呼求和祈祷,直到您的恩典和我的信仰医治好我的仆人的时候;然后我将赞美您,并献上我的整个自我和天赋,全身心地来事奉您。"请注意,第二群属灵的人就是这样活着的,他们比第一群人要更讨上帝喜欢;因为即使他们在本性上是软弱和易受诱惑的,没有来自于上帝的甜蜜和安慰,然而在灵里他们充满了信仰、挚爱和神性之爱。而且他们必须经常和魔鬼、世界和自己的肉欲斗争。因袭他们在灵里需要强大的食物,这样他们就能征服一切:那就是圣礼里我们救主的身体。他们将一直接受到它,因为他们根据自己的规则和祭司的职责,或者根据与他们相伴的属灵之人的良好习惯来享有它。

至此以后,接下来的第三群善良的人们还要神圣得多,他们在灵里和本性里得到了更高的提升。那些人都转向了内心,通过上帝的恩典,他们都以升华了的自由之灵并当着上帝的面来实现自己的内转和追随:以全部身体上的天赋,在内心和感官上全身心地追求。这些人控制住了他们的灵和本性。因此,他们找到了真正的和平。因为尽管他们有时候会受本性的驱使,他们也会很快在斗争中取得胜利。因为没有任何过失的运动会在他们里面长存。因为他们拥有我们救主的真知识,即知道他的神性和人性。他们就这样来践行这种知识:他们以一颗真实的灵转向内心,通过神性本质前的赤诚之爱得到提升;在他们外转的过程中,通过衷心的情感,他们被当作我们救主的人性形象。他们知道和爱得越多,就越是品尝和感觉到更多。他们越是品尝和感觉到更多,就越是更多地渴望、欲求、寻找和奠基,并以他们的心、魂和灵找到自己所爱的一切。这些人与圣路加的福音书上所看待的一个人极为相像,他的名字叫撒该(Zacchaeus)。他渴望见到我们的主耶稣,看看他是怎样的人;但是因为人多,他的身材又矮,所以他不能看见。然后他就跑到人群前头,爬上了一棵基督准要经过的树。当基督到了那里,他就看见这人并说道:"撒该,快下来!今天我必住在你家里。"(路 19:5)他就欢欢喜喜地在自己家里接待我们的救主并说道:"请注意,主啊!我把所有的一半给穷人,我若讹诈了谁,就还他四倍。"然后我们的救主说道:"今天救恩临到了这家,因为在灵里,他也是亚伯拉罕的子孙。"因为藉着他的信,他爬上树,看到并认识到他所渴望的耶稣。他顺从地下了树,并且谦卑地在自己的家里接待他所认识和热爱的耶稣。他慷慨地把自己的物品分给别人,并允诺对自己的不义做出四倍的偿还。那就是他的生活和名字。因此他是神圣的,会受到祝福;耶稣也在此生和永恒中居住在他里面。

现在就来看看我先前说到的人们是如何与这个人相像的。因为他们渴望见到耶稣是什么样的人。在那里,一切理性和自然之光都太短浅和渺小。因此他们跑到人群和一切受造物之前。通过信仰和爱,他们爬到了自己心灵的至高点,在那里灵未受到形象的侵扰，在它自己的自由里也未受到阻碍；那儿有着在自己神性里被看见、认识和热爱的耶稣。因为在那儿，他一直出现在自由和升华了的诸灵面前，它们已经在爱里为他超越了自己。他在那儿流出了丰富的恩典和仁慈。但是他对他们说道："快点下来，因为除非在谦卑顺服的心灵里，灵里的高度自由是不能够维持的。因为你们必须知晓和热爱我，把我当作上帝和人；高于一切，并使自己谦卑地低于一切。所以你们将品尝我：当我把你们提升到一切之上的时候，也使你们在我里面超越了自己；你们为我的缘故，使自己谦卑地低于一切，也和我一道谦卑地低于自己；然后我必定会到你们家里，和你们一起居住并活在你们里面，你们也和我在一起并生活在我里面。"当那些人认识到这一点并品尝和感知它的时候，他们很快就变得对自己极端的蔑视，不满意自己的生活和所有工作，并怀着谦卑的心说道："救主啊，我不配，我居然能在圣礼里，在我身体和灵魂的罪恶家里接受您荣耀的身体，我更是不配。但是救主啊，请您怜悯我，宽恕我可怜的生活和一切过失。"请注意，只要这些人看着自己，以及他们的过失和一切匮乏，他们就会对自己不满，在上帝的眼前践行在可爱的敬畏、谦卑的蔑视和真实的希望里。结果，以此方式，他们在真正的谦卑里就变得不满和蔑视自己，他们在真正的崇敬里也就令上帝喜悦并上升到他的面前。

因此，它们的生活和践行正向上帝内转和向自己外转。在可爱的对上帝的崇敬和上帝里，内转伴随着升华了的自由之灵。向自己外转就是不满和蔑视自己。他们所做和能做的一切内里和外里的善功对他们全都不值得珍视和微不足道，公正点说，当着我们救主的面，这一切对他们似乎是毫无价值。他们呆在外视和内视之间，总是在他们需要的时候保持自我克制并去践行其中的一个。他们的外视是合理的，植根于仁爱、良好道德的实践和神圣工作之中;在所有美德上有条不紊,总是行走在我们救主的面前。所以他们总是保持着良心上的纯洁和无污,在上帝和众人面前总是在恩典和诸美德上增进。他们的内视有时伴着理性和形象并借助于模式;有时在理性之上,没有形象和模式。当它伴随着理性的时候,他就充满了欲望和智慧。因为他们站立在爱和上帝的仁慈面前,人们在那里学习到所有智慧。他们真正是谦卑和自由的。所以他们叫人留意我们救主耶稣基督的人性,并对他说道:"救主啊,您曾经说过:'没有我,你们就做不成什么。'您还说过:'除非你们吃我的肉喝我的血,否则生命就不在你们里头。'您还进一步说过:'凡吃我肉喝我血的就住在我里面,我也会住在他里面。'救主啊,如今我是一个可怜的罪人,不配享用就是您自己本身的天上食物;不过,救主啊,您已经给出自己,把您自己给与了罪人,他们对自己不满,为自己的罪过而痛悔,哀叹自己并真正信赖您;那是蒙您喜悦的人,因为您曾告诉过我们,您来不少为召义人,而是召罪人,为的是他可以内心转皈并为自己的罪过而忏悔。所以我是大胆和自由的,在您的恩典里忘记了自己和所有过失,因为您亲自说过:"你们这些劳作和重负的人,到我这里来吧,我将使你们的轭变得轻省。"您也说过您是我们生命里的面包,是从天上掉下来的:无论谁吃了它,都会活到永生。您也是生命的活泉,通过出于您天父内心的圣灵为我们而涌出。所以,救主啊,我吃得越多,就越是饥饿;我喝得越多,就越是口渴:因为我不能把您一口吞下,或者把您全部消灭掉。但是为您的高贵的缘故,救主啊,我祈求您一口把我吞下并全部把我消灭掉,以便我伴着您并在您里面与您成为一个生命,我可以在您的生命里超越自己,处于一切模式和践行之上,在无模式之中即在无模式之爱里,您在哪里是您自己和所有圣徒的幸福:在那儿,我找到了一切圣礼的果实,以及所有模式和神圣。但是我们必须以模式、圣礼和神圣的生活来寻找这种果实。我们将在深不可测的永恒之爱里找到它,无须借助任何模式和手段。我们将永远呆在自己里面,在荣耀的模式里接受祝福并有条不紊;具体地说,每一个人都根据自己的美德和爱来采取措施。我们将享有自己之上的上帝的快乐,不借助任何模式地生活在他里面,在一切秩序之上和就是他自身的深不可测的爱里。如果有人愿意把它给与的话,那些理解到这一点并那样活着的人们每天都会接受到圣礼;因为他们在内转和外转中,在他们的所有践行里,都是有条不紊和高尚的,充满了美德。所以他们都是第三群人,也是接近崇高圣礼中最高级的人群。他们的生活和践行包括四点:第一点是良心上的纯洁,没有一切令人忧伤的罪恶。第二点是内视和外视中的超自然知识和智慧,那就是:沉思和行动中的超自然知识和智慧。第三点是内心、意志和灵里真正的谦卑;在行为、言语和工作上保持谦卑。第四点是在一切自己所有上死去,那就是说意志的固执在上帝的自由意志里死去;理智上的想象在本身就是上帝的非想象的真理中死去。心灵上的纯粹单一性是神性的居所。

现在请注意:当她孕育着我们救主的时候,那四点是我们这位女士的生活和践行。因为她是纯洁和贞洁的处女,充满了上帝的恩典。在天使的一问一答中,她是有见地的聪明人。而且他告诉了她全部的真理。她在(自己存在的)根基面前是谦卑的,并把上帝的儿子从天上拉回到人间的山谷里。她说道:"这是我们救主的侍女。我必须渴求她所意愿的东西。愿它按着您的话语在我身上得以成全。"当圣灵听到这话时,这话就使得上帝的爱如此喜悦,以致它把上帝的儿子送到马利亚的屋内,圣子使我们脱离了一切痛苦。现在请注意看和认知。即使马利亚曾被选作一切受造物之上的上帝母亲,是天地的女王,然而就她自己来说,她宁愿作上帝和整个世界的侍女。因此,当她身怀我们救主的时候,她急急忙忙地跑进山里，像一个侍女去事奉施洗的圣约翰的母亲圣伊丽莎白那样，直到圣约翰出世才走出山里。同样的方式，我们亲爱的救主耶稣基督、她的儿子和神人在圣礼的献祭仪式上把它给与了自己的门徒，他也亲自接受了它，于是他在自己面前围了块亚麻毛巾，并跪在自己的门徒面前，为他们涤足并用毛巾擦干，他说道："我给你们立个榜样，我怎么做，你们也应该相互这样做。"所以，无论人们思想和生活得有多高级，他们都接到了一条命令，尽管他们每天都接受到我们的救主，如果他们当真被委以一项任务，或者如果他们被举得更高，结果他们都必须在那些有益且无罪的事情上服务于社会：他们将高兴和热爱地去做这些事情。即使他们在自己的内转和祈祷里感受到那些事情的障碍和形象，那些事情也曾被委托给他们，他们必须进行管理；即使他们关心属于社会的外在事物：因为他们不会结束这一切，既不放弃自己的责任，也不卸下自己的重担，只是在那些对社会来说荣誉、善良和有益的事情上，至死都服从上帝、自己的上级和这个约定；只要他们在向上帝的内转里持守着爱心、敬畏和崇敬，在外转里蔑视和鄙弃自己。对于他们会做或者承受的一切，他们在真正的谦卑里都将轻看其分量，好像是一文不值。对整个社会和所有人来说，他们将是温顺、快乐和慷慨的；在真正的和平里，明察每一个人的需要，随时准备满足他们。那些遵守这条规则的人，不管他们是在上者或是在下者，只要愿意并采取他们以前用过的同样方式，他们都可以经常接近圣礼；因为他们现在要比以前更像是我们救主耶稣基督、圣经和最高级圣人们的那种生命。我也同样保守所有那些在修会之外的人，使他们内转并与上帝合一，并以他们需要的任何方式，向外转到为他们的基督徒同伴而作的慈善工作里。那些只观看和内转、不向外转到仁爱工作里的人，如果他们克制自己，不理会自己的基督徒伙伴的任何需求，那么与之相比,这些人都更加高贵和高级、更接近我们的救主和更与(他)相像。但是无论谁只想要践行观看和内转,而离弃需求中的自己的邻人,他永远不会拥有内转或者沉思的生活,他只是蒙蔽在自己的整个存在里;在一切事情之上,你们都要反对他。

接下来,就来谈论将要接近圣礼的第四群属灵之人;那些人都拥有善良意志,他们真诚地想要上帝的荣誉和自己的拯救,努力遵守自己的命令、规则与所有听说和发现的好方法,先前的古圣贤们描述过并用语言和工作创立了修会,那就是:他们如何总是在明晰的洞察力里按照规则和本性的能力,在唱诗班、乐章、餐厅、宿舍和救济院里,以及在沉默、言说、斋戒、修炼、病患和健康中行动的。在谦卑的顺服里弃绝自我意志,在身体健康的时候总是践行善事,在患病的时候总是变得温顺和有耐心;总是与血肉和一切尘世事物斗争并取得了胜利:注意,这是一切好修士和修女所遵守的共同法则。但是,如果他们不在乎做与未做、混乱还是有序、过多还是过少——无论以什么方式,良心都会见证并控诉说它是罪恶——他们将在祭司面前谦卑地哀叹并怀着痛悔的心情来忏悔,根据他的意愿行赎罪礼,坚定地信赖上帝。所以,每当仰赖上帝恩典的行为在自己修会里成为了普遍的行为,或者他们习惯于凭借良好习性来行动的时候,他们都将会自由地接近圣礼。其他处于修会之外的属灵之人有着良好的生活方式,在斋戒、庆祝仪式和好基督徒的所有风俗习惯里服从上帝、圣教会和自己的在上者,因为他们能这样做,而且是根据鉴别力:他们也将根据自己祭司的劝告去接近圣礼,因为人都习惯于在自己居住的地方做事。

接下来,就来谈论第五群接近圣礼的人。这些人都是只对自己中意的自负之徒,因为在做与未做的事情上,他们似乎总是公义、神圣、精明和智慧的,总是在其他人之上。他们未被上帝之光照亮，因此他们总认为自己和他们的工作是伟大的。他们大都拥有一种引人注目的生活方式，因为他们想要显得神圣，在那种生活里，他们也竟然被认为是神圣的。他们经常想要在忏悔和圣礼的接受上胜过别人。如果有人比他们受到了更多的重视，那么他们就会变得愤怒和伤心，因为如果有人居然走到他们前面的话，他们似乎是受到了不公正的待遇；因为他们心情沉重和脾气暴躁，喜欢受到赞扬和尊敬，不情愿地为地下和屈从他人。他们乐意接受神圣的名称、赞美和本性上的舒适。他们一点都不在乎自己要被别人认为公正，既不关心别人的谴责，也不接受别人的教导，但是他们倒想裁决是非，想要教导和谴责走近他们身旁的任何人。尽管他们在教会、读经、祈祷、下跪和美好的方式上用功；当他们回到家里的时候，他们是邪恶和残忍的，他们埋怨和诅咒别人，不能与自己的仆人以及身边的所有人和平相处。然而，他们够大胆，敢于经常接近圣礼；因为他们所做的一切，对他们来说都是正确的，他们也做得很好，要么有点小的过失，那就算作他们身边人的过错。因此，只要一个人根本上是自我陶醉，那么他还会在自己的灵里自豪。他不可能很好地认识到从那种根源里产生的过失；因为他似乎是配得一切，也总是在万事上正确无误。凭借这些人的知识不足和他们做的多次告白，尽管这些事情可以开脱罪责，不被当作是致死的罪恶；然而，他们的生活还是令人担忧的。人们必须经常在忏悔里抵制他们，因他们的骄傲谴责和惩罚他们，并告诉他们真理，那就是："心怀敬畏，(仰赖)我们救主的仁慈，你们就会在高尚神圣的日子里得到圣礼，这样你们就不会沮丧，也不会变得急躁。但是你们是温顺和谦卑的，你们会经常吃到基督，生活在他里面并在诸美德上增进。"

  第六群会接受圣礼的人一般都是那些如此紧密地坚持我们救主和自己的救赎的人，以致他们永远不想有意和自动地去犯下致死的罪恶，也永远不会怀着事先预谋好的恶意；出于敬畏和上帝的爱，他们亲自想要在进行和未完成的事情上遵守他和圣教会的诫命，也在所有必须是公正和必要的事情上遵守诫命。一年有一次，就是在复活节上，无论他们犯下的罪恶是大是小，他们都想要当着自己祭司的面忏悔和供认，就好像是他们犯下了这些罪恶，他们在每一方面都感到内疚，并且能够认识到这一点。于是他们就想根据律法和好基督徒的习俗来接受圣礼。他们总想按照自己祭司的意愿和自己犯罪的方式方法高高兴兴地顺服，并为自己的罪恶行赎罪礼。那些人就这样生活，如果全体基督徒要被拯救，那就是他们必须坚持的通向天堂的共同道路，只不过是还伴有沉重的苦修或伟大的炼狱。

接下来，就来谈谈第七群人，(包括)所有那些被上帝蔑视和认为不配的人；他们不会得到圣礼，在此生和来世都不可能得到，除非他们在苦修中幡然悔悟。首先是异教徒、犹太人和不信的民族。其次是邪恶的基督徒，他们亵渎基督并嘲笑他，毫不重视他的圣礼，或者是那些不相信基督的血肉就临在于祭坛上的圣礼中的人。这些人都该受到诅咒。但是没有意志的同意，一个突然的观念和诱惑都能和恩典共存共处。因此人要奋斗，并以信仰战胜一切；这样就会赚得奖赏而非诅咒。但是，完全行走在超越理性之上的信仰里，没有折磨和奋争，这要更加神圣、容易和优越。

有人发现了其他邪恶和恶魔般的人，他们说自己就是基督，或者说自己就是上帝；说他们亲手创造了天堂和大地；天地以及万物都仰仗他们的手；说他们被高举到圣教会的一切圣礼之上，而且他们也不需要那些东西；他们压根缺少任何东西。他们蔑视圣教会的法规、习俗、以及众圣徒书写在小牛皮纸上的一切，对此感到不以为然。但是对他们自己创造的无模式、邪恶的行径和兽性的习俗，他们都认为是神圣和伟大的。他们从中得出对上帝的敬畏和爱来，他们想要放弃分别善恶的知识。他们在自己里面发现了超越于理性之上的无模式。因此在他们的末日幻像里，所有的理性受造物似乎都将变成同一个无模式的本质；他们会说那种本质就是上帝，没有知识和意志并在本性里受到祝福。请注意并记下来，因为这的确是太初以来所听闻过的最愚蠢和邪恶的观点。不过在这种和类似的观点里，许多看似属灵、实则比魔鬼更邪恶的人都受到了欺骗。因为异教徒、犹太人、本性、律法和理性；因为圣经关于善恶人群、天使和魔鬼的论述；上帝的话语和工作与他们的不信相忤逆。因为我们持有的共同信仰告诉我们上帝是三而一、一而三。他的本性是要去知晓和深爱自己，去享受自己的快乐。这三点是不可改变和永恒的，没有起点和终点。他自己就是秩序和模式，是一切受造物的镜子。追随他的榜样，他是万物都享有秩序、模式、分寸和重量。但是，我们在上帝里所享有的生命与上帝的生命相同，并且在本性上受到祝福。但是，我们有着另外一种生命，和众天使一样，是上帝从虚无中创造出来的并将得到永久保存；这种生命在本性上不会受到祝福，但是通过上帝的恩典就会受到祝福。如果我们真的接受到恩典：信仰、希望、知识和爱，如果我们真的践行了蒙上帝悦纳的诸美德，那么我们就被提升到自己之上与上帝合而为一；但是任何受造物都不会成为上帝。所以天上的众天使也是如此：虽然他们在本性上不是天生就会受到祝福的，但是他们却接受到了上帝的恩典。那些转向（上帝）、知晓并热爱他的人会受到祝福，他们会被牢固确立并在一种永恒的快乐里与上帝合而为一；不过，他们还是不会成为上帝，他们也永远不能成为上帝。但是，他们全都会稳立在我们救主的面前，而且在本性、恩典和荣耀里，我们每一个人携着自己的功德，都会明辨自己所处的情形，并从上帝那儿接受到命令。所以他们将永世长存，我们也和他们一样：理解和热爱、感谢和赞美,在这一切之上,享有上帝的快乐,每一个人都根据他所配得的一切和众天使们呆在他的状态和命令里,而且都以美德赚得这些。因此,我们的救主说我们的天使一直凝视着居住在天堂里的天父的脸庞。所以,正如美善的天使转向(上帝)并受到祝福一样,因而虚伪的天使心怀傲慢、离开上帝并转向自身,他们对上帝在本性中赋予自己的高贵和美丽感到满意,蔑视恩典,不屑于转向上帝;他们立即会受到诅咒,从天堂坠入到该死的黑暗里,他们必须永远呆在那里。然而,他们比任何魔鬼都糟糕,都是些虚伪和不信的人们,他们蔑视上帝和他的恩典、圣教会及其所有圣礼、圣经以及所有美德的操守,并声称自己生活在一切非模式的模式之上;声称如果自己不在的时候就如同虚空一样;说他们不再拥有知识和爱,也不再欲求,不再践行美德,他们在一切事情上都是空无的。因为他们想要犯罪,并且在没有良心上的(疼痛)和无需敬畏的情况下犯下不洁的恶行,他们竟说末日审判时天使和魔鬼、好人和恶人都将会变成神性的同一个单一实体;在那里,他们将成为本质上同一的祝福,不需要上帝的知识和爱;他们说,从那时起上帝不会再意愿、知道、或者爱自己或任何受造物。请注意,这是最伟大的错误、邪恶和曾听说过的最愚蠢的不信。这些人不会得到圣礼,活着或者死了也不会得到,他们也不会和基督徒埋葬在一起,但是他们应该被埋葬在火刑里。因为他们在上帝面前是受诅咒的,他们处于地狱般的深渊中,这深渊比一切魔鬼要深远。

接着你们还要知道:那些活在致死的罪恶里,追随世俗过着一种禽兽般的生活,对上帝毫无敬畏、爱心和尊敬,不服从上帝、圣教会和基督教的法律,他们都不会接近圣礼;那些傲慢无礼并且压迫自己邻人的人们也会如此。

贪婪、吝啬、毫无慈爱之心、愤怒、妒忌、残忍、犯罪;责骂、诅咒、发誓和争吵；放高利贷、买光、毫不忌讳、狡猾、邪恶、骗人、作恶、在一切行为上的错误和不忠，以及在一切美德上的迟缓、懒惰和毫无准备；在罪恶上面表现得热心、迅捷、匆忙和紧迫，像一头猪那样放纵和贪婪，早晚都喝得醉醺醺的，如果他们都是愚人的话，就一点都不会让人感到奇怪了；吃吃喝喝，他们的胃就是（自己的）上帝：因此他们都是魔鬼的笑柄。他们想要用食物和饮料无休止地装满自己的所有大桶。这些人很少能获得帮助，因为这就过上了一种更加不贞洁的生活，在言语、工作和行为里为身体提供了快乐。他们的确是魔鬼的大桶，因为他们都是罪恶的奴仆；确切地说，魔鬼才是他们的救主。现在就一起来看看他们的不幸命运：他们已经从上帝的恩典中坠落了。他们不应该被施行圣礼，因为除非是他们怀着痛悔之心转皈并寻找我们救主的恩典，他们的整个生活都只会是一个大灾难。上帝的恩典是为所有想要使那些没有属于他们的一切变得更好的人预备的。

所以，当罪人转皈的、哀叹和在祭司面前为自己的错误行为而忏悔，并且想要行补赎礼的时候，上帝就会接纳它。祭司将和众天使和圣徒一样欣喜，而且将在一年间的任何时候给他施行圣礼。但是那些一直持守在自己罪恶里、没有自知之明、不做内心的转皈和痛悔的人，不管是死是活，他们都不会被施以圣礼，也不会和基督徒们埋葬在一起。因为只要这种人还持守着邪恶的意志，不会为自己的罪恶而痛悔，教皇就不可能赦免他们，所有在世的祭司也不会赦免他们；如果他就这样死去，他必定会遭到诅咒。

现在你们发现有许多生性和蔼和好心情的人：根据与他们同行的伙伴来看，他们都是内心快乐、大度、仁慈、热情和敏感的，容易受到善恶的驱使。这些人有时候会坠入多种令人忧伤的罪恶中。但是当他们从好人那里看到或者听说好事情的时候，他们很容易激动和痛苦，担忧自己的罪恶，并且在补赎中怀着痛悔之心转皈基督。其他的人们通过疾病和对死亡的恐惧开始认识到自己。有的人在适当的时候，比如说在四旬斋期里，通过布道或者其它通行在圣教会里的苦行赎罪习性（才认识到自己）；因此他们都藉着痛悔才受到了内心的触动，认识到自己的邪恶行径，并且追随上帝的恩典，为自己的罪恶而哀叹和忏悔，尽可能地渴望对上帝、圣教会和所有人行补赎礼。所以他们与上帝成为了一个意志，（依赖）上帝的仁慈，他们可以接近圣礼。即使他们总是失败，他们也一直容易受到感动，并且比别的本性恶毒和邪恶的人更有准备重新站起来。如果他们立定得稳，比起别的任何本性恶劣和邪恶的人来说，他们也会在恩典和美德上得到增长。

而且，所有在四旬斋期里的人们出于好的习性，都会真诚地以内心的痛悔来讲说自己的忏悔，接受来自自己祭司的罪罚，此外，还在所作所为和半途而废的行动中渴望按照上帝的意志而行，以正确的慈爱对待上帝的自己的邻人；在复活节里，凭着自己祭司的劝告，这些人都将在身体和灵魂的真正谦卑里，接受到（信赖）上帝恩典的我们的救主。

现在，要懂得：所有活在那样一种状态里的世人，他们与上帝和圣教会保持着一致，他们拥有如此善良的意志，以致于他们在上帝的帮助下站立得稳，并且使自己脱离令人忧伤的罪恶，而不管它是在婚姻内外，在公务还是服务里，在买卖和所有生计里，在劳动好事在公正的交易里；（他们）自愿和有意地不对任何人撒谎或者欺骗自己，也不夺取属于任何人的东西，也不会使他与它相隔绝，只会在一切事情上保持真实和公正，意愿并渴望按照上帝的诫命而生活；（他们）不恨任何人，不嫉妒任何人，也不厌恶他，但对任何需要他的人都保持亲切和仁慈；（他们）喜欢听弥撒和布道；（他们拥有）对上帝以及对所有人的敬畏、尊重和爱；（他们）在祭司面前谦卑地哀悼和忏悔自己的过错，并且顺服罪罚和一切善事：注意，即使这些人为了自己和那些附从于自己的人的生存，或者为了与贫穷人分享它而在外在事务上忙碌和大显身手，他们仍旧可以自由地接受（有赖于）上帝恩典的圣礼，在只要他们需要到任何极其神圣的日子里。因为即使他们在日常的过失里总是跌倒，根据自己的力量，他们拥有善良的意志并在一切事情上保持公正。

现在就请热烈地关注那些拥有善良意志的人，以及那些在所作所为、半途而废的行为和受难里与上帝同心同德的人。意志的善良是由圣灵引起和诞生的。因此那种意志是一个活泼和心甘情愿的工具，上帝以他来实现自己想要的一切。人意志里的善良是上帝注入的爱，凭借着它，他培育着上帝和诸美德。我们意志的善良是上帝的恩典和我们的超自然生命，凭借着它，我们与罪恶作斗争并胜过了它们。善良意志在与上帝恩典的合一里，使我们自由，把我们提升到自己之上，使我们在一种冥思的生活里与上帝合而为一。善良意志在其向上帝的内转里，是冠以永恒之爱的精灵。在其外转里，它是自己外在善功的主宰。它自身就是上帝以恩典统治的国度。其中有着仁爱，是为我们救主而生的感情。在它上面，它是受到祝福并与上帝联合在一切的。通过它，我们向罪恶死去并过上了道德的生活。在它里面，我们对万物都享有平安和宁静。如果我们这样生活，那么无论我们何时在圣礼里、或者在我们的灵里以爱希求，我们都会接受到自己的救主。

关于第三群人

现在有许多人在所有美德的操守之上，在自己里面感觉并发现到一种我们都一起参与其中的活泼生活：创造的和自存的，上帝和受造物。你们要知道我们在上帝智慧的形象里拥有一种永恒的生命。那种生命一直呆在天父里，和圣子一道流出，并与圣灵一道向后回转到同一本性里；所以我们就永远地生活在我们圣三一和慈父般的同一性的形象里。因此我们就有一个受造的生命，是从同一个上帝智慧里流出的；在那里，上帝知道自己的力量、智慧和善良，那是他藉以生活在我们里面的自己的形象。从他的形象里，我们的生命获得了三种特性，藉此我们与他的形象相像，以致我们被接纳。因为我们的生命总是存在着、观看着并且倾向于我们受造性的起源。在那儿，我们因上帝而活并向他而活；上帝活在我们里面，我们也活在它里面；在本质上和在本来的本性里，这是一种我们里面的活泼生命。因为它超越于希望和信心之上，也在恩典和一切美德的操守之上。因此它就是一：它的存在、生命和工作。这种生命隐藏在上帝和我们灵魂的实体里。但是因为它在本性上就存在于我们里面，所以有些人无须恩典、信仰或者任何美德的操守就能够了解它。在自己本质所敞开的单一性里，那些人都是超越于感官形象、性格内向和内心毫无牵挂的人。在那里，他们似乎都是神圣和受祝福的。有人认为他们就是上帝。只要他们能够使自己脱离形象，并且在毫无遮蔽的空无里发现和拥有自己的本质，他们就不认为事情会有什么善恶的区别。这些都是我之前说过的虚伪和不信的人，属于第七群人，人都不应该给他们施行圣礼；因为在所有事情上他们都心怀欺诈，被上帝和圣教会诅咒。

现在抬起你们的眼睛，在理性和所有美德的操守之上，以亲爱的灵和凝视的目光来注视作为一切生命和神圣性根源和起因的活泼生命。那将被视为上帝丰富性的一个荣耀深渊，和一个在其中我们感觉到自己与上帝联合在一起的一眼（活泉），一眼在我们的所有天赋里涌出恩典和多重恩赐礼物、并根据人的需要和功德个别地满足每一个人的活泉。在我们生命的活泉里，我们都与上帝联合在一起,只是在他的恩典溪流里我们被分割开来,并且清楚明白地接受一切事物和一切从属于他的人。我们仍然一直在仁爱和人性里联合在一起,并且首先在我们都与上帝联合的活泼生命里联合在一起。我们与上帝的合一超越于理性和感官之上。我们在那里与上帝共有一个灵和生命。除非通过上帝的恩典和爱,在活泼生命里死去、在活泉里受浸洗并在出自圣灵的神性自由里再次诞生,除非持守并与上帝联合在沽泼生命里,通过他的爱的丰富和充盈,在诸美德上总是更新万物和流出恩典,没有人能够看见、找到或者拥有那种生命。请注意,这是一种属天的永恒生命,从圣灵里诞生并始终在人与上帝间的爱里更新自己;因为上帝的工作在我们灵魂的空无里是永恒的。我们和圣子在天父里共有一份永恒的生命;那同一个生命是和圣子一道从天父那里流出和诞生的;天父和圣子已经在圣灵里永远知晓和热爱着那种生命。所以我们在一切创造之前,拥有一份在上帝里面永恒的活泼生命。上帝从那种生命里面创造了我们,但不是从那种生命本身及其实体里,而是从虚无里创造了我们。我们的受造生命系于我们在上帝里面享有的永恒生命之上,同样也系于本性上适合于他的永恒原因之上。所以我们的受造生命无须任何中介,与我们在上帝里面享有的生命是同一个生命。而且我们在上帝里面所享有的永恒生命也无须任何中介,与上帝是同一的。因为他是自己制造出的一切中的一个活榜样。他是所有受造物的原则和起因。他一个观看行为里他知晓自己和万物。在自己智慧的镜子、形象、命令、形式、理性里,他以鉴别力知晓的一切都是真理和生命;那种生命就是他自身,因为在他里面没有别的,只有他自己的本性。万物都舍弃自己而活在他里面,也活在他的自己的始因里。因此圣约翰说道:"凡被造的,没有不是活在他里面的,"那种生命就是他自身。在我们的创造之上,我们都有上帝立的一个永恒生命,好比在曾经从虚无里面制作和创造我们的活泼始因一样。但是我们既不是上帝,也没有造出自己。我们在本性里也没有流出上帝来。只是因为上帝已经在自己里面永远地知道和意愿我们,所以他已经造出我们,既不是通过本性,也不是出于必然性,而是出于他意志的自由。他知晓万物。凡他说愿望的一切,他都能在天上和地上做成。他在我们里面:是光和真理。他在我们创造性的最高级(部分)里展现自己,并把我们的记忆提升到洁净里,把我们的灵提升到神性自由里,把我们的理智提升到没有虚构的赤裸真实里。他以永恒的智慧照亮我们,并教导我们去凝视和沉思他深不可测的丰盛;在所有亲切的源泉里有着无须劳作的生命;有一种对永恒祝福的品尝和感觉,在完全的饱满里没有任何疲劳。现在就让我们超越与时间一同毁灭的一切吧。然后我们就可以在爱里高兴,因为永恒的生命是为我们准备的。

在世界的起初,当上帝想要在我们本性里制造第一个人的时候,他在位格的圣三一里说道:"让我们就按自己的形象和样式来造人吧。"上帝就是一个灵;他的言谈就是他的理解;他的工作就是他的意愿。他能做成自己想要的一切事情。他的一切工作都是高尚和有条不紊的。他把每一个人的灵魂当作一面活的镜子来创造,在它上面压下了自己本性的形象。所以他以自己的形象活在我们里面,我们也以自己的形象活在他里面;因为我们的受造生命与我们在上帝里面永远拥有的那种形象和生命是同一的,不需要任何中介物。我们在上帝里面享有的生命与上帝里面的生命是直接同一的。因为它与未诞生在天父里面的圣子生活在一起,它与圣子一道自天父而生,并与圣灵一道自他们中流出。所以我们就永远生活在上帝里面,上帝也永远生活在我们里面。因为我们的受造性生活在我们在上帝圣子里面享有的永恒形象里。我们的永恒形象与上帝的智慧是同一的,并且生活在我们的受造性里面。因此永恒的诞生和在我们灵魂里自圣灵的流出总是处于永不止息的更新之中。因为上帝已经在永恒里知晓和热爱我们,召唤并拣选了我们。反之,如果我们想要知晓、热爱并拣选他,那么我们就是神圣和受祝福的,并且受到了永恒的拣选。在我们灵魂里的最高级(部分)里,我们在天上的父将向我们显示他的神性辉煌;因为我们是他的国度,他在我们里面居住和统治。同样的方式,天空中的太阳也以自己的光线照遍和照耀着整个世界,并使整个世界果实累累,上帝的辉煌也如此在我们心灵的最高(部分)里行使统治权。它在我们的所有天赋里给出了清晰和闪耀的光线,即神圣的礼物:知识、智慧、清晰的理智、理性的思索和在诸美德上的鉴别力。以此,上帝的国度在我们的心灵里得到丰盈。但是爱是没有边界的,它就是上帝自身,像燃烧着的煤发出的火光一样在我们的灵里行使治权,它发出闪烁和燃烧着的火花,在炽热的爱里触摸和闪耀:内心和感官、意志和渴望、以及灵魂里的所有天赋,都处于无形之爱的急风暴雨和不平静之中。请注意,这些都是我们藉以和可怕而又巨大的上帝之爱抗争的武器,它想要燃尽所有亲爱的灵并把它们一口吞进自我里。然而,他以自己的礼物护卫着我们,照亮了我们的理性,并且命令、教导和劝告我们应该尽自己的最大可能来护卫自己,努力维持我们在爱里与之斗争的权利。至此,他给与了我们力量、知识和智慧。它把我们的所有感觉天赋带入到一种内心的感觉里。它使我们内心去爱、渴望和品味。它给与我们灵魂沉思和凝视。它给我们奉献之情,并使我们沿着燃烧着的火焰高升。它给与我们理智知识和永恒智慧的滋味。它触及到亲爱的能力,并使人的灵当着他的面容燃烧在敬拜里。请注意,我们的理性在此必须臣服,所有的活动都与分别力一起(运作);因为我们的能力在爱里就变成单一的了,并在沉默中没落,趋向于天父的面容。因为天父的启示在无法想象的赤裸里把我们的灵魂提高到了理性之上。灵魂在那里是单一、纯净和贞洁的,不再与万物相关联。在那种纯粹的空无里,上帝显露出自己的神性辉煌。在那种辉煌里不可能出现理性、感官、思索和分别:这都必须低于它,因为那种无边的辉煌会刺瞎理性的眼睛,所以它们不得不服从于不可理喻的光芒。但是理性之上的单纯眼睛植根于理智之中,总是睁开和沉思着的,并以同样的光芒毫无遮蔽地凝视着这种光芒。有了眼对眼,镜子对镜子,形象对形象。藉着这些"三(three)",我们就与上帝相像并与他联合在一起;因为在我们的单纯眼睛里的观看是上帝曾经为他的形象制作的一面活镜子,他在上面已经压上了自己的形象。他的形象就是他的神性辉煌;于是,他填满了我们的灵魂之镜,以便别的任何清晰性和形象都不会出现在那里。但是那种辉煌在我们和上帝间没有中介物,因为它和我们看到的是一样的,也和我们看到的光芒时一样的,但不是我们眼睛看到的光芒。因为即使上帝的形象在我们灵魂的镜子里是不需要中介物的,并且直接与它相联合,然而那种形象不是镜子,因为上帝不会变成受造物。但是镜子里的形象合一是如此的伟大和高贵,以致灵魂被称为上帝的形象。而且,我们所接受到并且带入我们灵魂里的同一个上帝形象是上帝的圣子、永恒之镜和上帝的智慧,我们全都生活在其中,并且永远作为他的形象。但我们不是上帝的智慧;因为那样的话,我们就已经造出自己,而那是不可能的,也与信仰相悖;因为我们所是及所有的一切都来自于上帝,而非我们自己。即使我们灵魂的高贵是伟大的,它也对罪人和许多善良人来说是隐蔽的。没有体验和感觉,我们凭借本性所了解到的一切都是不完全的。因为没有他的帮助和恩典告,没有在他爱里我们的真实践行,我们就不能够沉思上帝,也不可能在我们的灵魂里找到他的国度。

藉着我们救主耶稣基督的圣名,他乐意成为自己的一面镜子:他向那些自己意愿的人显现自己。那些人都弃绝自己,在所作所为、半途而废的行为和诸美德里跟随他的恩典,并且在灵魂的无蔽视力里通过信、望、爱被提升到他们的工作之上,那就是:总是在我们理智的根基之中,在理性之上睁开的单纯眼睛;永恒的真理在那里展示自己,藉着它,我们的无蔽视力即我们灵魂的单纯眼睛才被充满。它的本质、生命和活动要去沉思、飞翔、奔跑,要一直去超越我们的受造性,不往后看或者向后转。上帝向观看着的眼睛展示作为自己自身的国度和荣耀,它是有福的。因为我们在天上的父活在我们灵魂的国度里,就好比是活在自己里面。他在我们理智的根基里,把他超越于我们理智之上、不可理喻的辉煌给与我们。天父和圣子一道在意志和活动之上,把他们深不可测的爱灌注到我们里面。我们在自己善意根基里的意志是炽热的火花,是灵魂的真实生命。天父在那里诞生了自己的圣子,那里流出了他们深不可测的爱。但是我们不可能理解上帝的工作,我们的理解力也不可能达到那里;因为我们的所有天赋和他们的工作都必须屈服,必须经历上帝铸就的转化。我们在哪里被我们救主的圣灵铸造并被吸入到(上帝)里面,我们就在哪里成为上帝的儿子,通过恩典而非本性。在那里我们是单纯的。因为我们所有的天赋都在他们自己的工作里失效了,并在上帝的永恒之爱面前融化和流失了。因此这被称为是一种爱里的虚无化生命。现在请在灵里的升华里来理解;因为人在这里超越了自己的所有天赋和他们的一切工作,并进入到自己的空无状态和单一本性里,以及进入到灵里的纯洁里。我们的空无状态是无蔽的不可想象。我们的单一本性是沉思永恒的真理。灵里的纯洁是去与上帝的圣灵联合在一起。在那里,我们感觉到自己与上帝成为一,以及上帝里的合一;与上帝同吸气,并在上帝里面呼出(我们自己)。我们与上帝一起感觉到的活泼合一是主动的,它总是在我们和上帝之间更新自己。在那里我们相互亲吻和触摸,我们感觉到不会让我们在内心宁静的隔阂。因为尽管我们在理性之上,我们也离不开理性。因此我们感觉到自己触摸和被触摸;爱和被爱,总是更新和转回自己里面,像天上的闪电一样稍纵即逝。因为我们在爱里有多少倾向和努力,它就会向激流游去:我们不能突破自己的受造性,也不能超越它。所以他的触动和我们隐藏在内心的奋争就是上帝和我们之间的最后中介,在此我们在爱的相互际遇里与他联合在一起。因为圣灵的活泉有着一根涌动的血管,在那里我们与上帝开始联合在一起,那就是上帝的触动;那是如此的强大和坚固,以致我们不可能进入到他深不可测的爱的深渊里。所以我们总是在理性之上站立在自己的自我里:无法想象,在不可理喻的丰富里凝视和奋斗着。这些是三个特性,即灵魂的本性、生命和工作。藉着这三个特性,灵魂在其至上的高贵性里就与上帝相像。在它回应上帝的永恒"三性"的地方,灵魂的本性是空无和无法想象的:天父的居所,他的寺庙和国度。由他诞生了圣子,那就是在睁开和凝视着的眼里的他的辉煌。他把自己的圣灵即他的爱灌注在灵里的内在努力中,在那里,它总是在永恒里奋斗。在我们的工作里,我们在自己的灵里的纯净里一直保持着似神而在(God-like)。因为我们在自己里面感觉到我们不是在自己所是的一切里沉思和奋争:藉此,我们与神相似而在。但是在他的工作里,我们被圣灵所铸造,并且经历着他的辉煌和爱的转化。在那里,我们因着恩典超越了样式——上帝的儿子们。当我们在自己里面感觉到我们是在他里面工作和奋斗,以及感觉到我们经历他并被他铸造的时候,我们在他的光明里知道了这一切,在圣灵里品尝和感受到了他的爱。在合一里我们是一个灵,与他同享一个生命;但是我们始终处于受造物的位置,因为尽管我们在他的光明里得到转化,并止息在他的爱里,我们也不如他知道和感觉到我们自己。所以,我们必须在他里面一直沉思和奋斗,这项工作将永远伴随着我们。因为我们不能丢弃自己的受造性,也不能如此完全地超越它,以致除了上帝,我们不应该永远地留存。因为,即使上帝的圣子已经取了我们的人性并使自己成为人,他也未曾使我们成为上帝。因为许多人都生活在罪恶里,不会受到祝福,只能受到诅咒。但是他拥有一颗从虚无里造出的灵魂,另外有着从童真女马利亚的洁净血液里而来的身体。他曾穿戴并在灵魂和身体上与他联合在一起,所以他是上帝和马利亚的圣子,在一个位格里同时是上帝和人。灵魂与身体也以同样的方式成为一个人,那就是上帝的圣子、耶稣、马利亚的儿子、一个活着的基督、天地的救主和上帝。然而他的灵魂不是上帝,也不是上帝的本性。上帝的本性也不可能变成受造物。但是不相混合的两性联合在一个神性位格里,那就是我们亲爱的救主耶稣基督。他单独和上帝在一起,超越于一切受造物之上,是活在天地间有权柄的王子,没有任何人与他相像。因为它的人性充满了上帝的一切恩赐礼物和丰富的神圣性。别的圣徒从创世之初就已经获得的一切,或者将在永恒里拥有的一切,都得根据上帝的意志在他们之中分配。但是我们救主的人性已经单独获得了一切丰富的恩赐礼物,不再分配给别人,藉此,他已经并能够充满一切受造物。他单独就是我们从上帝那里或者可以从他那儿得到的一切益处的原因。

　　愿我们救主耶稣基督的恩典在所有我们需要的真理里照亮我们。因为在起初,当他的灵魂受造并与上帝的智慧联合在一起的时候,他的理性是如此的清晰,他的理智是如此的明亮,以致他的灵魂清楚明白地知道曾经永在和将来永在的一切受造物。他的人性从上面和他在天上的父那里接受到超越于万物之上的权力和大能，所以他能够给与和取走，赴死和再生，以他所意愿的征兆和奇迹来工作，赦免罪恶并赐予恩典和永生。因为根据他的意志，上帝做成的一切都得服从于他的人性。圣灵携着他的所有恩赐礼物栖止在他的灵魂和人性里，使得他富有和大度，并溢出到那些需要他并渴望他的人里面。他是谦卑、忍耐、温顺和慈爱的，满有恩典和信仰，顺从的并在意志上听天由命，而且是清白无罪的。他在死里舍弃了自己，以便我没可以受到祝福并与他永远活在一起。他是我们藉以知道怎样生活的法则和镜子。他的人性是上帝辉煌的一个灯笼，已经照亮了天地，并将永远照亮它们。他那蒙福的名字——耶稣，在永恒里被预知、召唤和拣选，并被天使告知童贞女马利亚，他的母亲：这样他才会是上帝的圣子和她的儿子，在一个位格里同时是上帝和人。他就这样被给与了我们，他一直为我们而活，服务并教导我们，以他的死赎买并赦免了我们，用他的神圣血液洗清了我们的罪恶。他已经高升到诸天和所有天使唱诗班之上，并戴着王冠，坐在他天父的右手边，在荣誉和权力上与他等同。所有人都屈膝跪倒在他面前，因为他是众主之主和众王之王，他的智慧没有终结和开始。还有许多不信的愚蠢人说他们是基督或上帝，不过他们没有智慧，也没有上帝的恩典、力量和美德。因此，他们正好归属于地狱之火。因为只有一个上帝和一个基督：他既是上帝，也是人，他是独一无二的，没有别的人配这样。在末日里，当他将要审断善恶是非的时候，他们就将真实地发现自己不是上帝，而是受诅咒的人。我想向你们证明他们也不是基督。因为我们救主耶稣基督的人性在自身中没有实体，因为不像其它所有人那样，它不是自己的位格，但是上帝的儿子是它的实体和形式。所以他和上帝共有一个形式。通过那种联合，它要比上帝之下的一切聪明和强大。所以我们救主的人性在上帝里被接纳了，它比一切受造物要高贵、聪明、神圣和多福。从本性和恩典上来说，他是上帝国度里无可争议的英雄。因为它是天父和圣母的头生子，是众弟兄的王子和统治者。如果他愿意，如果我们配得上他的恩典，那么他将使我们和他一道成为后嗣，并分享他天父的国度。他已经向我们应许了这一点，如果我们事奉他，那么我们将会和他呆在一起，那就是说整个身体和灵魂都呆在上帝荣耀的殿堂里。于是，我们将会永远和他呆在那里，处在那种国家里每一个荣耀的人都归属于他，披戴着我们的工作，在美德和爱里丰盈和完美。耶稣将向我们显现他的荣耀面容，比太阳还要清楚。我们将听到他的亲切声音，比任何乐曲都要甜蜜。我们将坐在他的桌旁，他将服务我们，就象一个服务自己的臣民和自己拣选的朋友的高贵王子那样。他将给我们他从自己天父那里获得的荣誉和荣耀，我们把那些给与他要胜过给与自己。这就是他当时说这话的意思，他说道："父啊，我愿您曾经给与我的一切人，我愿他们和我呆在自己的地方里，我愿他们会注视您曾经给与我的荣耀。"我们将明白那一点，于是我们将完全超越我们所有的工作和功德。结果，我们将在自己和他里面享有喜悦和荣耀。那种快乐将发生在心灵、感官、灵魂和身体里，永远充满和流溢不止。这是我们和救主耶稣基督在他的永恒国度里将拥有的最低祝福。

现在，这一切都将你们的心灵和无蔽目光提升到诸天和一起受造之上了，因为我想向我们显示隐藏在自己里面的活泼生命，我们的最高祝福也在那里，我之前也谈到过那里，只是说的不够那么清楚。尽管我没有以有条不紊的方式来从事那件事情，我也已经预见过，在做之前也预先思考过。那时我所缺少的，现在我都想补上。

现在请注意和理解到你们所有人都在神性光明里得到了提升；我不对任何别的人说，因为它不可能理解它。上帝曾植根于我们里面的活泼生命包含四点：第一点是生命的本性；第二点是它的践行；第三点是它的本质性存在；第四点是它的超本质存在。

永生的本性是由上帝在我们里面诞生的，它在于上帝的合一里，它自上帝而来并活在我们里面，也自我们而出并活在他里面。因为出于自由意志，在天上的父已经在他的圣子里面生育和拣选了我们。因此藉着恩典而非本性，我们都是上帝的儿子。因为上帝的恩典是为我们而准备的，它高于本性，所以没有恩典，没有人能看到或找到永生。但是如果我们想要看到永生并在自己里面找到它，那么通过爱和信，我们必须超越于理性之上，开启我们的单纯眼睛。在那里我们发现上帝的辉煌诞生在我们里面。它就是曾经转变我们单纯眼睛的上帝的形象；没有别的形象能够出现在那里。然而，在注入的光芒里，如果他想要向我们显示它，我们能够认识低于上帝的一切。每一次瞥见都接受到整个上帝的形象，它是不可分割和完整的；他对任何人都是完整的，作为一个不可分割的东西存在于自身中。我们仍然分散在实体和本性中。我们在自己里面看到的上帝辉煌，既没有开始也没有终点，既没有时间也没有处所，既没有方法也没有途径，既没有形式也没有形状和色彩。它完全地拥抱我们，环绕着我们，穿透我们，并且使我们的单纯视野张开得如此之大，以致我们的眼睛必须永远睁开着；我们不能闭上眼睛。所有你们就具备了第一点，即出自上帝的永生的本性。

接下来谈谈第二点，那与我们与上帝间的活泼生命的践行有关。现在请懂得并把你们的内在之眼提升到你们中的最高（部分），你们在那里与上帝成为一。因为与上帝合一是我们的永恒生活状态：在那里，上帝居住在我们里面，我们也居住在他里面。那种合一是活泼和富有成效的，它不可能是被动的，因为通过无法分离的相互寄居，它总是在爱和新的探视里更新自己。有拖拉和跟从，给与和取走、触摸和感动。因为我们在天上的父居住在我们里面，他亲自探视我们，并把我们提升到理性和思考之上。他使我们抛弃了一切形象，把我们带入自己的开端。在那里，我们只找到野蛮、荒芜和无法想象的赤裸，它一直回应着永恒。上帝在那里把自己的圣子给与了我们。圣子以自身就是他的深不可测的辉煌来探视我们无法想象的眼光，他要求并教导我们以它来凝视和沉思那种辉煌。在那里，我们发现了上帝的辉煌在我们里面，我们也在它里面并与它联合在一起。尽管它已经抓住我们，我们也不可能抓住它，因为我们的抓住行为是受造的，而那辉煌就是上帝。因此，我们让自己的目光与它同行并跟随它，它永远是无边的长远和宽广，高大和深刻，没有任何样式和模式。即使我们以一种单一的方式与它成为一，我们也不可能到达或者赶上对我们来说是不可理喻的一切。在这里，我们看到天父在圣子里，圣子也在天父里；因为他们在本性上是一个。所以他们生活在我们里面，也把圣灵即他们两个的爱给与我们，圣灵与他们两个共有一个本性和上帝，并与他们两个一起生活在我们里面。因为上帝在自身是不可分割的。圣灵把自己给与我们并探视我们，触发了我们灵魂里燃烧着的火花。这就是我们和上帝间永恒之爱的开端和起源。爱的践行是自由的，它不会为自己而感到惭愧。它的本性是贪婪和大度的。它总是想请求和贡献、给与和取走。上帝的爱是贪婪的。它要求灵魂所是的一切，以及灵魂能够做到的一切。这种灵魂是富有和慷慨的，它想把一切都给与贪婪的爱，这是它的要求和渴望；但是它不可能实现这一点，因为他顶受造性必须持续到永远；它不可能脱离它，也不可能弃之不顾。因此：无论爱吞噬、消费和燃烧什么，要求灵魂做对它来说不可能的事情，尽管灵魂也渴望熔化和消失在爱里，它也仍然必须保存到永远而不会消灭。而且，上帝的爱也是深不可测的大度。它向灵魂提供和显现它的一切，它也想全然自由地把它们给与灵魂。现在，亲爱的灵魂是特别的饥渴和贪婪，它张开了大嘴，想把显示给它的一切都吞下去；但是它是受造物，既不能吞噬也不能把握上帝的全部。所以它必须渴求并张开大嘴，永远饥渴难忍。它越是渴望和努力，就越是更好地感觉到上帝的丰富正是自己所缺乏的。这就被称为是在缺乏中的奋斗。请注意，爱能给与和取走。这是我们现实生活中对爱的践行。加之这是真实的，他们能够看见和感觉到是谁在践行这种爱。

接下来谈谈第三点，这与现实的本质性存在有关，在那里，我们和上帝成为一个，并在永恒的快乐里超越了一切爱的践行，那就是：在工作和忍耐之上，在一种受祝福的空无里；超越了与上帝的联合，在只能存在上帝的工作的合一里。因为他的工作就是他自己和他的本性。在他的工作里，我们都是空无的，受到了转化并在他的爱里与它成为一个；但不是在他的本性里与他成为一，因为那样的话我们就会是上帝并消灭在自己中，那是不可能的事情。但是我们在那里是在理性之上，并处在没有理性的一种清晰认知行为中。在那里，我们没有感觉到上帝和我们之间的任何区别，因为我们在自己和一切秩序之上，并止息在他的爱里。既没有要求也没有渴望，既没有给与也没有取走，只有一个受祝福的空无、一顶王冠和一切神圣与美德的本质性奖赏。我们亲爱的救主耶稣基督想要得到这一点，那时他说道："天父啊，我意愿您曾给与我的那些人都可以成为一，甚于我们成为一个。"并不是在所有的方面，因为他在本性上与他的天父是一个，因为他是上帝。他也在我们的本性里面与我们成为一，因为他是人。他生活在我们里面，我们也通过他的恩典和自己的善功生活在他里面。所以他与我们联合在一起，我们也和他联合在一起。在他的恩典里，我们和他一道热爱和崇敬我们在天上的父。在爱和践行里，我们与我们在天上的父联合在一起,但没有成为一体。因为天父爱着我们,反之,我们也爱着他。在爱和被爱之间,我们总是感觉到区别和不同;那就是永恒之爱的本性。但是在超越一切爱的践行的圣灵的合一里,在我们被天父和圣子所拥抱和环绕着的地方里,我们全都成为了一,亦神亦人的基督在与上帝共有的深不可测的爱里,也以同样的方式与他的天父成为一。在同样的爱里,我们全都在一个永恒的快乐里得以完全,那就是:在一个蒙福的空无里,这对一切受造物来说都是不可理解的。

而且,在我们的空无里,我们都在上帝的爱里与他成为一,那里开始有了超本质的沉思和感知,至高者进入了言词,那就是:在我们的超本质祝福里,自我们的本质性存在向死而活与因死而活。当我们通过上帝的恩典和帮助控制住自己的时候,我们就能够在自己愿意的时候摆脱诸形象,正好到达我们的空无里,在此我们在上帝之爱的无比深渊里都与他成为一,我们也真正地感到满足。因为我们拥有上帝,并通过上帝的内在工作在自己的本质性存在里蒙受祝福,我们在爱里与他成为一,而不是在本质和本性里;但是我们蒙受祝福,我们是上帝本质性存在里的幸福,上帝在那里快乐地享受着自己和我们所有人,在他的高级本性里:那是爱的精髓,向我们隐蔽在黑暗和深不可测的不可知中。这种不可知是一种无法企及的光明,它是上帝的超本质性存在,对我们来说是超本质性的,只对他自己来说是本质性的。因为他是自己的幸福并在自己的本性里快乐地享受着自己。在他的快乐里,我们已经死去,从自己之中沉没了,并且根据我们享有快乐而非我们本质的方式迷失了。因为我们的爱和他的爱总是相像的并在快乐的享有上是一样的,在那里,他的圣灵在他的快乐享受和与他共有的幸福里,已经喝干了我们的爱并一口把它吞了下去。当我写下我们与上帝成为一的时候,它就会在爱里,而非在本质和本性里得到理解;因为上帝的本质不是受造的,我们的本质才是受造的。上帝和受造物,这是多么不同的事物啊。因此,尽管它们可以联合,它们也不能成为一。如果我们的本质消失了,我们就不会知道、爱或者蒙受祝福。但是我们的受造本质将被视为是一片野蛮和荒芜的沙漠,上帝生活在其中并统治者我们。在那片沙漠里,我们必定漫游在无模式里,没有任何方式。因为除非藉着爱,我们无法走出自身的本质性存在,从而进入到自身的超本质性存在里。所以,如果我们生活在爱里,那么我们就会在自己的本质性存在里受到祝福。如果在爱里,我们在他的快乐里已经向自己死去,我们就是上帝本质性存在里的幸福。我们总是通过爱而生活在自己的本质性存在里。我们也总是通过快乐的享有而消失在上帝的本质性存在里。因此,这就被称为向死而生和因生而死,因为我们与上帝生活在一起,并死在他里面。那些如此生活和死去的人都是蒙福的,因为他们已经成为了上帝及其国度里的后嗣。

现在,就请以正确的爱并怀着全身心的爱来向我们亲爱的救主祈祷吧,为了所有那些编辑或者书写这本书的人们,为了我们的理解,以及为了那些读过或者听过它的人们,愿他们被拣选到上面的国度里,那儿的所有人都将永不休止地赞美上帝。

于是,我们得到了这本书,并把它高举,所以上帝的儿子耶稣请帮助我们吧;于是,一切都与他同在,我们都会在天上的父面前被加冕。那里有永生并总是处于快乐里面,也有上帝的奖赏,至爱者的眼光照耀在那里,高贵的声音回应着光荣的音调。

那里我们将会高兴,在爱里超越一切:我们至爱者的面容是如此美丽。在那里我们将享有荣耀并且一直欢呼:我们在那里是自由和安全的。我们将和上帝一同统治整个世界,他将把我们每一个人放到他的宝座上。(219)然后,我们将践行他的爱,他将把自己给与我们,我们也将居住在他里面。

如果我们彼此相爱的话,那么我们将发现他的恩典并与他更加熟稔。现在就让我们遵守他的命令吧,因为在诸位格的三性里,他是一位真实的上帝。我们要正确地爱他,我们知道他在自己的行动上是如此的高尚和全能。他值得永远地赞颂:内心渴望他的人有福了。愿他来到我们中间(Utinam adveniat),所以,我们爱得如此的多,我们可以认识到自己,(尽管)饥饿,也会满意,并且总是在快乐里找到(我们自己),说着"阿门,如是(fiat),如是"。

阿门。

(张仕颖　译)

七 重 阶 梯

神恩和对我主的神圣敬畏与众人同在。圣约翰说,"出自神的一切,这个世界不能抗拒"。真圣洁自神而来。圣洁生活是一架有七个梯阶的梯子,顺着这架梯子,我们上升至神的国度。神愿我们成为圣洁的。

第 一 阶

若我们与我主的意志契合为一,我们就登上了爱和圣洁生活之梯的第一阶。善的意志是一切美德的基石。正因为如此,先知大卫说:"主啊,我逃向你了,请教我行你的旨意,因为你是我的神。你的善的灵将引导我进入公义的国度,真理和美德的国度。人的意志,若与神的意志合一,能战胜魔鬼和所有罪恶,因它满是神的恩慈;若我们立意为主而生,这就是我们欠神的、必须交给神的第一个奉献。拥有善意志的人立意爱神和侍奉神,渴望爱神和侍奉神,从现在直到永远。这就是他内心的生活和修炼,他因此与神和睦,与自己安宁,与万物无间。所以,当基督诞生了,天使们就在天上唱起来:"天上的神享荣耀,地上的善意志受安宁。"善的意志不能没有善的做工。因"好树结好果",这是我主说的。

第 二 阶

善意志结出的第一个果实是自愿的贫穷。这是我们在爱的生活之梯上登上的第二阶。自愿贫穷的人自由地生活,不惦记他所需要的任何尘世的物品;他才是聪明的商人哩。他用尘世换来天国。他依我主的论断"人不能同时效忠神和世俗财富"行事,放弃他本来可以带着世俗之爱拥有的一切,买来自愿的贫穷。他在这个世界上找到了神的国度,因为只有受神祝福的人才会自愿贫穷;神的国度即是他的国度。神的国度意味着爱、仁慈和行所有善工,也就是说,他是充溢的,慈悲的,慷慨的,做所有需要他的人的支柱,用真心待他们,帮助他们,这样他就表明,他已按照神的论断,用神赐给他的财富行了圣爱。他没有什么只属于他自己的尘世物品,他所有的一切都是神和神的家族共有的。自愿贫穷的人有福了,他没有什么可毁灭的东西。他追随基督;他的报酬是一百倍的美德,等待他的是神的荣耀和永恒的生命。另一方面,再没有人比贪财的人更傻的了。他用天堂换取尘世,尽管他最后不得不离开尘世。清贫自守的人升入天堂,贪心的财主掉进地狱。要是贪心的财主能进天堂,那骆驼就能穿过针眼了。一个人没有尘世的物品,是贫穷的,但如果他没有选择神而贪婪地死去,他一样也还是迷失的。贪心的人要秕糠不要粮食,要蛋壳不要蛋黄。

谁黄金盈屋,爱尘世之物,
谁就是在吃致命的毒药,
喝永恒痛苦的泉水。
他喝的越多,感觉越渴。

他拥有越多,需求越多。
虽然财产众多,他却仍然难过。
因为他所想象的一切,
还没有来到他的手上;
而他所拥有的一切,
在他的眼里不值一文。
几乎没有哪个人喜爱他,
因为那吝啬的人不值得人们喜爱。
他好像是魔鬼之爪:
不管抓到什么都无法放手。
他绞尽脑汁得到的一切,
还要绞尽脑汁才能保留,
直到死亡宣告他顷刻间失去,
并开始地狱里的痛苦之旅。
真的,他就像地狱的孪生兄弟:
无论装了什么,都仍然空虚不满,
虽然装的已经不少,
可它并没有从中收益分毫。
它所攫取的一切,他抓的紧紧。
它总是在地狱来客面前张开大口。
因此,要小心贪欲,
所有罪和邪恶都来自贪欲。

第 三 阶

接下来是爱之阶梯上的第三阶:灵魂的清纯和身体的贞洁。现在,请正确理解我的意思。如果你的灵魂希望通过对神的热烈的爱而获得纯洁,你就必须痛恨和鄙弃你对自己、对父母和对所有人的一切错误情感和态度,这样你就只会为了侍奉神而爱你自己和所有人,而不会为了任何其他东西这样做。这样你就可以用基督的话说:"谁按神的意志生活,谁就是我的母亲、姐妹和兄弟。"然后你就会像爱你自己一样爱和你一样的基督徒。保持你自己清纯,不要让任何人吸引你迷惑你,无论是通过言辞还是通过事功,是通过礼物还是通过贿赂,是通过深沉的宗教冥思还是通过圣洁的外表。这些东西看起来也许像灵,其实却只是纯粹的肉;不要相信它们。既不要养成对任何人的偏爱,也不要让你自己被任何人偏爱。

> 看起来像是善的东西,
> 最后证明却是灾难
> 和致命的毒药。
> 小心提防吧!
> 要学圣人的榜样:
> 不要让自己被骗。
> 当你心旌摇荡,
> 说明你已受了迷惑;
> 他们会用谎话骗你。
> 赶走它们;
> 仔细观察你自己,
> 心里只有你的新郎耶稣。
> 回避那些陌生的客人,
> 停留在主的近旁,
> 密切凝视主的一举一动。
> 转向内心,

培养强烈的爱

和每一种美德。

他会供养你,

教育你,指导你,

因为他是你的监护者。

他将引导你

在你所有的亲友之上,

进入他的父的胸膛。

在那里你会找到忠诚,

找到这治疗所有悲伤,

和所有困厄的良药。

这就是清纯灵魂的生活。

接下来是身体的贞洁。现在请仔细听我说。神用两种东西(nature)造人：身体和灵魂,灵和肉。二者结合形成人,形成在罪中孕育和诞生的人性。虽然神创造我们的灵魂,使其纯洁无暇,但由于与肉体结合,灵魂又沾染上了原罪。所以,我们每个人从娘胎里一出来就都是有罪的。因为从肉体所生的一切永远是肉体,从神的灵(Spirit of God)所生的一切永远是灵。虽然灵由于自然出生而爱肉体,但在从神的灵而来的诞生的过程中,它们却成了对头,彼此争斗。肉体所欲望的与灵和神相反,灵与神一起反对肉体。若我们按照肉体的放荡本能生活,我们就会在罪中死；但若我们用灵战胜肉体的力量,我们就会在美德中生。正因如此,我们必须痛恨我们的沉溺于罪的身体,将它看作我们最大敌人,斥责它千方百计要将我们从神拉开。但就身体是我们服侍神的工具来说,我们必须将我们的身体和我们的感官看作宝贵的、有价值的东西。因为没有身体,我们就不能通过外在的做工侍奉神，诸如斋戒，警醒，祈祷，以及其他各种绝对值得去做的善工。也正因为如此，我们才会愉快地照料我们的身体，为身体提供营养，衣服和食物，从而好好用身体来侍奉神，以及侍奉我们自己和我们教内的兄弟。但是，我们必须仔细检查自己，警醒自己，避免支配身体的三宗罪：懒惰，贪吃，和淫荡。许多人拥有善的意志，但却由于这三者深陷重罪。为防止贪吃，我们应该热爱限制和节制，将其放在首位，总是减免我们的需要，比我们需要的吃的更少，只满足于我们所必须的。为防止懒惰，我们应该在我们内心深处唤起忠诚和美好的性情，自发地、迅速地和热烈地同情所有的苦难，按照我们的能力和按照我们的自由决定，为任何需要我们的人效劳。为避免淫荡，我们应该在外躲避不正当的关系和行为，在内躲避不贞的幻想和形象，这样我们就不会带着放荡的性情在其中流连沉湎，我们的头脑就不会充满形象，我们的本性也不会变成不洁。我们应该转向我主耶稣基督，进入我主耶稣基督，注视他如何受苦，如何死去，他如何因为爱我们的缘故而慷慨地抛洒他的鲜血。我们应该锻炼自己，将这一形象铭刻在我们心上，铭刻在我们的感觉中，灵魂里，身体上，铭刻在我们所有的天性上，就像将一个图章盖在蜡上，在上面留下印记，这样基督就会亲自将我们引到与神合一的高贵生活中，我们的清纯灵魂就会通过爱的手段追随圣灵和居住在圣灵之中。看，那里有神露的甜蜜波涛，和所有神恩的汩汩泉水。当我们品尝过这神圣的泉水，我们的血肉之躯和俗世的一切都将让我们反感。我们的感官生活在多大程度上提升了，与我们的灵合一了，被神占领了，朝向神和爱神了，我们就在多大程度上拥有了纯洁的灵魂和身体。但是当我们以一种下降的方式使用我们的感官，我们就要注意我们的口腹之欲，避免贪吃，注意我们的灵魂和身体，避免懒惰，并小心让我们的天性避开不贞的爱好。我们千万要小心提防邪恶的伙伴,即那些喜欢撒谎、诅咒和发誓的人,亵渎神的人,言辞和做事不洁的人。你应该像避开地狱里的魔鬼一样避开这些人。照管好你的眼睛和耳朵,这样你就既不会看到也不会听到那些被禁止做的事情。因为这个原因,你要保持你自己纯洁;喜欢一个人独处;逃避人众;常去教堂,用你的双手完成善的做工;痛恨懒散;避免不正当的享受,不汲汲于自己;热爱生命和真理。即使你看到自己是纯洁的,你还是要警醒以避免罪的可能。你要热爱忏悔和劳动。请想一下圣施洗者约翰。他在出生之前就已经是圣洁的;然而,当他年轻时,他还是离开父亲和母亲,离开这个世界的荣耀和财富。为避免可能的罪,他跑到沙漠里去。他就像一个天使一样纯洁无辜。他按照真理生活并教导真理,并因其公义而被处死,人们都赞美他超越了所有平常的圣洁。也请想一下那些在埃及丛林中住下的古代教父。他们抛弃俗世,将他们的肉体和他们的自性(nature)钉在十字架上,用忏悔、斋戒、饥饿、焦渴来抵抗罪,丢掉任何他们可以丢掉的东西。这也正是为什么你要记住基督对穿着华美衣服的富人所下的判决和评断,以及对那每天吃喝玩乐,不为别人做任何事的人所下的判决和评断。这样的人会死去,会被地狱里的魔鬼吞噬。地狱里的烈火将他烧灼,他渴望能有一滴水落到口里,让他的舌尖感觉到一丝清凉,却不能得到。拉扎路是个穷人,他躺在富人的门前,又饿又渴,苦不堪言,希望能有一点残羹剩饭吃,但没有一个人给他。当他死了,他被天使接到幸福的天国;那是个极乐,没有悲伤,没有死亡的永生的世界。

第 四 阶

接下来是我们的天堂之梯的第四阶,那就是真正的谦卑。谦卑；这是一种精神上的卑微状态。谦卑使我们在晴朗和宁静中见到神，神用晴朗和宁静看顾我们。这是所有圣洁状态的活的基础。我们将这谦卑比作一泓涌流的泉水，在其中永生和全部美德分成四股流出。第一股是服从；第二股是温驯；第三股是忍耐；第四股是放弃自我意志。从谦卑的土地上结出的第一个果是服从，我们贬低自己，轻视自己，仰望神，仰望他的戒命和所有造物，选择天上和地上最低的位置；我们不敢将我们自己与任何人在美德上或在圣洁生活上相比。但我们愿意做神脚下的垫子。我们需要有谦卑的耳朵，聆听神的智慧的真理和生命，我们也需要有一双手，随时准备实行神的最高意志。神的意志要求我们蔑视世俗的智慧，追随身为神的智慧的基督。基督是贫穷的，为的是使我们成为富有的；他服侍，我们才成了主人；他死了，我们才会生，他并且教导我们应该怎样生："愿意追随我的人，当舍弃他自己，背上他的十字架，跟我上路"，他还说："我在哪，我的仆人也当在哪。"他教我们如何去追随和服侍，他说："学我的样，我心是柔和谦卑。"

温驯是从谦卑的土地上流出的第二股美德。温驯的人有福了，因他宁静地拥有世界，拥有灵魂和身体；因我主的灵坐落于温顺谦卑的人之上。我们的精神在什么地方上升并与我们的主的灵合一，我们就负了基督的甜美和柔和的轭，担了他的轻省的重负。因为他的爱并不繁重；我们爱的越多，我们的担子越轻；我们将爱献给我们所爱的那一位，而爱使我们超越于所有神圣的事物，走到我们所爱的那一位跟前。那爱着的精神自由地呼吸，因为所有的天堂都对他开放；他拥有他的灵魂，总是想给就给；他在他自己中发现了他的灵魂的珍宝，那就是基督，他甜蜜的情人。如果因此基督活在你中，你活在他中，那么你就应在生活中，在言辞中，在工作中，以及在痛苦中追随他。要温驯而高雅，仁慈而柔和,慷慨地对待任何需要你帮助的人。你既不该仇恨也不该嫉妒,不该用冷酷的话训斥或打击别人,要宽恕一切,既不嘲笑其他人,也不被任何方式的言辞、行动、表示或姿势所激怒。既不要暴躁也不要忧郁,而要举止安详,表情怡然。要乐于从任何人听取和学习你需要的东西。不要怀疑任何人,也不要论断背后隐藏的东西。不要与任何人争竞,只是为了显示你比他们更聪明。

像小羊一样温顺,
哪怕面临死亡,
也不会愤愤不平。
无论别人怎样对你,
都迅速放弃,
永远保持沉默。

从这一温驯的心灵中涌流出的第三条支流,是在忍耐中生活。去忍耐,就是乐于受苦,心甘情愿地受苦。磨难和苦难是主通知我们他降临的信使。当我们愉快地接受他的信使,他本人就会来到我们身边。因为他借先知的口说,"我在磨难中与他们同在;我将拯救他们,荣耀他们。"因为耐心受苦是基督的结婚礼服,他穿着这礼服在神圣十字架的祭坛上迎娶他的新娘,那神圣的教会。他用这件衣服遮盖一直追随他的所有亲友。他们看到,基督,神的智慧,选择一种卑微的没有尊严的艰苦生活;宗教的所有秩序和所有状态都建立在这种生活的基础上。但是,那些现在处于宗教秩序中的人们不在意基督的生活和他的婚服,他们尽其所能地像俗人一样穿衣;不是所有人都这样,但是大多数人是这样的。骄傲,自满,贪婪和嫉妒,贪食和不洁,懒惰和各种各样的邪恶:现在这些在教会中盛行,正如在世俗中盛行——我所谓世俗是指:那些生活在致命罪恶中的人们。因此,改悔吧!那些背离神的人,那些忘记你们的条例和你们的所有誓言的人,那些像动物一样生活的人,那些服侍魔鬼的人,这魔鬼给你们的报酬就是他给他自己的罪的报酬。学生并不比他的师傅好。魔鬼一眼就认出了他的学生。他们将与他一起居住在地狱的烈火中;那里等待他们的是无尽泪水,痛苦煎熬,漫漫永苦。而基督用他自己和他的礼物遮盖的人却要与他一起居住在他的父的荣耀里,永恒无尽期。

> 因此要温驯和忍耐,
> 对于我们的主的激情
> 要求你温驯和忍耐。
> 如果你想被提升,
> 那么你就必须受苦:
> 真理将告诉你这一点。

接下来是谦卑生活的第四股也是最后一股支流,即放弃自我意志和全部自我。这一支流发源于忍受痛苦,也就是说,当谦卑之人的心受到感动,被神的灵所消耗和被拉到神的灵之中,他就会否定他自己的意志,将自己完全交托在神的手里。这样,他就会与神的意志同一的和与神的自由同一,他就既不能、也不会意愿神之意志外的其他东西。这是谦卑的基础,即:当神用他的恩慈感动我们,我们因而在神的至高意志中放弃了我们自己和我们自己的意志,神的意志就成了我们的意志;神的意志是自由的,也是自由本身,他将我们从灵魂的恐惧中移开,让我们自由,让我们不再依附,清空我们自己,清空所有在时间中和在永恒中压迫我们的东西。他给予我们以被拣选者的灵,在这灵中我们与那子一起呼喊:"阿爸,父!"。那子的灵为我们的灵魂见证:我们与那子一起在他的父的国度里成为神的儿子和后裔。在那里,我们看到,在与神合一的过程中,我们自己既被提升到那一高贵性之中,同时我们本身又是低下的,满是恩典和赠礼。在这里,最高的自由与最低的谦卑在一个人身上结合起来。这一低谷和高峰的实践是陌生人所不知的。一个谦卑的人乃是神所拣选的一个容器,充满和充溢所有礼物和好东西。谁信任地接触这样一个人,谁就会接受到他所渴望的东西,和他所需要的无论什么东西。但要小心伪善的人,和那些自己以为了不起的人。他们就像一个充满了虚浮气体的气泡;一被刺破压裂,就会发出难听的声响。那些以为自己圣洁的骄傲的伪善者,他们的行为也是这样。当他被戳、被挤,他就会爆裂;他不能承受了;他不希望被斥责,也不希望被纠正。他是邪恶的,无礼的,傲慢的。在他心里,他不在任何人之下,而在所有那些接近他的人之上。从这些方面,你可以注意和认出他们,他们是伪善的,内心不诚实,完全麻木而任性。因此,要谦卑,顺从,温驯,和甘心听从命运;这样你就会赢得爱的游戏。而且,你要留心你可能需要的不管什么东西。虽然由于神的恩典,你通过你的灵魂中的美德而克服了所有罪,然而,自然天性和感官仍然是活动的,容易走向犯罪和过失。对此你必须与之进行斗争和战斗,因为身体是有死的,不是荣耀的。

第 五 阶

接下来是我们爱之精神阶梯的第五阶,即所有美德和所有善工的高贵性。所有美德和所有善工的高贵性在于愿望神的荣耀超过万物。这曾是天上的国度里实行的第一种美德,也曾是基督的灵魂在他母亲的身体里实行的第一种美德。这也是若我们要取悦神就应该交给神的第一种美德。这一美德是所有圣洁的根基和源头,在缺少这一美德的地方,没有什么会是善的。渴望、追求和热爱神的荣耀;这是永恒的生命,是神希望我们做出的首要的和最高的献祭。那为自己追求快乐的人,追求和希望荣耀自己的人,不能取悦神。当神赐给我们他的礼物,他是在做让他自己高兴的事,因为他正在运用他自己的善。但是,当我们用美德对他的礼物做出回应,当我们荣耀他,我们是在做让他高兴的事,因为我们是服从他的。但是,不管我们坚持什么生活方式,不管我们的生活和善工看上去是多么高尚,只要我们以我们自己而不是以那位神的荣耀为目的,我们就是误入歧途的,因为我们缺少圣爱。只有当我们从一个谦卑的基础出发,用我们的灵魂,用我们的身体,用我们所有的力量指向神,渴望荣耀神,我们才有圣爱,才有这所有美德和所有圣洁的根本和源头。那不关心神的荣耀,只追求他自己的荣耀的人是骄傲的,而骄傲是所有罪和所有恶的根基。因此,现在请记住。当我主的灵触动一棵谦卑之心,他就给了他的恩典,并要求相应的美德,特别是比所有美德都更重要的,要求在爱中与他合一。活的灵魂和爱的心为这一要求而欢呼;然而,它既不知道如何满足这一要求,也无法还清爱所警告和要求他偿付的债。然而,爱的灵魂完全懂得,荣耀和崇拜神是最高的美德,是一个人可以走向上帝的最短的路。正因为如此,它永恒无尽地喜爱在爱中荣耀和崇拜神,超过喜爱所有善工和所有美德。这是一种神圣的生活,是神非常喜悦的生活。在神的要求和爱的灵魂的回应中,所有官能,所有心灵和感觉,一个人身上活着的一切都欣然跃然。灵魂的所有能力都欣然跃然。人的全部血脉张开,涨落如潮汐,渴望满足神的荣耀。作为基督徒,我们相信:我们的全能的父神,为了他永恒的荣耀,创造和制作了天和地,以及万物,并且为了他的永恒的荣耀,通过他的子,也就是他的的永恒智慧,他造和重造我们,以及通过圣灵,通过父和子的意志和爱,万物都为了神的永恒荣耀而被完善、完成;因此,三位格在本性上的一和本性上为一的三位格,乃是一个全能的真正的神;我们用我们的所有力量荣耀和爱慕这神。我们还要荣耀和崇拜我们亲爱的主基督耶稣,那在一个位格中的神和人。因为神在所有造物之上荣耀了,祝福了,提升了他的人性,同时也提升了我们的人性,使之与他自己合一了。通过与神的这一崇高合一,他的灵魂和身体被充满了,充满了所有赠礼和所有神恩。而从他的充满中,他的所有弟子和追随者,接受到神恩和怜悯,以及他们的圣洁生活所需要的一切。我们的主以及他的所有亲友的高贵人性反过来为他的父的荣耀服务:用感恩,赞美,永恒崇拜,用他的全部力量,用属于他的全部被选者。看,作为父的神荣耀他的子,以及荣耀所有追随那一位的和与他结合在一起的。谁荣耀神,谁也就会被神所荣耀。荣耀和被荣耀,这正是爱的练习;不是神需要我们的荣耀,因为他是他自己的光荣和他自己的荣耀,他是他自己的至福,但是他希望我们荣耀和爱他,这样我们才可以与他合一和成为被祝福的。

现在请留心我们应该如何荣耀和赞美神。当神在恩典的光明中对我们的理智之眼显示自己,他就给了我们一种力量,使我们可以在相似性中认识他的形象,我们就好像是在一面镜子里,看到了神的身形、仪态和模样。但是他自己的本质存在,是我们除了通过他自己之外不可能通过任何其他方式看到的,那是在我们自己之上的,在所有美德的练习之上的。我们之所以喜欢看到神的面容,形态和神圣的样子,喜欢被这些所充满,是因为只有这样,他才可能将我们提升到我们自己之上,不借意象地与他合一。我们现在透过我们的形象和意象的镜子看到,神是伟大,高贵,庄严,权力,智慧和真理,正义和宽宏,富有而慷慨,善,怜悯,忠诚,无尽爱,生命,和我们的冠冕,无尽和永恒祝福。在这些名字中,有许多超过了我们能够理解或描述的。

结果,我们的理性和我们的理解力感到惊奇,而我们的爱的渴望希望给神以赞美和荣耀,正如他应该得到的那样。看到我们渴望这样做,我主的灵就教我们以三种行为方式,我们可以按照这三种方式投入到我们可以献给神的全部荣耀行为中。第一种方式将我们与神不假手段地联结起来。第二种方式通过神恩和我们的善工而使我们与神的意志结合起来。第三种方式维持我们与神的合一,并且使我们在神恩、美德和所有圣洁方式上都得到增长和增加。第一种方式通过三个要点将我们与神结合起来,即爱慕神、荣耀神和敬爱神。第二种方式也有三个要点,即渴望,恳求和要求。第三种方式同样有三个要点,即感谢神,赞美神和感恩。现在请听好:爱慕神;这就是说,要在基督徒的信仰中,以最大的敬畏,超越于理性之上,在我们的灵魂中见到神:作为天和地以及万物的永恒君王、创造者和主宰的神。第二点也就是荣耀神的意思是:放弃和忘记我们自己以及万物,永远追随神,义无返顾,永恒地崇拜他。第三点的意思是:只想着、念着和爱神一个,但不是为了我们自己的好处,或为了我们的荣耀,或为了我们能得到的祝福,或为了任何他可能给予我们的东西;我们应该爱他,只为了他自身的缘故,为了他永恒的荣耀。这是完美的圣爱。通过这种圣爱,我们得以与神合一,居住在他中,并且他也住在我们中。

　　从这一圣爱中,灵性训练的第二种方式应运而生,它同样有三个要点,即:渴望,恳求和要求。渴望于心,恳求于口,要求于精神。带着内在的虔诚之情,我们渴望得到神的恩典和帮助,使我们可以侍奉神,荣耀神并满足我们的需要。这一渴望在我们的灵魂中点燃爱的热情,使我们急切地盼望要用我们的全部力量去完成神的最内在的意志。这将我们带到了第二个要点,即:用我们的心和我们的口恳求和祈求神。我们要恳求我们天上的父——

因为他是善的赠礼的给予者,和所有完美赠礼的给予者——给予我们忠诚他恐惧他的灵性,这样我们就会敬畏神,害怕因为罪而激怒神;他也将给予我们以爱人的灵性,这样我们就会在所有需要我们帮助的人的面前,都会以神的名义表现出真正的德性,成为温柔的、亲切的、谦卑的和慷慨的。我们也恳求他给我们以科学和知识的灵性,这样我们就可以以光荣的方式在所有人面前、在神的注视下行走:真诚地言说,真诚地工作,真诚地做和不做,真诚地受苦和在一切事情上秩序井然,这样就不会让任何一个人因为我们而感到耻辱,而会使他在各个方面得到改善。我们还要恳求我们的天父,让他赐给我们坚忍的灵性,这样我们就会战胜一切:魔鬼,尘世,和我们自己的肉欲;这样就会使我们平静地与神生活在一起。我们还要恳求光明和所有真理的父赐给我们审慎的灵性,这样我们就可以在所有天堂之上追随基督,并轻视尘世以及尘世中的一切;这样我们就会成为我主耶稣基督及其追随者的真正门徒。我们还要渴望和恳求神,求他赐给我们真正理解力的灵性,使我们的理性变得清晰,使我们可以理解我们在天上和地上所需要的全部真理。而且,我们要恳求我们的大能的父和耶稣基督,他永恒选定的子,恳求他们赐给我们智慧的灵性,这样一切可朽坏的东西都会带有不好闻的味道,让我们反感,这样我们就会看到、品尝和感觉神的不可穷尽的无边甜美;这样我们就会自由地追求我们心中的圣灵,追求那作为天上和地上的所有恩慈和所有荣耀、所有赠礼和所有圣洁的主的神。这是我们应该渴望、恳求和追求我们的天父的第二种方式,这样我们就会变得与神相似,以及追随他的子基督,并在圣灵的合一中与二者一起拥有他们的荣耀。

在这之后到来的是在美德方面和在所有圣洁生活的美化方面完善我们的第三种方式,实行这种方式同样有三个要点,那就是感谢,赞美和颂扬神。现在注意。我们必感谢和赞美神,因为他造了天和地,也造了所有生物,为了他的荣耀,也为了我们的需要;他还按他的形象造了我们,作为与他相似者,并给予我们作为世上存在的一切的主人的地位;然而,我们在自然中的第一个父亲违犯他的戒命,堕落到罪中,并使我们所有人都和他一起堕落了。但是,我们的永恒的、全能的父却用他的恩慈庇护我们,因为他给我们以他的子,让他担起我们的重负。他教导,遵行和向我们表明了真理之路。他为我们服务,谦卑而恭顺,直到死亡,所以我们才能永恒无尽地与神在神的荣耀中生活在一起。所以我们理当感谢,赞美和颂扬我们的天父,和他的光荣的子,还有在我们天性中注入了这一伟大爱之奇观的他们的灵。我们也要感谢,赞美和颂扬我们的主耶稣基督,他与父是一,并在圣餐礼中给我们留下了他的肉,他的血和他的荣耀的生命,让我们在其中找到了吃的,喝的,以及我们曾经梦想过得到的一切,比我们所能消耗的还要多。我们当献给我们的父他的子,他的受伤的、牺牲的、因为对我们的爱而死的他的子。我们当由好的神父以神的名义,献给我们的父以他的子,和所有神圣的献祭。我们还要在神的宝座前献上所有神圣基督教徒的服务,和从最初一个到最后一个所有善人的服务。我们还要感谢和赞美我们的亲爱的主耶稣基督,因为卓越的马利亚,他的亲爱的母亲,被从全世界中选出来成为他的母亲;他也赐恩,使她可以圣灵受孕,不受玷污地和没有痛苦地怀他和生他,同时是母亲和童贞女。他降低自己,吸她高贵的乳房。天使唱歌赞美在天的他,而在摇篮里的他呼喊着他的母亲。她赞美他,将他看作她的神和她的子。她带着极大的敬意哺育他,他反过来也作为一个好孩子为作为亲爱的母亲的她效劳。她可以恳求他作她的神,又给作为她的儿子的他下命令。这样奇妙的事还从未有过。马利亚的美德和圣洁生活之高贵,既不能被描述,也不可能被叙述。她谦卑似海,纯洁如雪,仁慈如高天,渴望救济所有盼望她的罪人,因为她是所有恩慈和所有怜悯的母亲,在我们和她的儿子之间,她是我们的维护者和我们的女中保;神不会拒绝她所希望的任何事情,因为她是他的母亲,坐在他的右手;以他作为加冕的女王,圣母,天上和地上的有权能者,超过造物,是所有人中最高的,和所有人中最接近神自己的。正因为如此,我们要为他给予他母亲的巨大荣耀和给我们所有人的巨大荣耀而感谢和赞美他。因为不知感恩会使神的恩慈的泉水枯竭。感谢,赞美和荣耀神:这是造物曾经做过的第一项工作。这一工作将持续永远。它开始于天上。当天使圣米迦列和他的伙伴与撒旦和他的伙伴为谁留在天上而进行斗争时,撒旦和他的军队都被打败了,像闪电和燃烧的火焰一样从上层天堕落下来,因为谁抬高自己谁就将会受辱。这时,天上的所有歌唱队,所有等级的天使和所有有力的主人们都欢呼起来。六翼天使中的最高天使发出对神的永恒赞美,而天堂的所有军队跟随着他。他们一起为了胜利感谢神。他们礼拜和赞美,因为他是他们的神。他们爱和欢喜于他,永恒地赞美他。

最高等级的天使;第三级天使,小天使,六翼天使,他们并不和我们一起与魔鬼战斗,克服我们的罪过,但每当我们被提高到纷争之上,与神处于和平中,沉思中和永恒的爱中,他们就与我们生活在一起。

中间三级天使是权天使,力量天使和支配天使:这些天使与我们一起反对魔鬼,反对俗世,反对所有罪恶,以及可能妨碍我们侍奉我主的一切;他们带来秩序,统治我们,并帮助我们,使我们的内心生活通过所有美德而得到丰富和完善。现在注意:如果凭借神的恩典和天使的帮助,我们克服了尘世,不以尘世中的任何事物为意,那么我们就成了整个尘世的国王和君主,天国就是我们的天国,而名为权天使的天使第四歌唱队,就会以神的名义为我们效劳。更进一步,如果我们发自内心地由于神的缘故而贬低、轻视和侮辱我们自己,居于所有人之下,那么我们就克服了魔鬼和他的全部力量,而名为强力或权力的天使第五合唱队就成了我们的同志,他们就会为了我们的胜利,为了神的卓越,在内心训练方面帮助我们。更进一步,当人轻视自己,将他自己贬低到所有好人之下,以至于他不敢和任何好人在美德方面相比——因为除了他自己,他既不能评判任何人,也不能判决任何人,他在美德上所能做的一切,在他看来都渺小和不值一提,神的正义的灵和他的谦卑的精神不让他安宁,日日夜夜在他心里呼喊:"你应该为神活着,为他效劳,"从他的五脏六腑中吸出他的心灵,从他的骨头里吸出他的骨髓。对于为神效劳的饥饿和热情是如此巨大;无论他所能做的什么好的事情,都迅速地被消耗了,不能让他感到安慰。正因为如此,他阴郁和暴躁地对待自己,怎么做都不能让自己满意。对于他自己和所有人的自然满意对他来说不再存在了,除了一件事,他既不知道也不感觉到其他事情:"你应该为神活着,侍奉神。"正因为如此,他痛恨和唾弃他自己,因为他不能做他渴望做到的,因为我主的灵要求他不断欲望更新的服侍和荣耀,比他所能完成的总是要多;无论他交付了多少,他都仍然欠付更多。欲望就是这样使人躁动不已。当谦卑之人注意和看到,他不能完成神要求他完成的,他就会跪倒在我主的脚下并且说:"主,我不能偿还你;我放弃我自己,将我自己交到你的手上;让你的无论甚么旨意行在我的身上。"

在这一谦卑的投降中,我们的主回答:"你的投降和你的信心让我喜悦;我给你我的自由和真理的灵,只有我能在所有善工和美德实践之上让你喜悦。"看,神和自由、谦卑的人之间的这种相互喜悦,就是仁慈和内心生活中所有圣洁的根基。在取悦的实践中,一个人不能被任何罪诱惑,因为所有敌人都从他逃开,就像毒蛇从盛开鲜花的葡萄园逃开。神和自由、谦卑的人之间的相互喜悦,正是内心生活中最高级和最高贵的工作。所有美德和所有善工在其中都充分完成了,很好地安排了。因为神给与他的恩典,而内心的人,给与他的所有工作。因此,恩典和善工总是在增长和在更新。因为神在内在人中说:"我给你以我的恩典,你给我以你的工作。"他还带着对自由愿望的喜悦接着说:"将你自己交给我;我将我自己交给你。你愿意成为我的吗?我愿意成为你的!"这些令人愉快的问题和回答出自内心的灵而不是外在的语言。现在,爱着的灵魂这样回答:"主,你通过你的恩典生活在我之中,你令我喜悦,超过所有事物。我必得爱,感谢,和赞美你,不这样我就无法生活,因为这就是我的永恒的生命。你是我的粮食和我的饮水。我吃的越多,我越饥饿。我喝的越多,我越焦渴。我拥有的越多,我缺少的越多。"

  对我来说你比蜂巢还要甜蜜
  也超过人们知道的所有甜蜜。
  我总是感到饥饿和渴望,
  因为我无法穷尽你。
  是你吃了我,还是我吃了你,这为我不知,
  因为在我看来,二者都发生在我的园地上。
  你确实要求与你成为一体
  这也确实让我受尽折磨,
  因为我不愿意放弃我的习惯做法,
  从而在你的怀抱里安睡。
  我必得感谢你,给你以赞美和荣耀
  因为那是我的永恒生命。
  我的自我让我焦躁不安;

> 我无法知道它到底是什么。
> 如果我能够达到与神合一，
> 并且一直坚持做工，
> 那么我就会停止我的所有抱怨。
> 神知道所有困苦，
> 让他的无论甚么旨意行在我身上。
> 我将我自己完全交到他的手上，
> 这样我就会在受苦中依然勇敢。

对此，我主神的灵用灵魂的内在状态，用内心的情感，而不是用外在的言辞回答说："爱人儿，我是你的，并且你因此也是我的；我将我自己交给你，超过所有我的礼物，我也要求你，将你拉向我，超过所有你的工作。"当内在的心灵对神的内在的引力作出反应，以便自由地将她自己交给我主的灵，那时她就会感觉到无边的爱，感觉到自己完完全全地被包围在这爱中。每当她在我主的灵中被提升到她自己和所有赠礼之上，她就感觉到一种她所不能理解的无尽的祝福，置身于这种幸福中，她完全忘记了她自己。在无边的爱与无尽的祝福之间，内在的心灵为爱的面容所环绕和包围。但是时间飞逝。爱不会无所事事。她在内在心灵中大声地呼喊："感谢，赞美和荣耀你的神；这是爱的劝告和她的诫命。"看，这是仅次于沉思生活的内心修行的最高贵和最辉煌的方式。通过这种方式，我们就像是被称为"支配"的第六歌唱队中的天使，因为这些天使支配着低于他们的五个歌唱队或位阶。因此，这一方式是高贵的，超越于人在内心生活中可能做到的所有修行之上。

神的活的子曾经教给我们并且亲自向我们表明，有两种如果我们愿意追随就会引导我们走向永恒生命的方式。第一种方式是神的诫命。第二种方式是神的劝告。因此神这样说："如果你希望成为完美的和做我的弟子,那么丢掉你带着依依不舍之情所拥有的一切:父母,兄弟姐妹,妻子儿女,家业家庭,丢掉尘世的一切,可能妨碍和阻碍你通向神的内心修行之路的一切:如果你要成为和我一样,你必须完全将这些丢在身后,唾弃它们。因为我派遣你们正如我的父派遣我,而我没有任何可以让我将我的头靠在上面的东西;所以你在这个世界也不能拥有你会急切地和热烈地拥有的任何东西;相反,若你希望在内在生命中取得进步,你就必须放弃一切。"如果你能做到这一点,你就成了基督的弟子,精神上穷困,却君临你所克服的整个尘世之上。虽然你没有拥有任何你自己的东西,你却拥有了给你以克服尘世力量的神的一切。基督接着说:"谁将所有他可以带着情欲之爱拥有的一切丢在后面,谁就可以追随我。"因为他将荣耀献给神,而不是取悦自己。基督就是这样做的,当时他说"我追求那差遣我来的我父的荣耀。我也可追求我的荣耀,但我的荣耀毫无价值。"当人这样做,人就像给他以这种谦卑智慧的神子一样了。基督还说:"谁愿意跟我走,让他背起他的十字架,追随我。"基督是这样做的,他放弃他自己,将他的身体交到他的敌人的手上,而将他的精神交给他的父的意志。当他放弃了他曾经是的一切和他所能够做到的一切,他大声呼喊:"成了。"他垂下他的头,交出他的精神。我们也应该这样做。如果我们想要达到完美的圣爱和完美的内心生活,我们必须为了神的无上意志彻底放弃我们自己。我们也必须心甘情愿地随时准备为神的荣耀去死,以及如果我们因此能够将我们的基督徒兄弟保存在永恒生命中的话,为了我们的基督徒兄弟去死。因此,我们应该以完美的圣爱对待我们的神,以及这样对待我们的基督徒兄弟,像圣灵一样,做所有爱的工作,努力在永恒的生命中完成它们。真诚无欺地在神面前完成这三点:这就是我主的劝告,这就是只有很少的人才发现的通向神的隐蔽道路。因为仅仅有外在的贫穷,而没有内心的实践和其他美德,是不能找到这条道路的。为了神的荣耀聪明地使用财富和慷慨地与穷人分享财富:这是伪善者和非自愿贫穷者所看不见的道路。

引导我们通向神的共同道路,是我主的诫命的道路。因为基督说:"你们若希望得拯救,那就要守诫命。"他还说,"如果你们守我的诫命,那么你们就永远不会失去我的友谊,正如我守我的父的诫命并居住在他的爱中。"爱是第一个也最高的诫命。除非生活在基督教信仰中,没人能爱。对有信仰的人来是说,没有什么是不可能的;无信仰者是被地狱之火燃烧的木柴。如果你希望守神的诫命,那么你必须相信和信任神,按照基督教律法和神圣教会的训令纯洁你的良心,使其免除罪恶。你必须按照你的能力,以及按照正确的自由裁决,同时也按照你周围的好人的方式和习惯,还要按照你所居住的国度的风俗,按照人们在神圣的教会中所习惯实行的所有方式和所有好的做法,拥有好的意志以及顺从神和你的上级。你要学习十诫并按之生活。你必须努力避免致命七宗罪,远远离开它们,这样你就不会引起神的愤怒并遭受炼狱的折磨。按照你的能力斋戒,庆祝神圣的日子,随时准备顺从任何好的事情。要在所有善工中忠实于神和你自己,就像一个好仆人效忠他的主人,直到神将你重新带回到他身边的时候。看,这是我们每个人都应该过的一种守神的诫命的生活。为了这个目的,来自最低一级歌唱队的我主的天使在我们生命的所有日子里都为我们效劳,并在我主的注视下,给我们带来纯洁和贞洁,没有罪恶。这是第一个要点,是一种主动生活的最低级方式。在这之后到来的是第二个要点,主动生活的一种比较高的方式,也就是纯洁内心的方式。纯洁是圣爱的女儿。忍耐则是她的姊妹。从这三种美德中,通过神的恩典,所有的善工得以完成,因为它们控制了天性自然的混乱本能倾向。美德的所有荣耀在纯洁的忍耐中都是简朴单纯的。因为纯洁忍耐的人生活在对我主的恐惧中；他是谦卑的，温顺的，服从的，怜悯的，宽厚的，行为可敬的，简单的，单一的，长期受苦的，乐于从事所有好的事情的；因为他是可教的，是我主的学生，总是从神接受真正的安宁的训练。看，当你在美德上这样秩序井然，你就拥有了我们将之与第二歌唱队中的大天使相比的第二个要点：他下命令，支配第一等级中的所有低阶天使。因此，你被提升到所有生活在我们可以从中得到拯救的善工的最低阶的人之上。接下来是第三个要点，根据这一要点，所有使神愉悦的主动的生活都达到了完美。看，当一个质朴的人因为神的意志和命令，而不是因为习惯或必须而守神的律法和诫命，那么，他就是在生命的最低阶上是好的和使神愉悦的。当他随后通过多重美德而得到了提升和丰富，以便与神、和神的所有天使，以及所有圣徒和所有好人相似，并且是为了美德的荣耀和对罪恶的仇恨的缘故，以及为了永恒生命，良心和平，以及为了他在无伪装生活中感觉到的极乐和幸福的缘故：在这些中，他比在最低级歌唱队中的普通人更让神愉悦的多。但是，当在所有外在的工作和所有内在的美德之上，他张开了他的眼睛，忠诚地带着基督徒的信仰凝视着他的神，以神为指归和热爱神超过其他一切，并且一直这样做，超过其他所有一切，那么他就有了所有主动生活在其中达于完成的第三个要点。并且他也变得与那被称为"美德"最低等级上的第三合唱队的天使非常相似。因为所有美德都是完美的，只要一个人将它们献给神，以神为指归和热爱神超过其他一切。看，这就是一种三阶的主动生活，这种主动生活将根据我们在我主的面容前的恩典价值引导我们进入永恒生命，进入越来越高的生命。如果你已经在你自身中发现了这种生活，如果你希望保持和拥有这种生活，那么，你就应该成为空虚的，不再关心你自己和所有造物，你不应该以任何方式沾沾自喜。

但你应该凝视神，热望他，爱他，实行他，并渴望他的荣耀超过渴望其他一切；这样你就可以在永恒的崇拜里坚定地站在他的目光里，一直居住在他的目光里。

我们看到很多人自满自得，想象他们过着伟大的生活，在神面前神气活现，其实他们在许多方面走入了歧途。因为那些还没有放弃他们自己和还没有让他们的自然自我死亡的人，就是还没有被提升的和没有体验过恩典的人，和没有见识过神的卓越的人。尽管他们在理性之光的照耀下，可能是聪明的和巧妙的，但他们自以为是，他们渴望取悦于其他人。这些都是从神的偏离，也是所有罪恶的根源。因此我们看到，他们渴望超越于别人之上，不，他们渴望，如果可能的话，超越于所有人之上。从根本上说，他们不顺从任何人，反倒渴望所有人都服从那在他们看来是好的东西，因为他们是不驯服和顽固的；他们总是认为，他们是对的，而反对他们的无论什么人都是错误的。他们在言辞上，在工作上，和在行为举止上，很容易困惑，扰乱，生气，暴躁，诡秘，阴沉和傲慢。正是因为如此，他们不是一些和蔼好相处的人。他们的内心也是不安宁的，因为他们小心谨慎地考察和评判其他许多人，但却不考察和评判他们自己。正因为如此，对于不能让他们满意的其他人，他们才有如此多的怀疑，如此多的飘忽的观念，充满仇恨的恶毒，窥视的欲望和内心的傲慢。对此，他们自己内心也感到痛苦和不能满意。在他们看来，他们比任何其他人都更好地知道一切，可以更好地做一切。他们渴望教导，警告，斥责和抱怨其他人。但他们不想被任何人教导，警告，或斥责。因为在他们看来，他们是世界上最聪明的人。他们乐于压迫和蔑视那些在他们之下的人，或者那些与他们处于同一社会等级的人，以及那些不尊敬他们的人，或那些不怎么在乎他们的人。他们抱怨和漫骂；他们往往是自私、阴郁和尖刻的，因为他们缺少内在的圣灵的装饰。置身好人中间,他们喜欢先说话,因为他们认为自己有权在任何其他人之前讲话,因为在他们自己眼中,他们是活着的人中最智慧的人。他们用谦卑的方式掩盖他们的骄傲,用公义的外表掩盖他们的嫉妒。他们将那些奉承他们和慷慨对待他们的人看作亲人和朋友。那些他们不得不处理的事情让他们担心、忙碌和焦虑。他们因为世俗事务的消长而欢欣或悲伤,正像俗人一样。那赞美他们的人,或当面谴责他们的人,完全清楚他们是什么人。他们为自己感到焦虑:疾病,死亡,地狱,炼狱,神的审判和他的正义。他们关心的是他们自己。可能发生的一切都让他们感到怀疑和恐惧,因为他们以一种错乱的方式爱他们自己,既不是为了神也不是依靠神。正因为如此,他们天生如此胆怯,在神面前非常不自由,极其不安;对于这个尘世世界里诸多终将消失的事物,他们有许多外在的关怀和恐惧。他们害怕被邪恶的人统治,也就是说,他们害怕某人会拿走他们的身体和他们的东西;有人会偷走,扣留他们的物品,或不给他们的物品足够的价钱;害怕他们会陷入贫困和困难,会被人丢在一边不管,衰老和疾病,没有朋友和世俗物品的安慰。这些外在的和无意义的关心,根深蒂固的贪婪的温床,使某些人失去了他们的理智。

  在教会和宗教国中,我们也发现了类似的人,他们仍然恣情任性而没有让他们的自我死亡;这样的人害怕某个上司或某个教长会闯入他们的生活,压迫他们和唾弃他们;他们以为这是他们忍受不了的。因为他们这样想象那反对他们的人:"如果这个人成了我的上司,我如何能够臣服和顺从于他?他并不喜欢我;他将会尽可能地压迫我和欺负我,而他的所有朋友也会和他站在一起反对我。"由于这一忧虑,他们热血沸腾,焦躁不安,这样对他们自己说:"那我会忍受不了的;我会失去理智,或者我不得不逃离修道院。"看,这就是愚蠢的恐惧,和错乱的智慧,以及来自一种傲慢基础的谨慎。但是如果他们有朝一日变成了上司,他们就会压迫和欺负所有那些反对他们的人,以及那些不愿意追随他们的意见的人;因为他们认为,他们可以比其他任何人都能更好也更智慧地进行统治。正因为如此,他们如此经常地在他们的心里,以及也在那些他们知道他们会愉快地听这些事情的那些人面前,对他们的教长和那些有教职者口出怨言。听到他们同伴中的某个别人得到赞美,他们很不情愿,因为他们觉得自己因此受到了忽视。他们不相信任何别人具有比他们感觉和认为他们自己具有的生活更高的生活。看,这些人想象他们自己在他们的同伴中出类拔萃地聪明和谨慎;然而,他们却是混乱的,没有能力接受真正的圣洁存在的。因为这个理由:让每个人都考察,注意,评判他自己的精神和他的天性,看他是否在他自己内心感觉或发现任何这样的东西;如果他想要最终找到真正的圣洁状态的话,他必须找出它们和克服它们。如果我们想要为了神而生的话,我们必须使罪恶中的我们死亡;如果我们想要看见神的国度的话,我们必须摆脱形象,不受财富或悲伤的阻碍。我们的心灵和我们的欲望必须在世俗事物面前关上,而对神和永恒的事物敞开:

如果我们想品尝神
就必须将整个世界留在身后
与神同爱同恨。
如果我们希望支配神,
就必须放弃我们自己。
如果我们希望神的灵最终在我们身上盛开,
希望他最终将我们从所有事物中解脱出来,
就应该供认他为在所有天上的事物之上
并与他不可分地合一;
我们应该赞美他,

在宁静中倾听天堂的乐曲
多重音调中的四对音符。

我们的天父在他所钟爱的子身上已经永恒地召唤了选定了我们,他在他的永恒智慧的活书里已经用他的爱的手指写下了我们的名字,而我们将永恒地用我们可以做到的一切在永恒的崇拜中永恒地做出应答。这里开始了所有从来不会消失的天使和人类之歌。歌唱的第一种方式是对神和对我们的基督徒兄弟的爱。正是因为如此,父才会差遣他的子,让他教我们以这歌唱。因为一个不知道这歌唱的人不能进入天堂的乐队。因为他既没有知识也没有穿着歌唱队的礼服;正因为如此,他一直不得不停留在天堂歌唱队之外。耶稣基督,我们的永恒的情人,当他在他母亲的可敬的身体里孕育,他在圣灵里歌唱他的天父的光荣和荣耀,一切有善良意志的人的休息和安宁。当他的童贞女母亲玛丽亚诞生他的时候,天使们唱起了同一首小曲。神圣的教会对此加以纪念,在这两个节日上唱这首小曲。因为向着神,为了神,以及在神之中爱神以及爱自己的基督徒兄弟,这是一个人在天上以及在地上所能发出的最高级和最幸福的声音。这一歌曲的基调和艺术就是圣经。我们的歌唱指挥和我们的首席大师基督从一开始就为我们歌唱,他将引导我们在永恒的时间里唱忠诚和永恒之爱的歌曲。我们每个人都将尽我们的全部力量追随他,无论是在这里还是在神的荣耀的歌唱队里。真实无伪的爱是共同的歌曲,如果我们要想在神的国度里与天使一起合唱、与圣徒一起合唱,我们就必须知道这歌曲。爱是所有内在美德的根本和原因,它也是所有外在善工的装饰和一种真正的揭示。爱是其自身的生命和报酬。爱的实践不可能误入歧途;基督在我们之前已经与所有选民走在爱中,教导爱和过爱的生活;如果我们想与他一起成为受祝福的，和被拯救的，这些人是我们应该追随的。这是神圣歌唱的第一种方式，在这种方式中，神的智慧通过圣经教导所有服从她的她的弟子。

　　在这之后到来的是神圣歌唱的第二种方式，即真实无伪的谦卑，没有人可以加以抬高或贬抑的谦卑，作为所有美德和一切精神建筑的根基和最终基础的谦卑，带有所有神圣歌唱的属音和旋律并与所有美德步调一致的谦卑，作为圣爱的披风和装饰以及作为在神的眼前所唱出的最甜蜜的声音的谦卑。这一歌唱的音调是如此宜人和如此迷人，以至于它们带着神的智慧降临到我们的天性自然之中；因为当马利亚说："看顾神的使女；神所意愿的一切都是好的，"那时，神就彻底被愉悦了，他愿意用他永恒的智慧充满马利亚的卑地。这样高就变成了低；因为神子已经自降，以一个仆人的形式出现，以一种神圣的形式提高我们，他贬低自己，把自己放在一个在所有人之下的谦卑的地方，轻视自己，甚至为我们而死。正因为如此，如果你希望在真正谦卑的歌曲被演唱的地方模仿和追随他，那么你就必须放弃和轻践你自己，喜欢和渴望成为被轻视的，无尊严的和所有其他人不知道的。因为谦卑不会被幸福或哀伤，荣誉或丢脸所触动，不会被一切不是其自身的东西所触动。这是神除了他自己之外能给予有爱的灵魂的最高贵的礼物和最美好的宝石。其中充满了全部恩典和全部赠礼。谁生活在其中，谁就已经与其一体，谁就已经找到永恒的和平。

　　接下来是神圣歌唱的第三种方式，即我们放弃我们自己的意志和我们的自我，将我们的天性自然融化在神的最高意志中，去承受和经历他允许发生在我们身上的一切。虽然背负十字架和追随我主甚至到死的自然肉体是痛苦的，做出这样一种自愿奉献的精神却是欢愉的。尽管我们的自然肉体现在哭泣抱怨我们的沉重负担，我们最终却会在神的荣耀中欢呼雀跃，耶稣将擦干我们的泪水,并将表明他用他神圣的血购买了我们,用他的死为我们付了帐。然后,我们就会与他一起唱起小曲,这小曲因为只有人类才有而天使没有的自愿受苦而成为应该获得的。磨难,辛劳,痛苦有多大有多多,荣耀,报偿,荣誉也就有多大有多多。基督将是引导我们歌唱的指挥,因为他是由于对神的爱而曾经经历的所有自愿痛苦行为的国王和君主。他的声音如此清晰,如此愉快,如此动听,他如此熟悉神圣歌唱,熟悉音调,饰音及旋律;我们都将与他一起歌唱,感谢和赞美那将他送给我们的他的天父。基督必须受苦,这样才能进入主的荣耀。正因为如此,我们才会愉快地受苦,为的是我们在圣灵的喜乐中,在他与之一体的他的父的荣耀中,效仿他和追随他。在愉快的痛苦中,我们将以我主基督耶稣的名义歌唱,每个人都特别地在他的精神中按照他自己的价值和按照他在神面前的价值歌唱。

接下来是神圣歌唱的第四种方式,也是最亲密,最高尚和最崇高的歌唱方式,即:对神的赞美的不足。我们的天父既贪婪又慷慨。对他在精神上被提高了并走在他的面容前的他所爱的人,他慷慨地给予他的恩典,他的礼物和他的赐予,并要求每个人分别用感谢和赞美回答他。因为神的恩典不是白白给的。如果我们认识到恩典,恩典就会涌流和总是给予我们需要的一切,并反过来要求我们所能做的一切。在这两者之间,所有美德都会得到实行,而不会误入歧途。但是,在所有美德的工作和实践之上,我们的天父对他特别钟爱的人表明,他不仅贪婪和慷慨地给予和索取,而且他还是贪婪和慷慨本身,因为他希望给我们以他自己和他所是的一切,并且他希望我们同样给他以我们自己以及我们所是的一切。因此,他希望完全是我们的,也希望我们完全是他的;然而,每个人仍然完全是他之所是,因为人不能变成神,但是我们可以借助手段和不借助手段地与神合一。我们通过他的恩典和我们的善工的手段而与他合一。通过一种相互之爱，也就是通过他的恩典和我们的美德，他活在我们中，我们也活在他之中。我们服从他的旨意，在所有好的事情上与他同意志。他的灵和他的恩典更准确地完成所有我们的善工，超过我们自己所做的善工。我们之中的他的恩典，以及我们对他的爱：这是一种我们共同完成的相互做工。我们对神的爱：这是我们在我们和神之间所能感到的最高级和最高贵的工作。神的灵对我们的精神的要求是，我们要按照神的高贵性和尊严的程度来爱、感谢和赞美神。在这一点上，天上和地上的所有爱的灵魂都未能做到。他们耗尽他们自己，他们全都在神的无边的高贵性面前精疲力尽。这是我们和神之间的最高贵和最高的中点。在这里，神的恩典通过全部美德而达到完善。在这一手段之上，我们超出恩典和超出所有美德地与神不借助手段地合一，因为在这一手段之上，我们在我们的灵魂的根本生命中接受了神的形象，以及在那里，我们被与神不借助手段地合一；然而，我们并没有变成神。但是我们仍然总是与神相似，他活在我们中，我们也通过他的恩典和我们的善工活在他之中。因此，我们在所有美德之上不借助手段地与神合一，在那里我们在我们的被造状态的最高部分领受他的形象；然而，我们仍然通过他的恩典和我们的有德生活的手段与他相似和与他合一。因此，我们仍然永恒地在恩典和荣耀中与神相似，以及在相似性之上，我们在我们的永恒的形象中与他为一。与神的活的合一位于我们的根本存在之中，我们既不可能理解、超越它，也不可能抓住它。它嬉戏着避开我们的所有感官能力，要求我们无条件地与神合一。我们却没有能力这样做。这就是为什么我们要在一种抽空我们的本质存在的存在中追随他的原因。在这一存在的空虚中，我主的灵带着他的全部赐予居和住于其中。他呼出他的恩典和他的礼物，将其灌注于我们的官能，并要求我们去爱，感谢和赞美。他自己住在我们的本质存在中，要求我们空空如也和与他超越所有美德地合一。正因为如此，我们不可能通过善工仍然停留在我们自己之中，也不可能通过静止无为与神一起超越我们自己。这是爱的最亲密的游戏。我主的灵是神的一项永恒的工作，他愿意我们永恒地工作和与他相似。他也是父、子以及所有他所爱的人的永恒静止的安宁和喜乐。这一喜乐超越于我们的活动之上；我们不能理解它。我们的活动永远处于喜乐之下，我们不可能将我们的活动带入喜乐之境。在活动中，我们总是力有不逮，我们没有办法足够爱神。在喜乐中，我们被满足了；我们是我们所希望是的一切。看，这就是神圣歌唱的第四种方式，也是在天上和在地上所能做出的最高贵的方式。

但是你要知道，无论神，还是天使，还是灵魂，都不用肉体的声音歌唱，因为他们是灵。他们既没有耳朵，也没有嘴，也没有舌头，也没有咽，也没有喉，可以让他们来歌唱。但是，圣经上说，神在采取人形之前，就以许多方式，用可感知的词，对亚伯拉罕、摩西说话，对雅各的儿子们说话，还对众先知说话。神圣的教会也见证天使将永恒无尽地歌唱"圣哉，圣哉，圣哉，万圣之主！"天使加百列带给圣母消息，说她要因圣灵而孕育神子。天使歌唱着将圣马丁的灵魂带到天堂。抹大拉的马利亚在其一生中都被天使的歌唱所营养和哺育。也正是因为如此，善的天使和恶的天使可以以他们希望的任何形式对人显现，只要神的意志允许就行。但是，在永恒的生命里我们却不需要如此，因为我们那时将以我们所希望的每一种形式，用我们心智的眼睛看神的光荣，天使和圣人的共同的荣耀，还有每个天使和圣人特有的报偿和荣耀。但是，在最后审判的日子，按照神的判决，当我们凭借我主的权能带着我们的荣耀的身体复活时，我们的身体将像雪一样白而发亮，比阳光还要明亮，像水晶一样透明。每一个人都将按照他为了神的光荣自由地和自愿地牺牲和曾经遭受的一切痛苦有他的荣誉和荣耀的标志。因为所有事都将被按照神的智慧和我们的工作的出色程度而被排列和报酬。我们的乐队指挥和我们的圣歌领唱者基督将用他光荣而甜美的声音唱一首永恒的小诗,那就是:赞美和荣耀他那在天之父。而我们所有人也将以愉悦之心,清晰之音,永恒无尽地跟随他唱同一首小诗。我们的灵魂的极乐和荣耀将会灌溉我们的感官和流经我们的所有肢体。我们也将用荣耀的眼睛彼此注视以及听和说,并以无穷无尽的声音歌唱、赞美我主。基督将帮助我们,他将表明他那明亮的面容,以及他那上面印有忠诚和爱的全部痕迹的荣耀的躯体。我们将看到他们从世界开始以来在其中为神效劳的带有全部爱之标记的所有荣耀的躯体。我们的全部感官生命将被外在和内在的荣耀所充满。我们的生动的心灵将被对于神和对于所有圣徒的炽热的爱所点燃。我们的灵魂的所有功能将被荣耀所充满,将被神的赠予所吸入,以及被他们从一开始就做工的所有的美德所呼出。在所有这些之上,我们将在无边的、不可理解的和没有尺度的神的荣耀中呼出我们自己。我们将与神一起永恒地、没有任何终结地享有这一点。作为人的基督将会用右手指挥乐队,因为他是神创造过的中最崇高和最高贵的。属于这一乐队的,包括所有他在其中活着的一切,以及那在他之中活着的人。第二个乐队属于天使。虽然他们在本质上更高贵,我们在我们与之一体的基督耶稣中却得到了更高的恩赐。正因为如此,在天使的乐队和人的乐队之间,在神的全能的御座前,基督将会是首席主教。他将要在他的天父全能的神面前献上和重新献上天使和人类曾经献上的所有奉献,这些奉献将被不停顿地更新,并总是以神的荣耀为目的。看,我们现在用来服侍神的我们的身体和我们的感官,因此将是荣耀的和受祝福的,就好象基督那他曾用来为神以及为我们效劳的躯体是荣耀的一样。我们的灵魂将会成为受祝福的荣耀的精神,我们现在并且永恒地用这精神来爱,感谢和赞美神,就好象基督的灵魂,天使的灵魂,以及所有爱、感谢和赞美神的精神是有福的和荣耀的一样。借助于基督的帮助,我们全都将在神中呼出我们自己,我们将在喜乐中、在永恒的福乐中与他同一。我们以此离开我们的天堂之梯的第五阶。

第 六 阶

接下来我们来到了第六阶:清晰的洞见,精神的纯洁和心灵的纯洁。这就是沉思性灵魂的三种性质,它们出自一个活的基础,在这个活的基础中,我们超越于理性和超越于所有美德实践地与神合一。谁想要得到这种经验,他就必须向神献上他的所有美德和所有善的工作,同时不考虑任何报答。首先,他必须献出他自己,将自己交给神的自由权力,在对神的生动崇拜中勇往直前,从不回头。因此,如果要想获得一种沉思生活,他就必须通过神的恩典,使自己为一种沉思生活做好准备。他的外在的感官生活必须是明显地扎根在外在的善的工作中并且秩序井然的。他的内在生活必须充满了恩典,充满圣爱,和真正正直的意向,富于全部的美德;他的记忆必须没有焦虑和牵挂,自由而独立,摆脱了所有意象;他的心情必须自由,开放和被提升到所有天上的事物之上;他的心灵必须是空旷的,没有纠缠,裸露在神之中:这就是爱着的灵魂的密室,在这个密室中,所有纯洁的心灵在一种简单的纯洁中汇聚到一起。这是神在我们身上的住所,除了神没有人能够在其中工作。这种纯洁是永恒的:无所谓时间,也无所谓地点,无所谓在先,也无所谓在后,它总是当下的,即时的,正在对被提升到其中的纯洁心灵显示自己的。看,在那里,我们都一体地生活在神之中,而神也生活在我们之中。那简单的"那一位",对于转向内心的纯洁心灵的理智的眼睛来说,总是清晰的和被揭示出来的。在那里,空气是贞洁的和纯洁的,是被神圣的光所照亮的。在那里,存在着永恒真理的洞见,凝视和沉思,用的是改变了的被照亮了的眼睛。在那里,所有事物都具有同一个形式,它们是同一个真理,和反映在神的智慧之镜中的同一个形象。我们在我们的本质存在和在我们的心灵的纯洁存在中可以发现、认识和拥有这一形象,神造我们就正是为了这个。当我们用理智的单纯的目光,在神圣的光明中注视和练习这个,我们就拥有了一种沉思生活。但是,还需要注意另外一点,即:精神的纯洁;因为一个摆脱了形象的空的心灵,在神圣的光明中的清晰的沉思,以及一种纯粹的被提升到神的面容之前的精神:这三者一起构成了一种真正的沉思生活,在这种沉思生活中,没有一个人会迷路,因为纯粹的精神总是从一开始就带着纯粹的爱倾向于和追随清晰的理解力。而我们的天父是所有生成的开始和结束。在他之中,我们全都在摆脱了形象的精神洞见中用纯粹的心灵开始所有善的工作。在他的子中,我们用在神圣的光中被照亮了的理解力看见了所有真理。在圣灵中,我们的所有工作都获得完成,在那里,我们带着在神的面容中的纯粹的爱呼出我们自己;在那里,我们是独立的,解除了一切记忆和思考。这是具有最高吸引力的沉思生活。在所有时代去开始和完成这种生活:这些就是爱的规劝。这是我们的神圣阶梯的第六阶。

第 七 阶

接下来是第七阶,可以在时间中和在永恒中登上的最高贵和最高尚的梯阶。当我们越过所有认识和知识,发现自己处在茫茫的无知的海洋中;当我们越过我们用来称呼神或万物的所有名称之上,在一种永恒的无以名之的状态中迷失、死去;当我们越过所有美德修行,在我们自己身上觉察到一种无人可以在其中做工的永恒空虚;当我们越过所有有福的灵魂,看到和发现一种无边的福乐状态,在这种状态中我们全都是一体,而这种福乐状态本身在其自身性中也是这个同一体;当我们看见所有有福的灵魂都在他们的最高本质存在中,在一种未知黑暗中沉没,漂流,迷失,我们就登上了这个梯阶。我们也将看到父,子,圣灵,位格为三本质上为一的神,他创造了天和地,还有万物;我们应永恒地、持续不断地爱、感谢和赞美他。他按照他的形象和样子创造我们。对于高贵的纯洁的人来说这是极大的幸福。他的神性并不工作;它仅仅是一种不动的本质存在。如果我们与神一起拥有了不动性,那么,我们就会与那位神一起不动,并在他的高贵存在中复活。因此,我们将与神和他的神性一起,成为一个在所有梯阶和神圣阶梯之上的不动的存在和永恒的福乐存在。神圣的诸位格的自然丰饶表明了永恒主动的一个神。而在他们的本质存在的简单性中,他们是神性,永恒的不动性。因此,在诸位格中,神是永恒的主动性,在本质存在中,则是永恒的静止。在做工和静止存在之间:这就是爱和喜乐的生活。爱总是想要成为主动的,因为它是神的一种永恒的做工。喜乐总是想要成为静止的,因为它超越于所有意志和欲望之上,是在被爱者的拥抱中的被爱者,沐浴在摆脱了形象的爱中,因为父与子一起超越于自然的丰饶状态之上,将他所爱的对象包裹在他的圣灵的可喜乐的合一中,父在一种永恒的愉悦中对每一个灵魂说:"我是你,你是我,我是你的,你也是我的;我已经永恒地选了你。"看,这种交互的极乐和愉悦,在神和他所爱的灵魂之间是如此巨大,以至于他们呼出他们自己,融化自己,漂浮而去,在喜乐中与神成为一个灵魂,永恒趋向神的存在那无边的福乐中。看,这就是沉思生活的欢乐的方式。

　　还存在着另一种方式,引导按照神的最高意志具有完美圣爱、内心虔诚的人进入神的喜乐。他们否认和摈弃他们自己,以及他们可能带着情欲拥有的一切,以及神所创造出来的一切,以避免在他们服侍神的内心生活中可能存在的焦虑和障碍。在这里最重要的,是带着热烈的爱,带着活跃的灵魂,带着被提升到高天之上的心情,带着所有官能,在炽烈的爱中,以被提升的精神,以一种摆脱了种种形象的心智,他们得到提升,朝着神上升。在那里,爱的法律被满足了,所有美德都达到完善。在那里,我们并不行动,而我们的天父神住在我们中间,满是他的恩慈,我们也居住在他之中,超越于所有我们的劳作之上,处在同一个喜乐之中。耶稣基督活在我们身上,我们活在他之中。在他的生命中,我们克服了世界和所有罪恶。与他一起,我们在爱中朝着我们的天父上升。圣灵在我们身上做工,而我们用我们所有的善工与他一起工作。他在我们中间大声叫喊而没有言辞:"爱那永恒爱你的爱吧!"他的呼喊是我们心灵中内在的火把。这声音比雷声还要可怕。它所发出的耀眼的闪电为我们打开了天空,向我们表明了光和永恒真理。他的火把和他的爱是如此灼热,能将我们完全燃烧。在我们的灵魂中,他的火把不停地叫喊:"还你的债;爱永恒爱你的那爱!"由此产生了内心的巨大的动荡,完全没有模式的行为;因为我们越爱,我们也就越是渴望去爱;我们越支付那爱所要求于我们的,我们的亏欠就越多。爱不会沉默下来,它永恒不停地叫喊:"去爱那爱!"这是一场对外在感官来说多么陌生的战斗啊。爱和喜乐,也就是去行动着和被行动着。神由于他的恩典而居住在我们的身上:他教导,规劝,命令我们爱;我们超越于所有恩典和我们的主动性之上,居住在他之中,被改变和感到欢乐。在我们之中生长着认识,爱,沉思和喜爱;在所有这些之上生长着欢乐。我们的工作是去爱神;我们的喜乐是被改变,以便被拥抱在神的爱的怀中。在爱与喜乐之间存在着分别,正如在神和他的恩典之间存在着分别。我们带着爱趋向神,这时我们是灵魂。但是在那里,他使我们失去了我们的灵魂,用他的灵转变我们,我们体验到喜乐。神的灵为了爱和为了美德之做工而呼出我们,他又为了安宁和喜乐而重新吸入我们,这就是永恒的生命。以同样的方式,我们呼出我们心中的气息,又呼入新的气息:这构成了我们在自然中的有死的生命。虽然我们的灵魂,在喜乐中呼出了自己和停止了自己的行动,它却总是在神恩中,在圣爱中,在美德中更新自己。正因为如此,当我们投入一种被动的喜乐,在善的工作中消耗自己,同时却又总是仍然与神的灵合而为一:这就是我想要说的。当我们迅速地张开我们的身体的眼睛,匆匆看一下,然后又闭上眼睛,以至于我们甚至没有感觉到这一过程,我们也同样在神中死去,从神获得生命,同时又总是与神合一。因此,我们投身我们的感官生活中,带着爱放弃自己,追求神,同时又仍然没有变动地与神合一。请在我们的灵魂可以经历或理解的最高贵的感情中认识这一点。然而,我们必须总是在内心的美德中,在外在的善工中,按照神的戒命和神圣教会的法规,如我们以前说过的,在我们的天堂的阶梯的梯阶上上下下。通过善工的相似性的手段,我们在他那丰饶的自然里与神合一,这自然总是以三位格做工,在他那灵的合一中带来所有好的东西的完善。在那里,我们必在一个灵魂中与神一起死去。在那里,我们在圣灵中重新诞生,成为神的选民。在那里,我们呼出了我们自己,而父和子在永恒的爱和喜乐中拥抱了我们。这一工作总是新的:开始,工作和完善。在这里,在认识中,在爱中,在神的喜乐中,我们获得了祝福。在喜乐中,我们是被动的:神独自对我们做工,他从所有爱的灵魂本身中呼出他们自身,在他那灵中改变和消耗它们。在那里,我们全都是爱的火焰,超过神曾经造过的一切。每一个灵魂都是一块燃烧的煤,被神在他的深渊般的爱的烈火中点燃了。同时,我们是熊熊燃烧的火焰,永远不会熄灭,与父以及与子在圣灵的合一中燃烧,而神圣的位格在他们的本质的合一中,在简单的福乐的无边深渊中,呼出他们自己。在那里,既没有父,也没有子,也没有圣灵,也没有任何造物。在那里,什么都没有,除了一种根本存在,即:神圣的诸位格的本质。在那里,我们全都是一体,都是最高意义上非创造出来的。在那里,所有的喜乐都在本质的福乐中被带到完成和完善。那里存在的是处于他的简单的、没有工作本质中的神:永恒的无活动,不可言说的黑暗,没有名称的是,所有造物的最高本质,神和所有圣人的简单的、无边的福乐。但是,在丰饶的自然中,父是全能之神,天、地和所有生物的创造者和制作者。从他那自然,他诞生出他那子,他那本来与他为一的永恒智慧,现在具有另一个位格,是来自神的神,所有事物所从出的神。圣灵,第三个位格,来源于父和来源于子,本来与两者都为一;这就是他们的无边的爱,在这爱中,他们永恒地沉浸在爱中和喜乐中,我们所有人都与它们在一起:一个生命,一个爱和一个喜乐。神在他那自然中是一,在丰饶中是三,三个明确区分的位格。三个位格在自然中是一,在他们各自的土地上则是三。神的丰饶的自然的三性质是三个位格,名称和特性上分离,然而在自然上和在工作上是一。每一位格都在那位他中有自然的全体;因此他是处于自然的力量中的全能神,而不是处于位格区分中的全能神;是拥有一个神圣自然的没有分开的三个位格,因此他们本质上是一个神,而不是有不同位格的三个神。因此,神名上是三,位格上是三,实质上却是一。神是在他的丰饶自然中的三,三是位格的真正基础,其实质则为一。这种一性是我们的天父,天和地和所有生物的全能的创造者。在我们的被造性的顶点,他在我们中生活和统治,是三中之一,一中之三,有大力量的神。他就是我们通过他的神恩和我们的主耶稣基督的帮助,在基督教信仰下,以绝对的意向,以毫不虚假的圣爱要去寻找,要去发现和拥有的神。因此,通过我们的有德生活和那位他的神恩,我们生活在神之中,神也生活在我们之中,与他一起的还有他的所有圣徒。因此,我们都是一个与他在爱中会聚起来的一体。父,以及子,已经在他们的灵的合一中,抓住、拥抱和改变了我们。在那里,我们都是与神一起是一个简单的根本的福乐。在那里,既没有神,也没有按照个人性的模式来说的被造物。在那里,我们全都是与神没有分别的,是一个无边的简单的福乐。在那里,我们全都失去了,沉没了,在无边的黑暗中漂走了。这是一个人可以生和死,爱和享有永恒福乐的最高境界。谁教你以相反的,谁就是在胡说。

那由于神的恩典作和书写这些的人有福了,所有那些听到或读到的人有福了,神将在永恒的生命中将他自己给予我们。阿门。

(田汉平　译)

编 后 记

吕斯布鲁克生活于中世纪晚期,公认为是弗莱芒地区最伟大的神秘主义者,也是基督教神秘主义思想传统中的重要人物。

其作品流传甚广,15世纪时便全部翻译成了拉丁文,至今更是被译成各种语言。研究基督教神秘主义的各种著作基本上都无法忽视吕斯布鲁克及其思想。研究神秘主义著称的英国教授安德希尔(E. Underhill)称吕斯布鲁克为最迷人的神秘主义作家,在她那本著名的神秘主义研究中极其倚重吕斯布鲁克的思路。吕斯布鲁克的作品影响深远,与莱因地区神秘主义者的关系甚深;他的影响不仅停留在基督教内部,甚至影响到当代文学,瓦雷里、纪德、克劳德以及著名的罗兰·巴尔特都曾表示对吕斯布鲁克作品的钟爱之情。诺贝尔文学奖得主梅特林克则曾亲自将吕氏的主要作品《灵性婚礼》译成法文。

我个人和吕斯布鲁克及其作品真正相逢始于20世纪90年代末期。

1997年底,我还在北京大学外国哲学所念书。当时,所里的几个研究生一起去看望刚从比利时访学归来不久的张祥龙先生。聊天过程中,他曾提及吕斯布鲁克及其代表作《灵性婚礼》,觉得其文字与思想都颇为出色动人。当时我没有怎么在意,因为觉得这个人的名字和思想在基督教思想史中似乎并不怎么显眼。即使仅就神秘主义思想而言,似乎也不如伪狄俄尼修斯、艾克哈特和十字架的约翰等名字更加为人所知。

1998年春,北大哲学系和鲁汶大学哲学院(即高等哲学研究所)、安特卫普大学吕斯布鲁克研究中心合作分别举办两轮欧洲传统哲学与宗教讲座。这个讲座的第一轮共三讲,这一轮的主题便是基督教神秘主义,而且结合阅读吕斯布鲁克的几篇重要作品。由于担任吕斯布鲁克全集主编德巴赫(Guido de Baere)教授和法森(Rob Faesen)博士的讲稿翻译,我也因此对吕斯布鲁克及其作品稍有体味。

其后不久,张祥龙先生又向我推荐阅读费尔代恩(Paul Verdeyen)教授所写的《吕斯布鲁克及其神秘主义》。认为此书可助我对吕斯布鲁克及其思想有更为基本的了解,同时亦望我译出此书,作为神秘主义经典(后改名为西方神秘主义哲学经典)系列丛书之一种。此书前半部分主要介绍和厘清吕氏生平和思想进展,后半部分为吕氏神秘主义篇章的精彩选读。全书材料丰富详实,文字明白易读,选文眼光独到,实为了解吕斯布鲁克其人其思的上佳引导。在阅读和翻译此书的过程中,我确实既体味到神秘主义作品之中蕴涵着无尽的深渊,又深感翻译神秘主义作品的困难,同时也对神秘主义尤其是吕斯布鲁克的思想有了进一步的理解。

2000年夏天,我应邀在安特卫普大学吕斯布克鲁克研究中心(Ruusbroecgenootschap)进行两个月的访问研究。在这次访学中,见到了费尔代恩和莫玛子(Paul Mommaers)教授,也再次见到了在北京见到的德巴赫、马尔滕(Thomas Merterns)和法森教授。那次访问研究的主要任务是在研究中心的法森教授指导下逐字逐句阅读吕斯布鲁克的《启导小书》并译成中文。我们每天早上花一个多小时逐字逐句阅读吕斯布鲁克的文本,遇到难解之处,由他对照吕斯布鲁克的中世纪荷兰文原文和拉丁文译文,以求正解。那次访学期间,我住在与安特卫普大学主校区比邻的耶稣会所,在生活和研究方面得到了法森、费尔代恩教授和阿拉兹(Jos Alaerts)神父的多方照顾,由此与他们因吕斯布鲁克建立起了深厚的友谊。

2001年初秋之时,我再次回到比利时,开始了在鲁汶大学哲学院长达五年多的学习和研究生涯。虽然在鲁汶大学的博士论文研究题目主要着眼于施特劳斯和施米特,与吕斯布鲁克无关,但是法森和费尔代恩教授以及阿拉兹神父对我这个来自中国的老朋友依然热情洋溢,时常邀请我和家人参加多种参观、交流和学术活动,令我们感念至深。

2004年12月初,吕斯布鲁克研究中心举办一年一度的"吕斯布鲁克研究日"的活动,邀请两位本土年轻学者和两位来自亚洲的学者作报告。我和一位来自韩国的学者应邀参加活动并作报告,我在当天的活动中结合吕斯布鲁克著作中"loving fear"的概念作了题为"吕斯布鲁克在中国"的报告,得到了诸多鼓励。

2006年10月下旬,我结束了在比利时的求学生涯,携妻女回国。法森教授亲自开车送我们到布鲁塞尔机场,临行前,我们在机场喝咖啡叙别,约定在不久的将来启动吕斯布鲁克全集的汉语翻译工作。回国后不久,法森教授便发来邮件,提及有基金会愿意赞助此项译事。于是,就正式开始组织和翻译工作。在此,编者谨向荷兰的基金会表示深深的谢忱!法森教授和我商定分两卷出版,第一卷包括吕斯布鲁克的主要著作,供一般阅读和研究之用,第二卷则包括他的其他著作,供进一步阅读和研究之用。在组织和翻译过程中,得到了仕颖兄、老友观溟和老田以及刘研博士的大力支持,在此应当表达我深深的谢意!上卷的翻译工作其实早就已经基本完成,然而由于我个人的生活安顿和日常事务的原因,未能及早阅稿工作,造成交稿时间一拖再拖。在此,也应当就此向法森教授、各位译者、倪为国和万骏兄表达我深深的歉意!

在卷一的翻译过程,张祥龙教授欣然表示愿意翻译吕斯布鲁克的代表作品《灵性婚礼》,令我喜出望外。故而,将这部原本列入上卷的吕斯布鲁克代表作独立出来,交由张老师翻译,另行出版。实际上,张教授也是向我国读者介绍吕斯布鲁克其人其思的第一位中国学者。他在访学比利时期间所写的英文论文《吕斯布鲁克及其〈精神的婚恋〉中的"迎接"的含义》最早发表于安特卫普大学吕斯布鲁克研究中心主办的刊物《我们的灵性传统》(*Ons Geestelijk Erf*)第72卷第2期(1998年6月)。经修订扩充,比英文论文更长的中文文章刊于《基督教文化学刊》(1999年第1辑),后又收入张老师的个人著作《从现象学到孔夫子》。在此,我也谨向张老师的贡献表示谢意和敬意。

我们所依据的文本主要采用吕斯布鲁克研究中心所编的考订本吕斯布鲁克全集,此版本左右对开,左上方为现代英译文,左下方为拉丁文译文,右上方为吕斯布鲁克的中世纪荷兰文原文,右下角为考订说明和注释。有时,各位译者对同样的文字有不同的理解和翻译,但是并不妨碍读者理解,所以基本上保留译者原译。译文可嘉之处,归功于各位译者;如有错漏之处,当属校阅者之过。

吕斯布鲁克文集的翻译和出版见证了中欧学者之间的合作、理解和友谊。谨向我的合编者法森教授的宽容和理解表示谢意,从北京的初次见面到安特卫普的合作和我在鲁汶的研究生涯,一直以来法森教授都是不可多得的好朋友;也当向多年来一直关心和支持我的研究工作的费尔代恩教授表示敬意。费尔代恩教授不顾年迈体弱,参加了我在鲁汶的博士论文答辩和招待会,令我至今感怀不已。

最后,我个人还应当向中国人民大学文学院的刘小枫教授表示感谢和敬意。因缘际会,我于1996年北大中文系本科毕业之后转而进入北大外国哲学研究所念硕士,并成为首届道风奖学金学员,在他和王炜老师共同指导下进行基督教思想研究;外哲所硕士毕业之后,我到香港浸会大学宗教及哲学系就读博士班,也得到了刘老师(其时在香港汉语基督教文化研究所任职)的多方照顾、帮助和指导。没有他的支持和影响,我也许不会幸运地走上今天的这条从学和研究道路,也不可能发表个人的诸多文章和作品。就这个文集而言,他将此文集所属的神秘主义书系纳入"经典与解释"系列,并为此文集拟定中文标题,还应当向他表达特别的感谢之情!

陈建洪
2010年春 于南开园

图书在版编目(CIP)数据

七重阶梯/(弗莱芒)吕斯布鲁克著;陈建洪等译.--上海:华东师范大学出版社,2011.7
 (经典与解释:西方传统)
 ISBN 978-7-5617-8568-3
 I.①七… II.①吕…②陈… III.①神秘主义—宗教文学—欧洲—中世纪 IV.①I109.3
 中国版本图书馆 CIP 数据核字(2011)第 072003 号

华东师范大学出版社六点分社
企划人 倪为国

本书著作权、版式和装帧设计受世界版权公约和中华人民共和国著作权法保护

西方传统　经典与解释

七重阶梯

(弗莱芒)吕斯布鲁克　著
陈建洪　等译

责任编辑	万　骏
封面设计	吴正亚
责任制作	肖梅兰
出版发行	华东师范大学出版社
社　　址	上海市中山北路 3663 号　邮编　200062
网　　址	www.ecnupress.com.cn
电　　话	021—62450163 转各部门　行政传真　021—62572105
客服电话	021—62865537(兼传真)
门市(邮购)电话	021—62869887　地址　上海市中山北路 3663 号华东师范大学校内先锋路口
网　　店	http://ecnup.taobao.com
印 刷 者	上海印刷十厂有限公司
开　　本	890×1240　1/32
插　　页	2
印　　张	9.5
字　　数	205 千字
版　　次	2011 年 7 月第 1 版
印　　次	2011 年 7 月第 1 次
书　　号	ISBN 978-7-5617-8568-3/B·633
定　　价	35.00 元
出 版 人	朱杰人

(如发现本版图书有印订质量问题,请寄回本社客服中心调换或电话 021-62865537 联系)

西方传统 经典与解释
Classici et commentarii
HERMES
尼采注疏集
刘小枫 ● 主编

不合时宜的沉思
尼采著
李秋零译

人性的、太人性的
尼采著
魏育青等译

朝　霞
尼采著
田立年译

快乐的科学
尼采著
黄明嘉译

扎拉图斯特拉如是说
尼采著
黄明嘉译

偶像的黄昏
尼采著
卫茂平译

尼采与古代
彼肖普编
田立年译

尼采思想传记
[德]萨弗兰斯基著
卫茂平译

尼采与古典传统
奥弗洛赫蒂等编
田立年译

尼采与古典传统续编
刘小枫选编
田立年译

施特劳斯与尼采
朗佩特著
田立年　贺志刚译

瓦格纳事件/尼采反瓦格纳
尼采著
卫茂平译

西方传统 经典与解释
Classici et commentarii

HERMES

柏拉图注疏集

刘小枫 甘阳 ● 主编

柏拉图对话六种
柏拉图著
张师竹 张东荪译

苏格拉底的命相
奥林匹奥多罗著
宋志润译

伊翁
柏拉图著
王双洪译/疏

鸿蒙中的歌声：解读《蒂迈欧》
徐戬选编

柏拉图的哲学
阿尔-法拉比著
程志敏译

游叙弗伦
柏拉图著
顾丽玲编译

柏拉图与政治现实
葛恭著
黄瑞成译

柏拉图与神话之镜
马特著
吴雅凌译

戏剧诗人柏拉图
张文涛选编

西方传统 经典与解释
Classici et commentarii

HERMES

施特劳斯集

刘小枫 ● 主编

**色诺芬的苏格拉底言辞：
《齐家》义疏**
施特劳斯著
杜佳译　程志敏　张爽校

施特劳斯与现代性危机
刘小枫选编

**信仰与政治哲学：施特劳斯
与沃格林通信集**
施特劳斯/沃格林等著　恩伯莱/寇普编
谢华育　张新樟等译

**施特劳斯、韦伯与科学的
政治研究**
贝纳加著
陆月宏译

施特劳斯与古今之争
刘小枫选编

施特劳斯与尼采
朗佩特著
田立年　贺志刚译

西方传统 经典与解释
Classici et commentarii

HERMES

刘小枫 ● 主编

法权现象学纲要
科耶夫著
邱立波译

《实践理性批判》通释
贝克著
黄涛译

金钱、性别、现代生活风格
西美尔著
顾仁明译

维特根斯坦的《逻辑哲学论》
黄敏撰

自由的新生
[美]雅法著
谭安奎译

分裂之家危机
雅法著
韩锐译　赵雪纲校

哀歌集
普罗佩提乌斯著
王焕生译

自我之书：维兰德的《阿里斯底波和他的几个同时代人》
利茨玛著　莫光华译

荷尔德林后期诗歌（文本卷、评注卷）
荷尔德林著
刘浩明译

越界的现代精神
胡絮著
徐卫翔译